태산을 바라보다 望嶽

태산은 무릇 어떠한가
제나라와 노나라는 푸르름 끝없고
조물주는 신묘한 위풍을 모았고
산의 북쪽과 남쪽은 아침저녁을 갈랐다
층층이 일어나는 구름이 가슴 설레게 하니
눈을 부릅뜨고 돌아드는 새를 바라다본다
반드시 정상에 올라
뭇산이 작은 것을 한번 보리라

岱宗夫如何, 齊魯靑未了. 造化鍾神秀, 陰陽割昏曉.
蕩胸生層雲, 決眦入歸鳥. 會當凌絶頂, 一覽衆山小.

이동휘 新무협 판타지 소설

창천일성
蒼天一星

창천일성 3

이동휘 新무협 판타지소설

초판 1쇄 찍은 날 § 2005년 9월 28일
초판 1쇄 펴낸 날 § 2005년 10월 8일

지은이 § 이동휘
펴낸이 § 서경석

편집장 § 문혜영
편집책임 § 서지현
편집 § 장상수 · 최하나

펴낸곳 § 도서출판 청어람
등록번호 § 제1081-1-89호
등록일자 § 1999. 5. 31
어람번호 § 제2-0706호

주소 § 경기도 부천시 원미구 심곡1동 350-1 남성B/D 3F (우) 420-011
전화 § 032-656-4452   팩스 § 032-656-4453
http://www.chungeoram.com
E-mail § eoram99@chollian.net

ISBN 89-5831-713-2 04810
ISBN 89-5831-710-8 (세트)

蒼天一星

이동휘 新무협 판타지 소설

창천일성

Fantastic
Oriental
Heroes

③

개전(開戰)

도서출판 청어람

목차

서장
영호세가에서 생긴 일

영호세가에서 생긴 일

당금 강호에는 이런 우스갯소리가 떠돈다.

—강호를 제패하기 위해서는 세 가지 방법이 존재한다.

첫째는 천하이대기서를 얻는 것이다.

천하를 뒤흔들 수 있다는 검진비결과 혼돈지서를 한꺼번에 가질 수 있는 자는 능히 천하제일의 무공을 얻을 수 있을 것이다.

둘째는 불사동을 찾을 것.

사대신약을 비롯한 온갖 비약을 갈무리하고 사라진 광신의의 후예 삼절서생이 은거한 불사동을 찾을 수만 있다면, 그 비약들로 인해 천하제일의 내공을 얻을 수 있을 것이다.

셋째는 영호세가를 터는 것이다.

진검성의 후신인 영호세가에는 천하제일인 영호진이 전수한 무공비

급들과 사대신약을 비롯하여 진검성의 온갖 재보가 축적되어 있다. 그렇기 때문에 그 누구라도 영호세가를 털 수만 있다면 천하제일의 무공과 천하제일의 내공을 한꺼번에 얻을 수 있을 것이다.

물론 위의 이야기는 호사가들이 술안주 삼아 얘기하는 우스갯소리일 뿐이다. 그러나 개중에는 그 이야기를 진실로 받아들이고 무모한 시도를 하는 족속이 있기 마련이니…….

한 사나이가 높다란 담장을 조심스럽게 넘어들었다. 사내는 육 척이 훌쩍 넘어 보이는 큰 키에 몸집까지 비대했으나 몸놀림은 산들바람처럼 가벼웠다. 그는 소리 하나 없이 바닥에 사뿐히 착지했다.

그의 시커먼 얼굴에는 긴장감이 가득 서려 있었다. 눈앞에 펼쳐진 전각군은 천하제일가의 명성을 잃지 않고 있는 영호세가의 건물들이었다. 그 안에는 절정의 고수들이 수없이 도사리고 있을 것이다. 가벼운 실수라도 곧 죽음으로 연결될 수 있는 상황인 것이다.

사나이는 조심스럽게 이동하며 어둠에 몸을 최대한 감추었다. 구름이 달빛을 가려 그의 발걸음을 돕고 있었다. 그는 가장 높다란 건물을 향해 조금씩 조금씩 전진해 갔다.

건물까지 거리의 절반쯤 전진했을 무렵, 사내는 이상하다는 생각이 들었다. 이 정도 전진했다면 분명 보초의 기척이 들려오든, 아니면 보초가 자신의 기척을 듣든 둘 중의 한 경우가 일어나야 정상인데, 어인 일인지 이백 장이 넘게 전진하도록 보초의 움직임을 전혀 감지할 수 없었다.

'혹시 오늘 급여 지급일이라 단체 회식이라도 나간 거 아냐?'

사나이는 엉뚱한 상상을 하면서 조금 대범하게 움직여 보았다. 그럼에도 불구하고 보초의 기척은 느껴지지 않았다. 전진 속도가 빨라진 사내는 금세 건물 근처까지 이르렀다.

'이상하다. 천하제일가의 경비가 이렇게 허술할 리가 없는데… 이거 점점 불안해지잖아.'

지나치게 일이 잘 풀리자 사나이는 오히려 겁이 덜컥 났다. 나름대로 도둑질이라면 남부끄럽지 않은(?) 재주를 가지고 있다고 자부하는 그였지만 용담호혈 속에 와호장룡이 대기하고 있다는 영호세가에서 자유로이 활보하게 될 줄은 상상도 하지 못했다.

'혹시 이미 내가 들어온 것을 눈치채고 건물로 들어오길 기다리고 있는 거 아냐?'

불안하다 보니 별별 생각이 다 들었다.

여전히 사위는 조용했지만 건물이 가까워질수록 사나이의 얼굴에서는 식은땀이 흐르기 시작했다.

그때 돌연 사나이의 귀청을 때리는 목소리가 있었다.

"네 이놈!"

귀를 울리는 우렁우렁한 목소리에 사나이의 가슴은 철렁 내려앉았다.

'헉! 걸렸구나!'

다급히 뒤로 돌아 도망치려는 찰나, 병장기 부딪치는 소음이 들려왔다. 전투가 시작된 모양이었다.

'어라? 난 여기 있는데 대체 누가 벌써 싸우는 거야?'

사나이는 고함과 소음이 자신으로 인해 비롯된 것이 아니란 것을 깨닫고는 놀란 가슴을 간신히 진정시켰다. 소음은 건물 건너 앞마당 쪽에서 나고 있었다. 소음과 고함이 마구 뒤섞여 나오는 것으로 보아 집단전이 벌어지고 있는 모양이었다.

사나이는 옳다구나 하고 무릎을 쳤다. 저간의 상황은 정확히 모르겠으나 앞마당 쪽에서 전투가 벌어지고 있으니 당연히 모든 경비 병력이 그쪽으로 쏠렸을 것이 분명하고, 경비조뿐 아니라 건물에 살고 있을 영호가의 고수들 역시 그쪽으로 향했을 것이다. 고로 지금 이곳은 텅텅 비어 있는 빈집이나 마찬가지라는 얘기였다.

"하늘이 나 흑수랑(黑水郞) 한숭(漢崇)을 가차없이 도와주기로 했나 보구나! 하늘이 밀어주겠다는데 예서 이럴 때가 아니지!"

자신을 흑수랑 한숭이라 지칭한 사나이는 은신술이고 뭐고 때려치우고 부랴부랴 건물까지 치달려서 그 안으로 들어갔다. 과연 그의 예상대로 건물은 텅 비어 있었다. 군데군데 젖혀진 문들이 눈에 띄는 것으로 보아 건물 안의 사람들이 앞마당으로 급히 뛰어나간 직후라는 것을 알아볼 수 있었다.

한숭은 부리나케 삼층까지 뛰어올라 갔다. 앞마당에서 무슨 일이 있는지는 알 수 없으나 영호세가에서 자신의 앞마당에 들어온 적을 처리하는 데에는 그리 오랜 시간이 걸리지 않을 것이다. 그렇다면 그 안에 어떻게든 원하는 바를 충족시켜야 한다.

'보물! 진검성에서 가져온 보물이 있는 장소를 찾아야 한다!'

한숭은 보물이 있을 법한 후보지를 미리 조사해 왔다. 이 본관 건물의 삼층에는 가주 영호관웅의 집무실이 있었다. 영호세가의 가주가 일하는 곳이라면 분명 귀중품을 보관해 둔 금고 등이 있을 것이고, 그것을 발견하기만 한다면, 무림인이라면 너나 할 것 없이 군침을 흘릴 만한 보물들을 가득 끌어안을 수 있을 것이 분명했다.

삼층으로 올라간 한숭은 마침내 영호관웅의 집무실로 보이는 방을 찾았다. 후닥닥 안으로 들어가자 널찍한 집무실 내부가 눈에 들어왔다.

 집무실은 다소 지나치게 화려하게 장식이 되어 있다는 느낌이었다. 그리고 특이하게도 한구석에 큼지막한 침상이 있었다.

 '집무실에 침상이라? 영호가주가 밤새면서 집무실을 지킬 정도로 열심히 일하는 사람이었나?'

 어울리지 않는 침상에 고개를 가웃거리면서도 한숭은 내부를 계속 살폈다. 이런 장소를 한두 번 털어보는 게 아닌 그는 얼마 지나지 않아 족자 뒤에 감추어진 비밀 금고를 찾아낼 수 있었다.

 금고털이는 한숭의 전문이었다. 반의 반 각도 걸리지 않아 커다란 자물쇠가 열렸고, 금고는 한숭에게 속을 드러내었다. 한숭은 희희낙락하며 안의 내용물을 끄집어냈다.

 안에서 꺼낸 종이 뭉텅이를 한 장 한 장 넘겨보던 한숭의 얼굴에는 실망한 빛이 역력했다. 뭉텅이는 대부분 서류였으나 전표도 간간이 섞여 있었다. 전표에는 어마어마한 금액이 써 있었으나 영호세가의 직인이 선명하게 찍혀 있었기 때문에 영호세가의 사람이 아니고서는 전장에서 돈으로 교환해 줄 리가 없었다.

 "천 냥, 이천 냥짜리라면 어떻게 해보겠는데……."

 들고 있는 전표의 최소 단위는 만 냥이었다. 이 정도 액수라면 변장을 하여 영호세가 인물로 가장한다 하더라도 전장에서 얼굴 한 번 보고 호패 한 번 훑고 바꿔주지는 않을 것이 분명했다.

 철두철미한 신분 확인을 이차, 삼차 해댈 것이고 영호세가에까지 확인 절차를 밟을 테니 정체가 탄로날 가능성이 높았다. 아니, 높은 정도가 아니라 발각될 것이 확실했다.

한숭은 이를 갈면서 전표 뭉치를 다시 안으로 던져 넣었다. 도둑질을 하면서도 욕심을 지나치게 부리면 결국에는 화가 미친다는 것을 눈으로 보고 몸으로 체득해 온 그이기에 전표 십여만 냥을 과감히 포기한 것이다.

"빌어먹을! 이것뿐이야? 명색이 천하제일가 가주의 비밀 금고인데 무슨 사대신약이나 오대기병쯤은 숨겨져 있어야 하는 것 아냐?"

투덜거리며 금고 안을 이 잡듯 뒤졌지만 결국 그가 원하는 어떤 것도 찾을 수 없었다.

그때였다. 밖의 소란스러운 소음이 갑자기 커지더니 이윽고 잠잠해졌다. 전투가 막판으로 치닫다가 마침내 종결된 모양이었다.

"이거 큰일이군! 전투가 끝났으니 경비조가 돌아올 것 아닌가!"

한숭은 집무실 창문으로 소리나는 쪽을 넘겨다보았다. 과연 앞마당 쪽에서 불빛이 환해지더니 이쪽으로 이동하기 시작했다. 횃불을 든 다수의 인물들이 건물을 향해 걸어오고 있었다.

"이런 제길!"

한숭은 욕지거리를 내뱉으며 집무실 안에서 우왕좌왕했다. 횃불 든 무리가 건물까지 오기 전에 한시라도 빨리 빠져나가야 하는데, 나가자니 천하제일가의 가주 집무실까지 왔다 그냥 나가야 한다는 현실이 너무도 안타까웠다.

"뭔가… 뭔가 가져갈 게 없단 말이냐!"

가구 위에 올려진 자기나 서탁 위의 문방사우 등은 고풍스럽고 고급스러워 보이는 것이 야시장에 내다 팔면 값깨나 받게 생겼긴 했다. 그러나 한숭은 좀도둑질이나 하자고 천하제일가의 담벼락을 넘어온 것이 아니었다.

목숨을 걸고 여기까지 온 것은 이곳에서 강호십일대기병을 비롯한 엄청난 기보를 얻어 그것으로 강호를 호령하기 위함이 아니던가. 그런데 소용도 없을 전표 쪼가리 몇 개 구경하고 나가기는 그간 들인 공이 너무나도 아까웠다.

그가 이러지도 저러지도 못하고 우왕좌왕하는 사이 횃불은 성큼 건물 근처까지 다가왔다.

"제기럴! 이러다간 정말 잡히겠다!"

뒤늦게 사태를 파악한 한숭은 허겁지겁 일만 냥짜리 전표 몇 장을 품 안에 챙긴 후 금고를 닫고는 후닥닥 서탁을 넘어 문으로 몸을 날렸다. 그런데 하필 서탁 위에 놓여 있던 먹을 밟는 바람에 발이 미끄러졌고, 기세 좋게 날아가려던 한숭은 우당탕 소리를 내며 바닥으로 떨어져 버렸다.

한숭은 아픈 것보다도 겁이 더럭 났다.

'크, 큰일이다!'

방금 그가 낸 소음은 건물 근처까지 도달한 영호세가의 고수들이 감지할 수도 있는 큰 소리였다. 한숭은 새파랗게 질린 얼굴을 한 채 바동거리며 몸을 일으켰다. 그런데 하필 그의 머리 위에 있던 선반을 보지 못한 게 또 화근이었다.

우지끈! 쿵쾅!

선반이 그의 단단한 머리로 인해 쪼개지며 그 위에 올려져 있던 짐들이 그의 머리 위로 쏟아져 내렸다.

"윽!"

한숭은 선반 위에서 떨어지는 궤짝의 모서리에 정수리를 찍혀 비명을 지르며 주저앉았다. 그의 머리를 찍은 궤짝은 그 충격으로 뚜껑이 열렸고, 그 안의 내용물이 주저앉은 한숭의 품 안으로 굴러 떨어졌다.

"아이구, 두야……."

머리를 싸매고 몸을 일으키던 한숭의 눈에 품 안으로 들어온 책의 겉표지가 들어왔다.

"어라라라라?"

한숭은 순간 아픈 것도 잊고 탄성을 질렀다. 책의 표지에는 이런 제목이 써져 있었기 때문이다.

검진비결.

"드… 드디어!!!"

한숭의 입에서 희열에 찬 감탄성이 터져 나왔다. 올 것이 오고 만 것이다.

"영호세가 놈들! 검진비결이 다 불타 버렸다고 하더니만! 내 이럴 줄 알았다! 이런 곳에 꽁꽁 숨겨놓고 감추어놨을 줄 알았어!"

영호세가는 진검성이 무너진 직후 영호진이 만년에 집필한 검진비결이 당시 소동으로 인해 불타 버렸다고 강호에 공포를 했었다. 그러나 그 발표를 곧이곧대로 믿는 강호인은 그다지 많지 않았다. 힘이 약해진 영호세가가 비결을 노리는 자들의 시선을 피하기 위해 거짓말을 하고 있는 것이며, 검진비결은 세가의 구중심처에 꼭꼭 숨겨져 있을 거란 소문이 파다했다. 한데 그 소문이 사실이었고, 그 증거가 지금 한숭의 손안에 잡혀 있는 것이었다.

한숭이 뜻밖의 기연으로 손을 떨며 흥분하고 있을 때, 아래층에서 웅성이는 소리가 들려왔다. 다가오던 무리가 안으로 들어온 듯했다.

"이크! 이럴 때가 아니군!"

한숭은 기겁하며 비급을 품 안에 쑤셔 넣고는 문이 아닌 창밖으로 몸을 날렸다. 무리가 아래에서 올라올 것이니 자신은 마주치게 될 위험이 있는 계단이 아닌 벽을 타고 밖으로 빠져나가기 위함이었다.

그의 판단은 현명했다. 무리가 이미 건물 안으로 들어와 있었고 밖에 남아 있는 인원은 없었다. 한숭은 쾌재를 부르며 건물 밖의 담장까지 달려가 담을 넘어 어둠 속으로 몸을 던졌다. 그의 품 안에는 검진비결이 단단히 품어져 있었다.

영호세가의 호위 무사들은 담소를 나누며 삼층으로 올라오고 있었다.

"이번 놈들은 제법 강하던걸. 어느 산에서 온 놈들이라고 했지?"

호리호리한 키에 족제비상 얼굴을 한 무사의 말에 눈매가 날카로운 무사가 답했다.

"정경산 왕구채에서 왔다더군. 강할 뿐 아니라 정보력도 갖춘 놈들이었어. 가주님 이하 중신들이 비밀 외유 중인 것을 어떻게 알고 때맞춰 왔는지 원…….."

"몇 놈 생포했으니 지지고 볶으면 어디서 정보가 샜는지 알 수 있겠지. 그나저나 정말 지겹군. 강호의 소문 때문에 보물을 훔치겠다는 도둑놈들이 하루가 멀다 하고 담을 넘어 들어오니… 목숨이 아깝지도 않은가?"

"세상에 넘쳐 나는 게 바보일세. 그중에 간 크고 정신 나간 놈들이 있기 마련이고, 그런 놈들이 영호세가의 담을 넘는 거지 뭐."

"그런데, 방금 안으로 들어올 때 무슨 소리 못 들었나?"

"삼층에서 쿵 소리가 나는 것 같긴 하던데… 혹시 또 도둑이 든 거아냐?"

"바보가 한 놈 더 있었나? 이번 바보는 이 건물이 가짜 본관인 것도모르고 들었나 보군. 여기는 이제 속는 도둑놈도 없어서 매복조도 철거된 장소인데."

무사들은 소리가 났던 삼층 가주 집무실로 향했다. 이들의 말대로이 건물은 가짜 본관이었다. 영호세가의 본관은 세가 중앙의 지하에위치해 있었고, 이 건물은 들끓는 도둑들을 쉽게 처리하기 위한 덫으로쓰는 건물이었다.

워낙 오랜 기간 가짜 본관 행세를 한 덕에 덫으로의 효용성도 없어진 이 건물은 매복과 주변 경비도 철수한 상태였고, 호위 무사들의 숙소로 쓰이고 있었다. 가주 집무실을 자신의 거처로 쓰고 있는 호리호리한 무사가 집무실 문을 열고 들어가자, 난장판이 되어 있는 내부가드러났다.

"빌어먹을 자식 같으니. 잔뜩도 어질러 놓았군. 이놈을 잡았어야 하는 건데."

무사는 툴툴거리면서 따라온 동료와 함께 어질러진 짐을 정리하기시작했다.

"그놈 머리는 나쁘지만 기술은 제법 있는 모양인걸? 족자 뒤의 비밀금고도 열어본 흔적이 있군. 가짜 전표도 몇 장 집어갔나 본데?"

눈매가 날카로운 동료가 탄복한 듯 말했다.

"예전 같았으면 금고를 여는 순간 천장의 매복조가 튀어나와 등에칼을 박았을 텐데 말이야. 이래저래 운이 좋은 놈이군."

툴툴거리던 호리호리한 무사의 입에서 쌍욕이 흘러나왔다.

"이 개자식! 선반 위의 내 짐을 건드렸잖아!"

"왜, 뭐가 없어졌어? 자네 짐을 손 댈 정도라면 좀도둑인가? 좀도둑이 이런 데까지 들어왔단 말이야?"

방 주인 무사는 분통을 터뜨렸다.

"이놈이 내 검진비결을 가져갔어! 대공자님한테 하사받았던 건데!"

동료는 코웃음을 쳤다.

"난 또 뭐라고. 그거 중요한 뒷부분은 다 자르고 앞부분만 주신 거 아냐? 앞부분에 기재된 게 뭐였더라… 육합검법과 태령, 삼재검법 아냐? 기초 중에 상기초인 검법들인데 그것들을 아직도 모르나? 굳이 배우고 싶다면 내가 가르쳐 줄게. 수업료만 착실히 내라고."

방 주인 무사는 고개를 저었다.

"내용이야 아까울 것도 없었지만 기념품으로야 멋진 물건 아닌가. 나중에 은퇴하고 내다 팔면 한몫 잡을 수 있겠다 싶은 물건이었는데… 천하제일의 비급을 잃었으니 오늘은 진정 슬픈 날이로군!"

동료가 웃으며 그의 어깨를 두드렸다.

"강호에서는 천하제일로 친다고 해도 이 가문 내에서는 휴지 조각만큼도 대우받지 못하는 게 검진비결 아닌가? 똥 닦는 데 썼다고 생각하라고."

무사히 영호세가를 빠져나온 한숭은 죽어라 속도를 내어 질주하여 동이 터 올 무렵 영호세가의 권역에서 완전히 벗어날 수 있었다. 그는 춤추듯 달려 인적 드문 곳에 숨어들었다. 그리고는 두근거리는 가슴을 진정하려 애쓰며 품 안의 비급을 빼 들었다.

"이거야, 이거! 이제 나는 천하를 뒤흔들 무공을 얻었어!"

한숭은 떨리는 손으로 책의 표지를 넘겼다.

검진비결 서문.

이 책은 만년에 사긴 절친한 친구 공공자가 자신의 무공을 집대성하여 혼돈지서라는 책을 집필하는 것에 자극을 받아 내 나름대로의 비급을 만들어보고자 쓴 책이다.

공공자는 원래 비천십삼도라는 놀라운 절학을 가지고 있었으나 십오한 무학의 이치를 글로 표현하는 것에 한계가 있다는 것을 절감하고 다양한 기병과 단편적인 무공들을 조합하여 극상의 위력을 발휘할 수 있는 방법들을 집대성하여 혼돈지서를 제작하고 있다.

나는 그런 그의 노력에 경탄을 보내는 바이나 글로써 남에게 무학의 이치를 깨우치게 하는 것이 불가능하다고 하는 그의 생각에는 전적으로 동의하기 어렵다. 물론 사람의 글에는 표현의 한계가 있고, 좋은 스승 없이 뒤어난 인재가 길러지기 어려운 것이 당연한 것이므로 비급만으로 절정의 고수를 길러내는 것이 지난한 일이긴 하다.

그러나 육십 평생을 검 하나를 붙잡고 살아오면서 나름대로 깨달은 것이 하나 있다. 세상에 만연한 무수한 검법들은 수없이 많은 검로(劍路)를 가지고 있고, 이 검로들은 일치하는 것 없이 제각각 다른 형상으로 나아가는 것처럼 보인다. 그러나 개중에 나름의 현묘한 무리를 가지고 있는 초식의 검로들은 일정한 통일성을 내포하고 있다.

즉, 나아가 베고 찔러 목표를 상해하는 검의 일차적 목적에 정확히 부합하는 검로는 어떤 검법의 어떤 초식을 발현하든 간에 대체로 일치된다는 것이다.

누구든지 이러한 검로, 검이 나아가는 길을 제대로 터득할 수 있다면 그의 검을 천하에 당할 자가 없게 될 것이다. 이러한 깨달음을 얻도록 만들고자 쓰는 것이 바로 이 검진비결이다.

이 책은 아직 수준이 그리 높지 않은 자라 해도 부단히 노력하고 분투한다면 깨달음을 얻을 수 있도록 나름의 애를 써본 책이다.

책에는 다섯 가지의 검법이 수록되어 있다. 앞의 세 검법은 시중에 널리 알려진 범용한 검법이긴 하나 사람들이 생각하는 것 이상의 뛰어난 무리를 내포하고 있는 검법들이다.

이 세 가지 검법만 올바르게 터득한다 하더라도 그대의 검은 원하는 대로 나아가게 될 것이다. 뒤의 두 검법은 내가 회주로 역임하고 있는 성검회의 유룡검법(游龍劍法)과 진검성의 현음검법이다. 강호의 일절로 꼽히는 검법들에 내 나름대로의 주해를 첨가해 놓은 것이다. 주의할 것은 부디 뒤의 두 검법에 시선을 빼앗기지 말고 처음의 육합검법부터 차근차근 수련해달라는 것이다. 그래야만 진정한 검이 나아가는 길을 깨달을 수 있게 된다.

끝으로 책을 접하는 사람에게 한마디를 하자면, 힘을 얻는 자는 그 힘과 함께 의무를 갖게 된다는 것을 알아줬으면 한다. 나는 이 사실을 깨닫기까지 육십 년을 허비해야 했다.

"좋아, 아주 좋아!"

한자 독해력이 좋은 편은 아닌 한승은 무슨 내용인지 완전히 파악할수는 없었으나 어쨌거나 열심히 익히면 세진다는 말로 들렸다. 그는상기된 얼굴로 다음 장을 넘겼다. 소제목을 본 그의 눈이 커졌다.

일장. 육합검법

"육합검법? 설마 내가 아는 육합검법은 아니겠지?"

한승은 설마설마 하며 낱장을 넘겼다. 그러나 종이를 넘기면 넘길수록 그의 얼굴은 점차 어두워져 갔다. 그러던 그의 얼굴은 책의 끝 부분에 이르러서야 비로소 환해졌다. 그가 알지 못하는 내용이 드디어 출현했기 때문이었다.

"천랑검법? 좋아, 뭔지는 몰라도 바로 이거야! 이게 바로 진짜 비결인 모양이군!"

한승은 한껏 희망에 부풀어 오른 가슴을 안고 몸을 일으켰다. 저 멀리 동편 산에 걸린 아침 해가 그의 앞날을 축복하듯 서광을 비추고 있었다.

제1장
장건, 용봉지회에 참여하다

장건, 용봉지회에 참여하다

       황보세가의 별장에 모인 용봉지회의 청년들
은 널찍한 앞마당에 모두 모였다.

  회의 수뇌부가 단상 위에 모여 있었다. 그들은 회원들의 중지를 모
아 의견을 수렴한 후 몇 가지 결정을 하여 막 발표하고 있었다.

  소청룡이라 불리는 소림 속가의 고수이며, 용봉지회의 현 회장인 공
손혁이 입을 열었다.

  "결정된 사항에 대해 말씀드리기에 앞서, 한 가지 중요한 말씀을 올
리겠소."

  중인의 시선이 그에게로 집중되었다.

  "본인은 이곳으로 오기 직전, 강북 무림련의 임시 련주로 계시는 소
림사의 청진 대사를 뵙게 되었소. 그분께서도 본 회의 정영들의 의기
를 충분히 이해하신다는 말씀을 하셨소."

장내는 곧 소란스러워졌다.

성미 급한 무사 한 명이 소리쳤다.

"그렇다면 초청장을 본 회에서 사용해도 된다는 허락이 떨어진 거요?"

공손혁은 쓴웃음을 지었다. 물론 허락을 받았다. 청진 대사 이하 강북 무림련의 거두들이야 망신만 당할 수 있는 성검회의 초청장이 부담스러워 어떻게든 없애 버리려 한 것이 사실이다. 그러나 초청장을 가지고 성검회에 도전하고픈 젊은 용봉지회의 회원들이 부단히 초청장에 대한 얘기를 강호에 흘린 덕에 외부의 시선 때문에라도 차마 초청장을 없앨 수 없는 지경에 이른 상태였다.

이왕 초청장을 받아들여야 할 상황이라면 용봉지회 소속의 정영에게 도전의 기회를 주는 것이 가장 합당한 처사였다. 그래야 떨어져도 성검회 강제 가입 조건에서 면제될 수 있는 데다가 이왕 떨어질 거면 한 살이라도 젊은 사람이 떨어지는 게 체면이 덜 손상되기 때문이기도 했다.

그런 연유로 청진 대사는 공손혁에게 용봉지회에서 초청장을 사용하는 것을 허했고, 지금 공손혁은 그 얘기를 발표하는 중이었다.

공손혁이 청진 대사의 초청장 사용 허락을 발표하자 장내는 더욱 소란스러워졌다. 저마다 초청장을 누가 사용해야 하는지 갑론을박을 펼치기 시작했다.

공손혁은 두 손을 들어 좌중을 진정시키고 말을 이었다.

"청진 대사께서는 초청장 사용을 허하시면서 조건을 붙이셨소. 그것은 본 회의 정영이 행여 운이 없어 성검회의 시험에서 떨어진다 하여도 그가 무림련에서 떨어져 나가 성검회로 소속되는 불상사가 생기지 않도록 반드시 이십오 세 이하의 회원으로 하여금 초청장을 쓸 수 있게 하라는 말씀이었소. 본인도 대사의 말씀에 전적으로 동의하고, 여러분 역시 그 방침에는 별 이의를 다는 분이 없을 줄 아오. 그런 고로 본인은 본 회 소속 이십오 세 이하의 회원들이 참여하는 비무대회를 이 자리에서 열 것을 제안하는 바이오. 정정당당하게 실력을 겨루어 아무 잡음 없이 최고수를 뽑아 그에게 초청장을 줍시다. 그래서 강북 무림련의 실력을 성검회 입회 시험에서 마음껏 뽐내고, 보다 나아가서 그들이 우리를 끌어가는 것이 아니라 우리가 그들을 끌어들일 수 있는 결과가 나올 수 있도록 노력합시다. 어떻습니까?"

그의 말에 반대하는 사람은 아무도 없었다. 이십오 세 이하 회원 간의 비무대회는 이미 회합 시작 전부터 초청장을 놓고 겨루는 비무 시합이 열릴 것이라는 소문이 파다했던 터라 모두가 짐작하고 있던 일이었다. 마당에 모인 회원들은 일제히 큰 함성으로 그의 제안에 동의를 표했다.

이미 몸과 마음의 준비를 하고 있던 터라 비무대회를 미룰 이유가 없었다. 곧 앞마당에 비무대가 마련되었고, 가장자리를 모든 회원들이 둘러선 가운데 회장 공손혁과 총사 역할을 맡고 있는 화산파의 정효가 중앙으로 나섰다.

정효가 미리 준비해 온 서류를 들고 중인들을 향해 말했다.

"이번 회합에 참여한 본 회 회원 삼백이십칠 명 가운데 비무대회 참가 요건인 이십오 세 이하의 나이에 해당되는 회원은 이백삼십이 명입니다. 그리고 당연한 얘기입니다만 성검회에 응시를 하는 것이니 검을 주무기로 쓰는 사람만이 비무대회에 참가할 수 있습니다. 여기 오신 회원들의 소속 문파가 대부분 검을 수련의 도구로 쓰는 명문이므로 이

인원 중에 대략 구 할 이상이 이 기준에 부합된다고 생각합니다. 비무 방식은 이렇습니다. 예선은 잠시 후 북소리가 울림과 동시에 시작됩니다. 좀 전에 말한 이백삼십이 명 가운데 누구든지 도전하고픈 의사가 있으신 분은 비무대 위로 올라오시면 됩니다. 그렇게 두 분이 올라오면 비무가 시작되고, 단판 승부가 벌어집니다. 승부에서 패한 사람은 탈락이고, 재도전은 불가합니다. 세 번을 연속으로 이기거나, 혹은 세 번 이내라 해도 북소리가 세 번 울릴 때까지 도전자가 나타나지 않는 사람은 본선으로 진출하게 됩니다. 본선 방식은 예선이 끝나고 나서 다시 발표하겠습니다."

정효는 비무 시 주의 사항도 이야기했다.

"승부는 한쪽이 포기하거나 전투 불능 상태에 이르렀을 때 종료됩니다. 또한 불의의 피해를 줄이기 위해 저를 비롯한 나이 제한에 걸리는 다섯 명의 회원이 참관인으로 대기하고 있다가 승부가 났다고 판단되거나 양쪽의 격차가 현격하다고 생각될 경우 결투를 중지시킬 것입니다."

잠시 후 대회의 개막을 알리는 북소리가 울렸다.

비무대 위로 처음 나선 것은 남궁광재였다. 그와 거의 동시에 화산 속가 소속의 청년 검수 한 명이 비무대에 발을 디뎠다.

함성이 비무장을 뒤덮는 가운데 둘의 대결이 시작되었다.

남궁광재는 제법 날카로운 검법을 갖추고 있었다. 남궁세가 비전의 창궁무애검이 그의 손에서 화려하게 구사되었고, 화산 속가의 검수는 그의 공세에 쩔쩔매다가 이십여 초를 채 버티지 못하고 무릎을 꿇고 말았다.

"남궁광재, 승리!"

정효의 선언이 떨어지자 세가 연합 쪽에서 큰 함성이 일었다.

다시 시작의 북소리가 울렸으나 남궁광재의 쾌검에 질린 듯, 도전자가 올라오지 않았다. 그러자 남궁광재는 조소를 띤 채 검을 들어 비무장의 한구석을 가리켰다.

그가 가리킨 곳에는 서문정과 함께 장건이 서 있었다. 남궁광재는 검을 까딱이며 올라오라는 신호를 보냈다. 장건은 표정의 변화 없이 그의 도발에도 무반응으로 일관했다. 조소를 짓고 있던 남궁광재의 얼굴이 서서히 일그러질 즈음 두 번째 북소리가 울렸고, 다른 도전자가 비무대 위로 올라왔다. 하남의 군소문파인 백검문 출신의 검객이었다.

비무가 시작되자 남궁광재는 장건에게 무시당한 분풀이를 하듯 검객을 강하게 몰아붙였고, 그 역시 십오 초를 채우지 못하고 남궁광재의 공격에 칼을 떨구고 말았다.

가볍게 이 연승을 한 남궁광재에게 덤빌 도전자는 더 이상 나타나지 않았다. 세 번의 북이 울린 후 남궁광재는 첫 예선 통과자가 되었다.

그 뒤로는 지리한 비무가 이어졌다. 나이 대가 비슷비슷하다 보니 명문가 출신의 몇 명 빼놓고는 참가자들의 실력이 대부분 차이가 나지 않았다. 그렇기 때문에 삼 연승을 하는 도전자가 좀처럼 나타나지 않았다.

어찌어찌 이 연승을 해도 기운을 이미 많이 소진한지라 그 다음 도전자에게 패하고, 그 도전자 역시 그 다음 상대나 다다음 상대에게 패하는 식의 물고 물리는 순환이 계속 이어졌다. 무려 열두 번의 비무가 진행될 때까지 예선 통과자가 나오지 않다가 마침내 무당파 소속의 젊은 도사가 간신히 삼 연승을 거두고 두 번째 예선 통과자가 되었다.

그 이후에도 물고 물리는 접전이 이어지며 점심 식사로 인한 휴회 시간까지 예선 통과자는 불과 네 명밖에 나오질 않았다.

식사 시간이 끝나고 시작을 알리는 북소리가 울리자 갑자기 좌중에서 환호성이 일었다. 회장인 소청룡 공손혁이 비무대 위로 올랐기 때문이다. 비무대회의 진행을 빨리하기 위해 시작하자마자 먼저 나온 것인 듯했다.

소청룡 공손혁은 소림 최고의 후기지수이며 알려진 몇 안 되는 오행신단의 복용자였다. 또한 자타가 공인하는 용봉지회의 최고수이기도 했다. 그런 그를 상대로 섣불리 도전해 올 용기있는 자는 좀처럼 나타나지 않았다. 북소리가 두 번을 울리고도 한참이 지나도록 비무대 위에는 아무도 올라올 생각을 하지 않았다. 막 세 번째 북소리가 울리려 할 찰나, 한 청년이 비무대 위로 올라왔다.

장건과 서문정은 눈에 이채를 띠었다. 그는 바로 객잔에서 마주쳤던 제갈가의 청년이었기 때문이다.

제갈가의 청년은 소청룡을 향해 정중히 포권지례를 취했다.

"제갈세가의 제갈첨이오. 명성 높으신 소청룡과 비무를 하게 되어 영광이오. 한 수 가르쳐 주시길 바라오."

소청룡도 미소를 지으며 응대했다.

"별말씀을. 저야말로 제갈세가의 정영과 손을 나눌 수 있게 되어 영광이외다. 좋은 승부를 펼쳐 봅시다."

관전석에서 그들을 보던 서문정이 고개를 갸웃거렸다.

"이상하네요? 저 사람처럼 잔머리를 잘 굴리는 사람이 왜 소청룡 같은 이길 수 없는 상대에게 덤비는 걸까요?"

장건이 대답했다.

"네 말대로 이길 수 없는 상대이기 때문이다."

"예?"

"저 친구도 제갈세가에서는 나름대로 뛰어나다고 인정을 받아 여기 용봉지회까지 참여를 했겠지. 그러나 저런 행동을 보이는 것을 보아하니 비무대회에서 능력을 발휘할 정도의 실력은 없는가 보구나. 이길 자신은 없고, 그렇다고 참여조차 하지 않으면 실력이 없어 도전도 못했다는 소리를 들을 거고, 그러니 누구나가 인정하는 최고수에게 도전하여 면피를 하겠다는 속셈이겠지. 소청룡이 저 친구를 이길 것은 누구나가 다 알고 있으니 적어도 패한다 해도 창피는 덜할 게 아니냐? 또 소청룡 같은 고수는 비무를 한다 해도 다치지 않게 끝내줄 터이니 몸을 사리기에도 좋을 것이고 말이다."

장건의 설명에 서문정은 인상을 찌푸렸다.

"정말 비겁하군요. 그렇게까지 해야 할까요?"

"세상에는 각양각색의 자들이 있고, 체면이 세상에서 가장 중요하다고 생각하는 자들도 있는 법이니까."

과연 장건의 예상대로 비무는 싱겁게 끝났다. 제갈첨은 처음부터 공세를 펼쳤으나 검에 실려야 할 날카로운 예기는 보이지 않았다. 그저 공격한다는 표시를 밖으로 내보이는 요란함만이 있었을 뿐이다. 소청룡은 그런 공격을 여유있게 막아냈고, 제갈첨의 의도를 알고 체면을 세워주려 그러는지 반격은 하지 않았다. 그렇게 공격과 방어가 반복되며 삼십 초가 지나자 제갈첨은 검을 멈추고는 실력이 안 됨을 깨달았다고 외치고 나서 제 스스로 물러났다. 소청룡의 승리에 환호성이 터져 나왔으나 깨끗이 패배를 자인한 그에게도 격려의 박수가 쏟아졌다.

의기양양하게 할 것을 다한 표정으로 비무대를 내려오는 제갈첨을 보며 서문정은 속이 메스꺼운 표정으로 혀를 내밀었다.

제갈첨이 물러난 후, 더 이상 소청룡에게 대적하려는 자는 없었다. 북소리가 세 번 울린 후, 소청룡이 다섯 번째 본선 진출자가 되었다.

소청룡이 나온 이후로는 그를 의식해야 했던 실력자들이 속속들이 나오기 시작하면서 예선 통과자의 수가 신속하게 늘어갔다. 여덟 명의 본선 진출자가 추가로 발탁되고 대회는 슬슬 막장으로 접어들었다. 참가 자격자는 이백삼십이 명이었으나 실 참가자는 팔십 명도 채 되지 않았다. 애초부터 대회에 나갈 실력이 안 된다는 것을 깨닫고 포기한 회원들이 절반 이상이었고, 소청룡이나 남궁광재 같은 고수가 있는 한 어차피 자신이 우승하지 못할 거라는 것을 아는 중간급 강자들 역시 대거 참가 포기를 한 탓이었다.

들뜨던 열기가 가라앉을 즈음 한 명이 비무대 위로 올라서자 전에 없이 열광적인 반응이 터져 나왔다. 소청룡이 올라올 때보다도 몇 배 더 큰 환호성을 받은 것은 다름 아닌 조비연이었다. 늘씬하고 아리따운 그녀가 뜻밖에 비무대 위로 등장하자 청년 무인들이 너나 할 것 없이 호응을 보낸 것이다.

조비연은 열띤 반응이 시끄럽기만 한듯 한쪽 귀를 막고서는 도전자를 기다렸다. 잠시 후, 음충스러운 웃음을 흘리며 커다란 덩치의 검수 하나가 등장했다.

"흐흐흐. 본인은 황보세가에서 온 황보태수라 하오. 소저의 방명은 어찌 되시는지?"

조비연은 그의 웃음이 마음에 안 드는 듯 인상을 쓰며 대꾸했다.

"종남에서 온 조비연이에요."

"오, 조 소저로군. 얼굴만큼 이름도 아름답구려."

조비연은 살짝 눈을 찌푸리며 검을 뽑아 중단에 세웠다. 더 이상 잔말하지 말고 겨루자는 뜻이었다. 황보태수는 실실 웃으며 검을 뽑아 들었다. 그의 검을 든 품새는 무척이나 허술하여 전혀 공방의 자세가 갖춰져 있지 않았다.

"아름다운 소저의 검법 역시 아름다우리라 믿소. 이 황보 모에게 눈을 호강할 기회를 허락해 주시겠소?"

조비연을 단단히 얕잡아보는 태도였다. 조비연은 차갑게 한 번 웃고는 발을 박차고 그를 향해 뛰어들었다.

"탓!"

짧고 낭랑한 기합성과 함께 그녀의 검이 공기를 가르며 황보태수에게로 짓쳐들었다. 웃고 있던 황보태수는 그녀의 공세가 생각보다 만만치 않아 보이자 황급히 자세를 고쳐 잡으려 했다. 그러나 그녀의 검은 벌써 그의 명치께로 파고들고 있었다.

쩡!

명치로 다가오는 검을 막으려 솟구치던 황보태수의 검이 푸른 하늘로 치솟았다. 단 일 합에 적의 무기를 날려 버린 조비연은 거기에서 그치지 않고 공중으로 몸을 띄웠다. 그녀의 두 발이 번개같이 교차하며 한 발은 황보태수의 명치에, 한 발은 명치의 충격으로 인해 허리가 꺾이며 낮아지는 그의 턱에 작렬했다.

"크억!"

참관인석에서 날아가는 검을 보고 뒤늦게 비무 중지를 외쳤지만 이미 조비연의 이연타가 한참 전에 작렬한 뒤였다. 황보태수는 처절한 비명과 함께 비무대 밖으로 나가떨어졌다.

"건방진 놈, 아름다운 소저가 어쩌고 어째? 사람 보는 눈부터 키워라, 멍청한 자식아."

조비연은 그러고도 분이 안 풀리는 듯 중얼거렸다. 그나마 사람들이 많이 모여 있으니까 이 정도로 그쳤지 그녀의 사문 내에서 이런 일이 있었다면 황보태수는 뼈도 못 추렸을 것이다.

그녀의 뜻하지 않은 실력에 좌중은 어안이 벙벙했다. 조비연은 종남파 내에서는 절대 권력을 자랑하고 있었지만 혼사를 걱정한 조청문이 그녀의 실력을 대외 비밀로 한 덕에 아직 그녀의 진면목을 알아보는 사람이 강호에는 없었다.

그러나 지금의 비무로 인해 그녀의 존재감은 용봉지회 내에서부터 서서히 커지기 시작했다.

혹시 우연이 아니었을까 하는 마음에 나선 두 번째 비무자 역시 떡이 되어 나가떨어진 후, 조비연의 실력을 의심하는 자는 장내에 아무도 없게 되었다. 결국 세 번의 북소리와 함께 조비연이 열네 번째 비무자로 발탁되었다.

이제 남아 있는 도전자는 몇 명 되지 않았고, 마지막까지 자신없어 하던 자들이니만치 실력이 비슷비슷하게 약했다. 그들끼리의 치열한 박투가 전개되었고, 특히 화산 속가의 장좌위와 하북팽가의 팽영춘의 대결은 일대 접전이었다. 오백 초에 다다르는 팽팽한 접전이 펼쳐진 끝에 실력과 공력을 떠나 악다구니에서 앞선 팽영춘이 승리를 거두었다.

간신히 장좌위를 물리치긴 했으나 팽영춘은 기운이 완전히 소진된 듯 검을 지팡이 삼아 간신히 비무대 위에서 버티고 있었다. 그의 두 다리는 경련이 이는 듯 바들바들 떨리고 있었다. 누구라도 지금 비무대 위에 올라선다면 팽영춘을 이기기는 여반장인 듯 보였다.

그러나 북소리가 두 번을 울려도 아무도 비무대 위에 오를 생각을 하지 않았다. 참관인석에 앉아 있던 정효는 이제 더 이상 도전자가 없을 거라는 판단이 들었다. 참가할 사람들은 전원 다 참가를 했기 때문에 힘없는 팽영춘은 운 좋게 예선을 통과하는 마지막 도전자가 될 듯 보였다.

그러나 마지막 북소리를 울리려 북채가 막 북으로 다가가는 순간 누군가가 비무대 위로 올라섰다. 길었던 비무대회 일차전의 끝을 기다리던 좌중은 허탈한 표정으로 그를 바라보았다.

서문정만은 놀란 눈으로 그의 등을 바라보고 있었다. 바로 옆에 있던 이천휘(장건)가 그에게는 일언반구도 없이 불쑥 비무대 위로 올라갔기 때문이다.

팽영춘은 부들거리는 다리를 진정시키며 받치고 있던 검을 다가오는 장건을 향해 겨눴다.

"내 검은 고사하고 머리칼 들 힘도 없을 지경이다만, 비겁한 네놈에게는 결코 지지 않겠다!"

그는 화가 잔뜩 나 있었다. 예선 통과에 잔뜩 기대를 걸던 차에 도전하는 놈이 나타난 것이 마음에 들지 않았고, 자신이 기운이 빠질 때를 기다려 나타난 것이 특히 마음에 들지 않았다.

객석에서도 야유가 쏟아져 나왔다. 장건은 전혀 개의치 않는 평온한 얼굴로 검을 뽑아 들고는 말했다.

"화산 속가의 이천휘요."

팽영춘은 인상을 쓰며 말했다.

"같은 사문인 장자위의 복수인가?"

"맘대로 생각하시오."

"건방진! 내 오늘 화산에 단단히 원한을 얻겠구나!"

팽영춘은 젖 먹던 힘까지 끌어내어 힘차게 검을 날렸다. 기운이 빠지고 있으니 단 일 합에 건방진 놈을 작살낼 작정이었다.

쨍!

검이 날아갔다.

"승자 이천휘!"

단 일 합에 건방진 놈 대신 자신의 검이 작살난 팽영춘은 '역시 팽가는 검이 아니라 도를 써야 해!' 하는 한탄과 함께 눈물을 뿌리며 비무대를 내려갔다.

기운 빠진 팽영춘을 손쉽게 물리친 이천휘에게는 박수가 아닌 야유가 쏟아졌다. 그러나 도전할 사람이 이미 다 도전을 한 관계로 괘씸한 그를 꺾을 도전자는 장내에 남아 있지 않았다. 더 큰 야유가 쏟아지는 가운데 북소리 세 번이 울리고, 이천휘가 가장 운이 좋은 열다섯 번째 본선 참가자로 결정되었다.

"본선은 내일 이 장소에서 승자승 방식으로 열릴 것이오! 이것으로 비무대회 예선을 마감하겠소!"

정효의 종료 선언이 있고 나서 비무대회 첫날이 마감되었다.

서문정과 함께 숙소로 향하는 장건에게 영호선이 다가왔다. 영호선은 눈을 흘기며 말했다.

"왜 대회에 참가할 거라고 말씀 안 하셨어요? 깜짝 놀랐잖아요."

장건은 어깨를 으쓱했다.

"사실은 나도 그럴 생각이 별로 없었소. 그런데 마지막에 그 친구가 비치적거리는 것을 보니까 생각이 좀 바뀌던데."

"어머, 생각보다 비겁하군요."

입이 나와 있던 서문정도 그녀의 말에 동의했다.

"그래요, 그건 천휘 형답지 않은 행동이었어요."

장건은 그의 머리를 쓰다듬으며 웃었다.

"하하, 그래서 아까부터 말도 안 하고 입이 잔뜩 나와 있었구나. 나도 그 친구한테 미안하긴 했다만, 어쨌거나 초청장을 얻어야겠다는 마음이 그때 갑자기 강하게 들어서 말이다. 내일은 좀 덜 비겁하도록 하마."

서문정의 표정은 비로소 풀어졌고, 영호선의 눈이 커졌다.

"초청장을 얻으시려고요?"

"원래 얻으려고 여길 온 것이 아닌데, 비무대회를 보다 보니 생각이 바뀌었소."

원래는 훔치려고 온 것이었다고 말한다면, 둘의 표정이 어떠할까 하고 장건은 생각했다.

그에게는 이번 성검회 입회 시험에 참여해야 할 동기가 있었다. 검진만리 영호진과 공공자 당진량을 죽인 범인, 그 범인이 성검회의 시험장에 나타날 가능성이 높다고 판단했기 때문이다.

서달룡이 취해온 정보에 의하면 지난 십오 년간 벌어진 네 차례의 시험에서는 그 어떤 도전자도 육차 이상을 통과하지 못했다. 만일 영호진을 꺾은 그가 성검회의 힘을 얻으려 했다면 육차 이상을 통과하지 못했을 리 없었다. 고로 그는 아직 성검회의 시험에 응시한 적이 없었다는 얘기였다. 만일 그가 진정 야심만만한 자라면 이번 다섯 번째 시험에는 어떤 방식으로든 참가할 가능성이 높다고 장건은 보고 있었다.

그가 가장 유력한 용의자로 꼽고 있는 것은 철무림주와 전검문주, 그리고 군룡회주였다. 때마침 성검회의 초청장은 이 세 단체로 보내졌다. 장건은 그들 중에 분명 성검회의 힘을 욕심 내어 시험에 참여하는 자가 있을 거라고 보고 있었다.

만일 십 단계의 시험을 모두 통과하는 한 사람이 있게 되면 그자가 바로 범인일 거라고 장건은 확신했다.

왜냐하면 십 단계 마지막 시험은 영호진이 낸 유성도천하라는 초식을 파훼하는 것이기 때문이다. 이 초식은 영호진 검법의 정수라고 할 수 있었다. 마치 영호진이 파훼한 성검회 초대 문주 성검명의 초식이 그의 검법의 정수였던 것처럼.

누군가가 이 유성도천하라는 초식을 파훼할 수 있다고 한다면, 그리고 그가 진검성과 관련있는 세 단체 중 한 곳에서 나온 사람이라면, 그가 영호진을 쓰러뜨린 범인일 가능성이 높았다. 유성도천하를 파훼할 수 있다면 그것은 곧 영호진의 검법 자체를 파훼할 수 있다는 의미이기 때문이다.

'그렇기 때문에 반드시 이번 성검회 시험에 참여해야 한다. 그래야만 그를 볼 가능성이 있기 때문이다.'

장건은 원래 무기명 초청장을 훔쳐 가려고 했었다. 그러나 여기 와서 생각해 보니 무기명 초청장이라 해도 용봉지회로 온 것인 이상, 용봉지회의 수락을 얻고 가져가는 것이 결격 사유가 없을 거라는 판단이 들었고, 그래서 마지막 순간에 도전을 결정한 것이었다.

그로서는 고심 끝에 내린 결정이었다. 비록 변장을 하고 있긴 했으나 구면인 사람들이 골치 아픈 사연을 가지고 그를 찾고 있는 터라 자칫 이전의 모습을 드러내기라도 하는 날에는 무척 귀찮아질 수 있었기 때문이다.

'절대 한 번 썼던 무기나 무공을 쓰지 말고 이겨야겠군.'

장건은 앞으로의 비무가 꽤나 까다로울 것 같다는 생각이 들었다.

비무대회 둘째 날이 밝았다.

열다섯 명 중 추첨을 통해 화산의 정수 도장이 부전승으로 팔강에 진출한 가운데 십육강전이 벌어졌다.

십육강의 첫 시합에 나선 것은 소청룡 공손혁과 개방의 후기지수인 소면개(笑面丐)였다.

소면개는 개방의 규지검법(叫枝劍法)을 극성까지 익힌 기재로 소청룡과 백여 초를 팽팽히 겨뤘으나 결국 내공에서 밀려 분패하고 말았다.

조비연은 다섯 번째 시합에서 무당파의 차현통과 격돌했다. 원래 무당파 소속의 회원 중 최고수는 명한청이었으나 그는 자신이 소청룡에 미치지 못한다는 것을 인정하고 스스로 출전을 포기했다. 그 대신 무당 대표로 나선 것이 그의 사제인 차현통이었다.

차현통은 태극검을 구사하며 수비 위주로 조비연의 맹공에 삼십여 초를 간신히 견뎠으나 더 이상 버티지 못하고 기권을 선언했다. 차현통과 소면개의 무공이 비슷한 것을 감안하면 조비연이 얼마나 뛰어난 실력을 가지고 있는가를 소청룡과의 간접 비교에서 사람들은 느낄 수 있었다.

그 뒤 한차례의 비무가 더 열린 후, 십육강의 마지막 대결인 화산 속가 출신의 이천휘와 황보세가 소속의 황보태정의 대결 순서가 되었다.

황보태정은 남궁광재와 함께 어울려 다니던 패거리 중 한 명으로, 장건과는 객잔에서 마주쳤던 적이 있었다. 그는 동생인 황보태수가 예선에서 조비연에게 망신을 당한 터라 어떻게든 명예 회복을 해야겠다는 사명감에 불타고 있었다.

"비무대에 올라선 이상 세속의 권세는 아무 소용이 없는 거란 것은 명심해야 할 거요."

그는 장건에게 검을 겨누며 말했다. 개봉부 지부대인댁의 자제라는 명칭에 부담을 가지고 하는 말이었다.

장건은 피식 웃으며 응대했다.

"걱정 마시구려. 뒤끝 걱정은 안 해도 좋소."

"거 듣던 중 반가운 소리군."

황보태정은 적이 안심한 표정으로 비무에 임했다.

타고난 신력을 바탕으로 하는 그의 검이 묵직하고도 빠르게 장건에게로 닥쳐들었다. 황보세가 비전의 태산십팔반검이었다.

장건은 다가오는 검을 향해 자신의 검을 뻗었다. 그의 검이 긴 호선을 그리며 황보태정의 검을 흘렸다.

"응?"

황보태정은 눈에 이채를 띠었다. 방금 전의 일격은 다분히 상대의 검세를 읽기 위한 방어적 공격이었기 때문에 상대가 막아낸 것에 대해서는 의아함이 없었다. 다만 상대의 검법이 눈에 훤히 익은 것이라는 게 의아스러웠다.

그는 좀 더 빠른 일검을 구사했다. 세 개의 잔영을 남기며 수직으로 날아오는 그의 검을 장건은 횡으로 받아쳤고, 다시 꺾어지며 측면으로 파고드는 검을 사선으로 빗겨 막았다. 이런 식으로 몇 수를 교환한 후 황보태정은 훌쩍 물러서서 말했다.

"지금 장난하는 거요?"

"왜 그러시오?"

"고작 육합검법으로 날 상대할 셈이 아니라면 진신 수법을 구사하시오!"

어디서 많이 보던 초식만을 구사한다 했더니 장건이 쓰는 검식은 기초적인 육합검법의 초식들뿐이었다. 육합검법은 화산파 전통의 검법이긴 하나 워낙 범용화된 지 오래인지라 강호의 말단 무사들까지도 훤히 파악하고 있는 검법이었다. 그런 검식으로 태산십팔반검에 응대하고 있으니 황보태정이 기가 막혔던 것이다.

장건은 아무렇지도 않은 표정으로 대꾸했다.

"난 이거면 충분하오. 앞으로도 이것만 쓸 터이니 신경 쓰실 것 없소이다."

"뭐라고? 이런 건방진!"

황보태정은 눈에서 불을 뿜었다. 그에게는 장건의 말이 '네까짓 놈에게는 육합검법 정도면 충분하다' 라는 말로 들렸기 때문이다.

황보태정은 무거운 중검을 젓가락처럼 휘두르며 장건에게 달려들었다. 장건은 맞받으려 하지 않고 뒷걸음질을 치며 간간이 검을 휘둘러 그의 검을 흘려내곤 했다. 황보태정은 약이 바짝 올라 미친 듯한 공세를 계속하며 장건을 쫓았고, 장건은 유유히 뒷걸음질치며 그의 공세를 흘렸다.

덩치가 크고 힘이 좋으나 보법이 민활하지 않은 황보태정은 뒷걸음을 마치 앞걸음처럼 빠르게 걷는 장건을 금방 따라잡지 못했다. 잡힐 듯 잡힐 듯하는 장건을 향해 마구잡이로 검을 휘두르며 쫓아갔으나 미꾸라지 같은 놈이 좀처럼 잡히지 않았다. 이백 초를 넘게 검을 휘두르고도 단 한 번 제대로 격돌을 못해본 황보태정은 들고 있는 중검이 서서히 무거워지고 숨이 가빠오기 시작했다.

"왜 그러시오? 설마 육합검법을 상대하다가 지친 것이오?"

밉살 맞은 장건의 조롱하는 소리가 귀를 간질이자, 지친 기색이던 황보태정은 코에서 김을 내뿜으며 다시 장건에게로 돌진했다.

"내 오늘 네놈을 반드시 육시를 내놓겠다!"

휘휘휘휘휘휘휙!

중검이 기쾌하게 허공을 갈랐으나 장건은 기름칠한 미꾸라지처럼 요리조리 빠져나갔다. 가끔 검과 검이 충돌하긴 했으나 장건이 뒷걸음질을 계속 했기 때문에 그것이 두 번 세 번 이어지는 일은 없었다.

다시 이백 초를 더 구사한 황보태정은 입에서 단내가 나기 시작했다.

비무대가 그리 큰 것도 아닌데 미꾸라지는 잡힐 생각을 하지 않았고, 워낙 숨도 쉬지 않고 마구잡이로 검식을 구사한 터라 기력이 바닥으로 치닫고 있었다. 들고 있는 중검은 천근만근이었고, 다리는 바닥에서 누가 끌어당기는 듯 질질 끌렸다.

"이놈… 이 비겁한 놈… 게 서지 못하겠느냐……."

외칠 기운도 다 빠져나간 듯했다. 이제 잡기는 글렀다 싶던 차에, 그의 눈에 장건이 비무대 구석으로 움직여 가는 것이 들어왔다. 황보태정은 눈이 번쩍 뜨이는 것을 느꼈다. 장방형의 비무대 구석으로 놈을 몰 수만 있다면 좌우로 빠져나갈 수 없고, 비무대 밖으로 나가면 탈락이니 더할 나위 없었다. 이때껏 구석 쪽으로는 한 번도 움직이지 않았던 장건이었는데 뭔가 거리를 착각한 모양이었다.

'넌 죽었다!'

황보태정은 최대한 기운을 끌어올려 벼락같이 장건에게 달려들었다. 장건은 뒷걸음질치며 더욱 구석으로 다가갔다. 그러다가 아차 싶은 얼굴로 좌우를 둘러보더니 낯빛이 변해가는 것이었다.

'걸렸어!'

황보태정은 속으로 쾌재를 부르며 검을 내리찍었다. 놈은 더 이상 뒷걸음질 칠 공간이 없었다. 이제는 자신과 격돌하지 않고는 못 배길 것이다.

장건도 더 이상 피하기를 체념한 듯 다가오는 중검을 향해 검을 내뻗었다. 공중으로 쳐올리는 경조비상(驚鳥飛上)의 초식이었다.

황보태정의 눈에 승리의 희열감이 벌써 물들었다.

깡!

검과 검이 부딪치며 파열음이 비무장을 울렸다. 그리고 황보태정의 중검이 허무하게 공중으로 날아갔다.

비무 종료 선언이 내려졌다.

"이천휘 승!"

"이건 말도 안 돼!"

황보태정은 머리를 감싸 쥐고 고함을 질렀다. 머리칼을 움켜쥔 그의 손은 경련으로 바들바들 떨리고 있었다. 물경 사백 초를 숨 한 번 제대로 쉬지 못하고 마구잡이로 휘두르다 보니 손에서 기운이 빠져나가 장건의 예상치 못한 강력한 반격에 그만 검을 놓쳐 버린 것이다. 기운이 빠져서 검을 놓친 것은 일회전에서 장건과 격돌한 팽가휘와 똑같은 결과였다.

장건은 웃음과 야유가 뒤섞인 함성을 받으며 비무장을 내려왔고, 그를 마지막으로 팔강 진출자가 모두 가려지게 되었다.

두 시진의 휴식 시간이 주어진 후 팔강이 시작되었다.

우승 후보로 부상한 소청룡과 조비연이 상대를 가볍게 물리치고 사강에 선착했고, 부전승으로 올라온 정수가 십육강에서 소진한 기운을 채 회복하지 못한 제갈세가의 제갈규를 쓰러뜨리고 사강의 한자리를 차지했다.

제갈규가 떨어지자 세가 연합 쪽의 표정이 가히 좋지 않게 변했다. 이제 세가 연합에서 남아 있는 것은 남궁광재뿐이었다. 만일 그마저 떨어진다면 사강에 올라가는 것이 전부 사파일방 출신의 회원들이기 때문에 추후 용봉지회의 힘의 판도가 사파일방 쪽으로 몰릴 가능성마저 있었다.

그러나 비무대 위로 올라가는 남궁광재의 얼굴에는 그러한 걱정의 빛은 일체 보이지 않았다. 상대는 다름 아닌 이천휘였다. 그는 밉살 맞은 놈을 쓰러뜨릴 수 있는 기회를 잡았다는 생각에 희희낙락해하고 있는 실정이었다. 비록 객잔에서 놈이 쓴 사술과도 같은 금나수가 마음에 걸리긴 했으나 권법이 아닌 검법이라면 자신이 있었다.

십육강에서 제법 빠른 신법으로 황보태정에게 우위를 점했으나 그것은 황보태정이 워낙 느렸기에 이득을 본 것이다. 남궁세가의 쾌검과 신법이라면 놈이 보여준 움직임을 충분히 따라잡고도 남음이 있을 것이다.

게다가 놈이 화산파의 제자랍시고 보여준 것이 겨우 육합검법뿐인데, 남궁광재는 놈이 화산 속가제자가 아니란 심증을 굳히고 있었다. 놈은 화산 제자의 신분을 증명해야 하는 별장 입구에서도 육합검법만을 썼고, 황보태정 같은 고수를 상대로도 육합검법만을 구사했다. 만일 다른 화산의 수법을 쓸 수 있다면 굳이 육합검법을 고집할 이유가 없는 일들이었다. 남궁광재는 이천휘가 화산의 제자로 가장하고 있는 것이며 그렇기에 알고 있는 육합검법 외에 다른 검법을 쓰지 못하는 것이라 확신했다.

고로 자신의 공세에 밀려 육합검법 이외의 다른 문파의 검법을 쓴다면 그때는 첩자로 몰아 죽여 버리면 그만이었다. 또한 오직 육합검법만 쓴다 해도 문제없었다. 육합검법 같은 하류의 검법으로는 자신의 창궁무애검을 결코 당해낼 수 없으니 비무대 위에서 죽여 버릴 수 있는 것이다.

남궁광재는 이래저래 어떤 결과가 나오든 놈을 죽일 수 있다는 것이 기쁠 따름이었다.

그의 맞은편에서 장건이 올라왔고, 정효의 시작 선언으로 비무가 개시되었다.

남궁광재는 처음부터 창궁무애검으로 거칠게 장건을 압박해 들어갔다. 장건은 뒷걸음과 함께 육합검법의 초식을 구사하며 아까와 같이 남궁광재의 공세를 흘려 버리려 했다.

남궁광재는 득의한 웃음을 지었다. 그의 검과 신법은 장건을 따라잡을 수 있을 정도로 충분히 빨랐다. 황보태정 때처럼 뒷걸음질치다가는 자신의 쾌검에 밀려 비무대 밖으로 내쫓길 것이 자명했다.

과연 장건은 도망치는 것을 포기한 듯 육합검법의 초식을 구사하여 그의 공세를 방어하는 데 주력했다.

그러나 장건이 구사하는 익숙한 초식들은 남궁광재의 눈에 훤히 보였다.

'멍청한 놈!'

이런 상황에서까지 육합검법을 고집하다니, 죽지 못해 환장한 놈이 아닐 수 없었다. 남궁광재는 그 초식의 빈틈을 찾아 일검을 찔러 넣었다.

챙!

'어라?'

남궁광재의 눈에 당황한 빛이 서렸다. 장건은 분명 육합검법 중의 활어도강(活魚渡江)을 구사하고 있었다. 그래서 횡으로 지나가는 검의 빈틈을 비집고 검을 찔러 넣은 것인데, 어느새 장건의 검은 뇌격노송(雷擊老松)을 구사하며 직각으로 내려와 닥쳐온 그의 검을 쳐낸 것이다.

'뭔가 착오가 있었나?'

그는 다시 풍전계관(風轉桂冠)을 구사하는 장건의 빈틈을 노려 성광발현(星光發現)의 초식으로 강하게 찔러 넣었다. 그러자 어느 틈에 장건의 검은 우중세류(雨中細柳)로 돌변하며 좌우로 산개하여 그의 검을 쳐냈다. 장건의 검은 그에 그치지 않고 노선승산(老仙昇山)으로 튀어 오르며 그의 가슴으로 찔러들었다.

"헛!"

남궁광재는 생각지도 못한 날카로운 공세에 헛바람을 들이키며 뒤로 물러났다. 그러나 그의 앞섶은 길게 잘려져 가슴속의 살이 드러날 지경이 되었다.

"이, 이럴 수가……."

뜻하지 않은 낭패를 본 남궁광재의 얼굴은 험악하게 일그러졌다. 관객들은 그가 수세에 몰리자 뜻밖이라는 듯 웅성이기 시작했다. 남궁광재는 얼굴이 벌게져서는 버럭 소리를 지르며 달려들었다.

"놈! 육합검법으로 나를 이길 성싶으냐? 운도 거기까지다!"

그의 장검이 사방팔방으로 잔영을 흩뿌리며 장건에게로 닥쳐들었다. 육합검법의 간결한 초식으로는 도저히 막아내기가 어려운 창궁무애검의 필살절초가 무차별로 구사되었다.

창! 창! 차차차차창!

비무대 위는 불똥이 튀기고 파열음이 난무했다. 사정없이 몰아붙이는 남궁광재에 맞서 장건은 유유히 육합검법을 구사하여 그에 대응했다.

비무대에 시선을 빼앗기고 있는 정효의 옆에 있던 사제 정진이 놀란 얼굴로 말했다.

"사형, 저는 저런 육합검법을 본 적이 없습니다!"

정효도 탄복한 눈으로 고개를 끄덕였다.

"어제도 보긴 했지만… 아마도 본산의 어르신들을 제외하고는 강호에서 가장 육합검법을 잘 이해하고 있는 사람 같구나. 저 단순한 초식들로 저 복잡다단한 창궁무애검의 변화를 완벽히 틀어막고 있어."

"검로를 터득하고 있지 않고서는 불가능한 일입니다."

"말이 쉽지, 다다르기가 쉽지 않은 경지다. 본 문의 속가에서 큰 인재가 나타난 듯하구나."

남궁광재는 서서히 지쳐 가고 있었다. 벌써 삼백 초가 넘도록 공세의 고삐를 늦추지 않고 있었지만 어찌 된 일인지 상대의 단순한 검법을 도저히 뚫기가 어려웠다. 분명 빤히 알고 있는 초식을 구사하고 있는데 자신이 구사하는 창궁무애검의 변화에 맞추어 너무도 시기적절한 대응을 하는 것이었다.

놈이 조금만 다른 검법을 쓰는 태를 냈다면 즉시 비무를 중지하고 첩자로 몰았겠으나 아무리 눈을 크게 뜨고 놈의 검법을 주시해도 삼백 초가 넘게 격돌하도록 육합검법의 여섯 초식 외에는 다른 어떠한 수법도 쓰지 않고 있었다.

'말도 안 되는 일이다! 설마 창궁무애검이 육합검법 나부랭이에 뒤

지는 거란 말인가? 아니면 설마 내가 놈에게 크게 못 미치는 건가? 그건 절대 있을 수 없는 일이야!'

남궁광재는 머리 속이 복잡해지며 공세의 끈을 조금 늦추었다. 체력적으로나 심적으로나 더는 몰아칠 기운이 없었기 때문이다. 그러나 상대는 그가 조금의 여유를 보인 틈을 놓치지 않았다.

쌔애애액!

노선승산의 초식이 전에 볼 수 없이 기쾌하게 구사되며 남궁광재의 장검을 비집고 들어왔다. 정신이 번쩍 든 남궁광재가 다급히 검을 비틀어 다가오는 검을 쳐내려 했으나 장건의 검은 어느새 풍전계관으로 바뀌며 빙글 돌아 그의 손목을 노렸다. 남궁광재가 허둥대며 검을 빼는 순간, 그의 머리 속에는 장건이 이제껏 풍전계관 다음에는 십중팔구 경조비상(驚鳥飛上)의 초식을 구사했다는 생각이 떠올랐다.

'오냐! 이놈, 틈을 줄 터이니 들어와 보아라!'

이대로 수세에 몰렸다간 자칫 개망신을 당할 수 있다고 생각한 남궁광재는 함정을 파기로 마음먹었다. 그는 검을 뺌과 동시에 경조비상이 들어올 수 있도록 가슴을 훤히 열어놓았다. 부상의 위험을 감수하고 덫을 놓은 것이다.

과연 장건의 검은 기다렸다는 듯 올려쳐 왔다. 경조비상이었다.

'옳거니!'

상대의 초식을 예상했으니 빈틈을 노려 찌르는 것은 여반장인 일이었다. 남궁광재는 철판교를 시전하며 경조비상을 피하고는 왼 다리를 축으로 몸을 뒤집으며 바닥에서 회전하여 백팔십도를 돌았다. 다소 무리한 동작이었으나 장건이 경조비상을 구사한 이상 그의 하반신은 비어 있을 것이 분명했다.

남궁광재는 반쯤 엎드린 자세를 유지하며 훤히 비어 있을 상대의 하복부를 향해 검을 꽂아 넣었다.

위이이잉!

그러나 그의 검은 맥없이 허공을 갈랐다. 상대의 다리가 있어야 할 부분에는 아무것도 보이지 않았다.

'응?'

남궁광재의 눈이 의아한 빛을 가득 담은 채 커지는 순간, 그의 후두부로 강력한 충격이 닥쳐왔다.

콰직!

남궁광재는 그의 움직임을 훤히 읽고 공중으로 잠시 떴다 떨어진 장건의 발에 뒤통수를 밟힌 채 바닥에 머리를 처박았다. 어쩌나 세게 박혔는지 비무대의 장판이 금이 갈 지경이었고, 남궁광재는 코뼈가 부러진 채 혼절하고 말았다. 치열했던 비무는 이 한 수로 어이없이 끝나 버리고 말았다.

"잔머리를 너무 썼군, 친구. 감히 내 초식을 읽고 대응식을 만들려 하다니."

장건은 어처구니없는 듯 웃음을 흘리며 쓰러진 남궁광재를 내려다보았다. 창궁무애검을 계속 구사했다면 한 백 초쯤은 더 갈 수 있었을 텐데, 괜히 잔재주를 피우다가 한 방에 골로 가버린 것이다.

결투가 끝났음에도 비무장은 고요했고, 간간이 억눌린 웃음이 흘러나오고 있을 뿐이었다. 방금 전의 우스꽝스러운 상황이 사람들은 실감이 나지 않았다. 이때껏 잘 싸우던 남궁광재가 억지스럽게 몸을 뒤집어 회전하는가 싶더니, 그를 뚱하게 바라보던 장건이 슬쩍 공중에 몸을 띄웠다 떨어지며 남궁광재의 머리를 밟아 비무대 바닥에 처박아 넣은 것이 다였다.

남궁광재가 대체 왜 상대에게 허점을 훤히 내보이는 바보 짓을 하고 땅바닥에 얼굴을 처박았는지, 사람들은 도무지 이해하지 못했다.

"푸하하, 저 친구 정말 재미있군. 잘 싸우다가 대체 왜 몸을 까뒤집었을까? 그 짓만 안 했어도 뒤통수가 밟히는 일은 없었을 텐데."

나할라리가 옆에 있던 석초진의 어깨를 치며 웃음을 터뜨렸다. 그와 다른 일행들은 비무장 한구석에서 이 비무를 처음부터 지켜보고 있었다.

그보다는 단수가 높은 석초진이 턱수염을 쓰다듬으며 말했다.

"글쎄… 좀 이해가 안 되는군. 남궁광재 하면 제법 난다 긴다 하는 후기지수인데, 저런 무리한 짓을 한 이유가 뭘까? 범 선생, 뭔가 까닭이 있겠지요?"

범생은 막 비무대를 내려오고 있는 장건을 탄복한 눈으로 바라보며 대답했다.

"저 이천휘라는 무사, 보기보다 훨씬 뛰어난 자일세."

"육합검법으로 창궁무애검에 삼백 초를 견뎠으니 뛰어나긴 하구려."

"아니, 단순히 버틴 게 중요한 게 아냐. 육합검법을 구사하는 무인은 강호에 지천으로 널려 있네만, 이때껏 저 검법을 저렇게 군더더기없이 완벽하게 구사하는 사람을 본 적이 없네. 상대하는 남궁광재는 아마도 숨이 막혔을 걸세. 아주 단순하게 보이는데 전혀 빈틈을 찾아볼 수 없었을 테니까. 삼백 초가 지나면서 승산이 희박하다는 것을 감지했을 것이고, 그것을 인정하기 싫었기에 무의식중에 그런 무리수를 둔 것이겠지. 제 꾀에 제가 넘어간 것이라고 할까?"

"호오, 그런 것이었나."

석초진은 그제야 이해한 듯 고개를 끄덕였지만 비무장에 모인 좌중의 대다수는 그런 내막을 알 리 없었다. 단지 남궁광재가 우스꽝스럽게 패했다는 것만이 뇌리에 또렷이 각인되었을 따름이다.

장건의 승리가 선언되자 비무장 여기저기에서 웃음소리가 흘러나왔고, 남궁세가와 그와 가까운 세가 연합의 요인들은 창피함에 벌게진 얼굴로 고개를 떨구어야 했다.

대회 둘째 날은 장건과 남궁광재의 비무를 끝으로 막을 내렸다. 사강과 결승전은 사강 진출자들의 몸에 별 이상이 없기 때문에 다음날 바로 열기로 정해졌다.

비무장을 빠져나가는 장건을 화산 제자들이 붙잡았다. 그들은 함께 가서 검법에 대한 얘기를 나누자고 청했으나 장건은 대회 내내 평정심을 유지해야 한다는 이유를 들어 정중히 거절했다.

그러나 그를 초청한 또 한 명에 대해서는 거절하기가 어려웠다. 늦은 저녁 그를 부른 사람은 용봉지회의 회장인 소청룡 공손혁이었기 때문이다.

제2장
장건, 소청룡을 만나다

장건, 소청룡을 만나다

　　　　　소청룡의 거처는 별장 중앙에 위치한 승룡
관에 있다.

황보세가주가 이곳에 올 때 묵는 곳이라는 시비의 귀띔처럼 매우 호
화롭게 치장된 건물이었다.

소청룡의 방은 건물의 전망 좋은 남쪽 편에 위치하고 있었다.

용이 음각된 방문을 열고 안으로 들어서자 향긋한 냄새가 코를 자극
했다.

뒷짐을 진 채 창밖을 바라보고 있던 소청룡은 장건이 들어오자 몸을
돌렸다.

소청룡 공손혁은 강북제일의 기재라는 평판답게 정기 넘치는 눈빛
과 수려한 용모가 돋보이는 청년이었다.

그는 장건에게 정중히 공수했다.

"어서 오시오. 부름에 응해주서서 고맙소이다. 시간을 함부로 빼앗지 않았나 모르겠소."

"별말씀을. 저녁에 할 일도 없고 심심하던 차였소."

장건도 정중히 응대했다. 소청룡은 의자를 권했고, 둘은 마주 보며 착석했다.

"냄새가 좋군요. 청향등(淸香藤:재스민)인가요?"

장건의 물음에 소청룡은 고개를 끄덕였다.

"그렇습니다. 제가 워낙 청향등을 좋아해서요. 차도 즐겨 마시고, 무엇보다 향기를 즐기는 것을 좋아하지요."

그의 말처럼 방 안의 화병에는 남보랏빛 청향등이 꽂혀 있어서 그윽한 향기를 내뿜고 있었고, 시비가 다탁 위에 가져다 놓은 차 역시 청향등 차였다. 소청룡은 차를 한 모금 마신 후 찻잔을 내려놓으며 말했다.

"아까의 비무, 인상적이었소이다."

그의 눈은 장건의 내부를 들여다보려는 듯 반짝거렸다. 장건은 그에 개의치 않고 담담한 신색을 유지했다.

"육합검법이 그렇게 정교하고 뛰어난 검술인 줄 미처 몰랐소. 오늘 모처럼 개안을 한 듯합니다."

"과찬의 말씀. 소청룡께서 구사하시는 태산북두의 소림무공에 비하면 부끄러운 무공일 뿐이지요."

"무공 자체의 수준이 중요한 게 아니지요. 소림의 무공이 우위니, 화산의 무공이 우위니 하는 말은 말하기 좋아하는 사람들이나 떠드는 얘기고, 중요한 것은 어떤 무공을 익히느냐가 아니라 어떻게 익히느냐 일 것이오."

소청룡의 눈이 다시금 반짝였다.

"그런 맥락에서 보자면 이 소협은 진정한 고수라고 할 수 있을 거요. 내일 비무가 무척 기대가 되는구려."

장건은 잠시 말없이 소청룡을 응시하다가 입을 열었다.

"단지 그 말씀을 하려고 부르신 거요?"

소청룡은 싱긋 웃으며 말했다.

"물론 아니오. 오늘 이 소협의 실력을 보고 관심이 동해 소협에 대하여 정효 도장 등에게 물어보게 되었소. 한데 소협의 신분이 아주 재미있더군요. 개봉 지부대인의 이공자에다가 화산에서 적비선인(赤鼻仙人)으로 알려진 경빈 진인의 제자라고 하시던데."

장건의 눈이 잠시 실룩였다. 적비선인이란 말은 술을 많이 마셔서 코가 항상 빨갛기에 붙여진 별호인데, 술을 끼고 살다가 본산에서 쫓겨나다시피 하산한 경빈 도장을 비꼬는 별칭이었다. 소청룡이 이 별호를 언급한 것은 다분히 의도적으로 보였다.

'날 격발시키겠다는 의도인가?'

장건은 소청룡이 자신을 수상하게 여기고 있다는 것을 알아차렸다.

실상 경빈 도장은 서달룡과 친할 뿐 자신과 별 안면도 없는 사이기 때문에 화나고 자시고 할 것도 없었다. 그러나 여기서 전혀 반응을 보이지 않는다면 오히려 진짜 제자인지 의심을 받을 우려가 있었기 때문에 적당히 의식적인 행동을 할 필요가 있었다.

"그 별칭은 사부께서 가히 좋아하시지 않으니 삼가하시는 게 좋겠소."

소청룡은 짐짓 아차 하는 표정을 지으며 말했다.

"아, 그랬구려. 이거 내가 실언을 했소이다. 그런데 두 분께서 사제 지연을 맺은 것은 언제이신지……?"

"육 년 되었소이다."

지금의 대답은 경빈 진인과 미리 맞추어둔 말이었다.

소청룡은 호기심 어린 빛으로 물었다.

"육 년이라. 그동안 육합검법만 배우신 것은 아니겠지요?"

장건이 대답했다.

"제가 아둔하여 그 외에는 별다른 재주를 터득하지 못했소."

듣기에 따라서 미심쩍은 대답일 수도 있었지만 소청룡은 그저 가벼운 미소를 지으며 고개를 끄덕였다.

"알겠소. 사실 소협을 이렇게 느지막이 부른 것은 본 회 간부진의 강력한 요청 때문이오. 본 회는 이전 회합까지는 그저 강북 무림의 대파들과 세가 연합 소속 정영들의 친목 도모 성격의 모임이었소. 그러나 이번 모임은 조만간 발족하게 될 강북 무림련의 예비 모임 격의 성격도 있고, 또 중대한 성검회 초청장 건까지 결부되어 있다 보니 이전보다는 회원 관리가 명확해져야 할 필요성을 느끼고 있소. 그래서 전에 없이 까다로운 검문 절차를 걸쳐 회원들을 입장시켰다오. 그런데 이번에는 유독 신입들이 많이 참여했고, 또 그중에 두드러진 몇 명이 눈에 띄더구려. 그 몇 명 중에 가장 돋보이는 것이 바로 이 소협이고 말이오."

소청룡은 빈 찻잔에 찻주전자를 살짝 기울였다.

"이제 우리로서는 소협이 비무대회 우승자가 되어 성검회 초청장을 획득하게 될 가능성을 염두에 두지 않으면 안 되게 되었소. 그러다 보니, 본 회의 간부진에서는 소협에 대한 보다 명확한 신분 확인 절차가 필요하다는 의견이 강하게 재기되었고, 본의 아니게 내가 나서게 된 거요."

소청룡은 찻잔을 들어 한 모금 마시고는 말했다.

"그러나 나 개인적으로는 소협이 거짓말을 한다거나 첩자일 거라고 생각하지 않소. 기왕 거짓말을 하려 했다면 개봉부 지부대인의 둘째 공자란 말과 같이 금방 확인할 수 있는 거짓말을 했을 리 없을 거고, 타 문파의 첩자라면 화산파의 제자들이 모두 인정할 수 있을 정도의 육합검법을 시전할 리도 없겠지요. 그런데도 소협을 이 자리까지 부른 것은 여러 간부진의 요청이 워낙 강경하다 보니 그랬던 것이오. 요식적인 행위라 생각하시고 부디 양해해 주시오. 그리고 내일의 비무에만 전념해 주시면 고맙겠소."

장건이 뭐라 할 것도 없이 제 스스로 장건이 혐의가 없다는 결론을 맺는 소청룡이었다. 장건은 미심쩍은 생각이 들었지만 소청룡의 결론에 반대할 이유가 없으므로 순순히 고개를 끄덕였다.

"잘 알겠소이다. 그리 생각해 주니 고맙군요. 그럼 이만 가보겠습니다."

장건이 막 몸을 일으키려는 순간, 소청룡이 손을 저었다.

"이왕 오셨는데 차나 조금 더 하고 가시구려. 이제 찻물이 진하게 배어 나오니 한 잔만 더 드시오."

소청룡은 그 말과 함께 찻주전자를 들고는 손을 내밀어 장건 앞에 있는 찻잔을 권했다.

장건은 무심코 빈 찻잔을 쳐들었다. 그런데 소청룡은 들고 있던 주전자를 찻잔을 향해 내밀지 않고 그 자리에서 내리 부었다.

그러자 신기한 현상이 벌어졌다. 주전자 입에서 나오는 찻물이 아래로 쏟아지지 않고 일직선으로 뿜어져 나와 다탁을 건너 장건이 들고 있는 찻잔을 향해 날아오는 것이었다.

'고절한 내공수법이로군!'

장건의 눈이 번득였다. 찻물 줄기는 한 치의 오차도 없이 장건의 찻잔 안까지 도달했다.

졸졸졸―

찻잔 안으로 들이차던 찻물이 잔을 다 채웠음에도 불구하고 소청룡은 주전자를 꺾지 않았다. 물줄기가 계속 들이붓자 찻물이 잔 위로 솟아오르기 시작했다.

장건은 눈살을 찌푸렸다. 잔 위로 올라온 찻물은 소청룡의 내공 때문에 밖으로 흘러내리지는 않고 원형을 유지하고 있었다. 그러나 이제 소청룡이 주전자의 손을 꺾기만 하면 찻물이 넘쳐흘러 자신의 옷을 적실 것이 분명했다.

장건은 순간적으로 망설였다. 지금의 소청룡의 행태는 두말할 것도 없이 자신의 무공을 시험하는 거였다. 굳이 본신의 실력을 감추고 싶다면 가만히 있다가 찻물에 옷을 적셔주면 그만이었다. 그러나 왠지 심적으로 그러기가 싫었고, 게다가 어차피 비무대회에서 우승하려면 좀 더 실력을 과시해야 하니 굳이 여기서 능력을 감출 필요가 없을 듯했다.

장건이 마음을 굳히는 순간, 소청룡이 주전자를 든 손을 꺾었다. 그러자 물줄기가 뚝 끊기고 찻잔 위 다섯 치까지 올라갔던 물이 넘쳐흐르려 했다.

장건의 눈이 순간적으로 번득였다. 그와 동시에 형체가 허물어지려던 찻물이 다시 꼿꼿해졌다.

장건은 찻물이 솟구치는 찻잔을 움켜쥔 채로 소청룡에게 말했다.

"잔이 차고 넘치는군요. 형장의 찻잔은 비어 있으니 남는 걸로 채워

드리지요."

말이 끝남과 동시에 찻잔을 든 장건의 손이 슬며시 정면으로 이동했다. 그러자 찻잔 위에서 넘실대던 물이 공중으로 튀어 오르더니 다탁 위에 놓여 있는 소청룡의 찻잔을 향해 날아갔다.

소청룡의 눈에 일순 당황한 빛이 어렸다. 설마 그 물을 다시 되튕겨 보낼 줄은 미처 예상치 못했기 때문이었다.

소청룡은 재빨리 한 손으로 다탁을 두들겼다. 그러자 놓여 있던 찻잔이 쏘아져 들어오는 장건의 찻물 줄기를 피해 마술처럼 공중으로 튀어 올랐다.

"그럴 필요 없소이다. 찻잔에 들어갈 찻물은 주전자의 것을 따라야지요."

소청룡은 재빨리 말하며 주전자를 내밀었다. 그러자 주전자 안의 찻물이 뿜어져 나와 공중에 뜬 찻잔을 향해 쏘아져 나갔다.

찻잔을 움켜쥔 장건의 손이 까딱였다. 소청룡의 찻잔이 떠오르는 바람에 목표물을 잃고 다탁 위로 떨어지는 듯하던 그의 물줄기가 수직 상승하기 시작했다. 떠오른 물줄기는 천천히 하강하고 있는 찻잔을 맴돌아 그 안으로 들어가려 했다.

그 순간 소청룡의 주전자에서 쏘아진 물줄기가 찻잔 위로 도달하여 장건의 찻물 줄기를 막아섰다. 주전자의 물줄기는 마치 연검처럼 꿈틀거리며 장건의 물줄기의 진로를 방해했다.

'달마십삼검!'

장건은 소청룡이 부리는 물줄기가 검법의 형태로 움직이고 있다는 것을 깨달았다. 장건은 재빨리 육합검법의 풍전계관을 써서 닥쳐드는 물줄기를 피해 찻잔을 노렸다.

주전자를 든 소청룡의 손이 더욱 빨라졌다. 주전자의 물줄기는 달마 십삼검의 다채로운 변화를 완벽하게 구현하며 장건의 찻물 줄기를 차단했다. 공력이 깃든 두 개의 물줄기는 맞부딪치면 섞여지는 것이 아니라 마치 지남철의 양극처럼 튕겨져 나갔다.

소청룡의 공력에 힘입어 떠오른 찻잔은 하강하는 속도가 매우 느렸다. 낙엽처럼 천천히 떨어져 내리는 찻잔의 주위로 양쪽의 물줄기가 한 개의 여의주를 차지하려 다투고 있는 쌍룡처럼 치열하게 맞부딪쳤다. 자신은 찻잔으로 들어가려 하면서 상대가 못 들어가게 견제해야 하는 상황인지라 한 치의 양보도 보일 수가 없었다.

찻잔이 거의 다탁에 다다른 순간이었다. 달마십삼검의 변화를 전혀 꿰뚫지 못하고 있던 장건의 물줄기가 돌연 부르르 흔들리더니 두 줄기로 갈라졌다.

뜻밖의 변화에 소청룡의 눈에 당황한 빛이 스쳐 갔다. 검 대 검의 대결이라고 생각했기 때문에 물줄기를 두 개로 나눌 생각은 전혀 하지 못했기 때문이다. 다급히 갈라진 중의 한 개의 물줄기를 차단했으나 나머지 한줄기는 이미 찻잔으로 들어가고 있었다. 차단했던 한줄기조차 역으로 흐르며 찻잔으로 들어서는 줄기를 따라 들어갔고, 소청룡의 물줄기가 뒤늦게 그것을 막으려 빠르게 찻잔을 향해 돌진했다.

쨍그랑!

두 물줄기가 한꺼번에 들이닥침으로 인해 갑자기 떨어지는 속도가 빨라진 찻잔은 다탁과 충돌하자마자 그 힘을 이기지 못하고 박살이 나고 말았다.

실내는 잠시 침묵이 흘렀다.

침묵을 깬 것은 장건이었다. 그는 몸을 일으켜서 정중하게 공수하며 말했다.

"미흡한 재주로 귀한 찻잔을 깨고 말았군요. 이만 물러가 보겠습니다."

멍하니 깨진 찻잔을 바라보다가 그의 말에 뒤늦게 정신을 차린 소청룡은 허둥지둥 응대했다.

"내일 다시 뵙겠소."

그는 검으로 사용하던 물줄기를 두 개로 나눈 장건의 자유로운 발상에 충격을 받은 터였다. 말로야 쉬운 얘기이지만 달마십삼검과 같은 고명한 검법을 상대하면서, 게다가 육합검법 같은 하류의 검법으로 응대하면서, 또한 물줄기라는 다루기 어려운 물체를 검으로 쓰면서 그러한 발상을 할 여유가 있었다는 자체가 놀라운 것이었다.

장건이 나간 후 소청룡은 깨진 찻잔을 내려다보며 중얼거렸다.

"생각했던 것 이상의 고수다. 내일 좋은 승부를 할 수 있겠군."

그의 입가에는 찻잔 대결에서 패한 것에 대한 씁쓸한 미소가 감돌았다.

소청룡의 방 안에서 나온 장건의 입가에도 씁쓸한 미소가 걸려 있었다.

'소청룡의 물줄기가 힘이 넘쳐 찻잔이 부서진 것이지만 내 두 갈래 물줄기의 조화가 완벽했다면 찻잔을 보호할 수 있었을 것이다. 아직은 검로 간의 조화가 완전치 않구나. 이래서는 네 번째 검법을 앞선 세 검법과 융화시킬 수가 없다. 좀 더 부단한 연습이 필요하겠어.'

답답한 표정을 지으며 걷던 그는 건물 대청으로 나왔다. 시비 몇 명이 수다를 떨며 지나쳐 갔다.

'응?'

장건은 걷던 걸음을 멈추고 뒤를 돌아보았다. 시비들이 재잘거리며 안채로 들어가는 모습이 보였다.

"잘못 보았나?"

방금 지나쳤던 시비 중의 한 명의 눈매가 어디선가 본 듯한 느낌이었다. 그러나 얼굴이 낯설었기에 장건은 이내 고개를 흔들고 건물 밖으로 나섰다.

장건은 자신이 결코 잘못 보았던 게 아니었다는 것을 나중에야 깨달을 수 있었다.

제3장
장건, 의혹을 받다

장건, 의혹을 받다

비무대회 셋째 날이 밝아왔다.

이제 성검회 초청장을 차지할 후보는 네 명뿐이었다. 하나같이 출중한 능력과 빼어난 무공을 갖춘 기재들이었기에 비무장으로 모여든 회원들은 과연 누가 성검회 초청장을 차지하게 될 것인지 의견이 분분했다.

대체로 중지는 소청룡과 조비연에게로 모아졌다. 소청룡은 강북 무림련 제일의 후기지수로 꼽혀왔기에 이견의 여지가 없었고, 조비연은 예선에서부터 놀라운 무위를 거듭 펼치며 승승장구했기에 그녀가 소청룡을 꺾고 우승할 것이라는 예상도 만만치 않았다.

상대적으로 화산의 이천휘와 정수는 앞선 둘에 비해 인정을 받지 못했다. 정수는 대진운이 좋았고, 이천휘는 기이한 행운이 지속적으로 따른 인상인지라 그다지 평가가 좋지 못했다.

회원들은 소청룡과 조비연이 결승에서 맞붙어 명승부를 펼치길 내심 기대했고, 그 바람이 영향을 끼친 것인지 몰라도 아침 일찍 발표된 사강 대진은 소청룡 대 이천휘, 조비연 대 정수로 결정되었다.

비무장에 전에 없는 긴장감이 감도는 가운데 출전자들이 속속 도착했다. 조비연과 정수, 그리고 이천휘가 차례로 나타났다.

첫 번째 출전자인 이천휘가 박수와 야유를 함께 받으며 대기석에 입장했다. 그런데 어찌 된 일인지 맞상대인 소청룡은 나타나지 않고 있었다.

진행을 맡고 있는 정효는 미간을 찌푸렸다. 소청룡은 간부진이긴 하지만 비무 당사자이기 때문에 비무 시간에 맞춰 나오기로 되어 있었다. 그러나 이미 비무 개시 시간도 지나고 있었다.

그는 무사 한 명을 불러 소청룡을 모셔오라고 명했다.

승룡각으로 간 무사는 한참 뒤에야 새하얗게 질린 얼굴로 헐레벌떡 뛰어 돌아왔다. 그의 입에서 나온 첫마디는 모여 있는 온 좌중이 자신의 귀를 의심하도록 만들었다.

"소청룡이… 소청룡이 죽었습니다!"

이 한마디로 장내는 발칵 뒤집혔다.

정효를 비롯한 회의 간부들은 즉시 대회를 중지한 채 소청룡의 처소로 향했다.

비무자 대기석에 있던 장건도 적잖이 놀라고 있었다. 어젯밤만 해도 멀쩡히 자신과 마주했던 자가 죽음을 당하다니, 오늘 승부를 기대하고 있던 그에게도 충격적인 소식이었다.

그때 불현듯 그의 머리 속을 스쳐 가는 생각이 있었다. 소청룡이 어떻게 죽었는지는 모르겠지만, 만일 타살이라면 범인이 누구인지 알 것도 같았다.

'그들 중에 하나가 나섰을 가능성이 있다.'

회원들이 웅성이는 가운데 물경 반 시진이 지난 후에야 간부들이 돌아왔다. 그리고 정효가 무거운 표정으로 소청룡의 죽음을 공식 발표했다.

죽음의 경위는 암살이었다.

그의 시체를 처음 발견한 사람은 바로 정효가 보냈던 무사였다. 그는 소청룡이 잠에서 깨지 않은 것 같다는 시비의 말을 듣고 방으로 가서 문을 두드렸으나 응답이 없었고, 기다리다가 결국 허락을 받지 않고 문을 열었더니 침상 위에 심장에 비수가 박힌 소청룡의 시체가 놓여 있었더라는 것이었다.

회원들은 혼돈에 빠진 채 그의 죽음에 관한 각양각색의 의견을 쏟아 내었다. 그런 가운데 정효를 비롯한 간부진 몇 명이 비무장의 막사에서 대기 중이던 장건에게 찾아왔다.

정효가 조심스레 말을 꺼냈다.

"이공자, 공자가 어젯밤 소청룡과 맨 마지막에 만났던 사람이라고 들었소. 맞습니까?"

장건은 고개를 끄덕였다.

"맞소이다."

"그렇다면 잠시 우리와 함께 가서야겠소."

장건은 순순히 그의 요청에 응했다.

정효는 그를 승룡각으로 이끌었다.

승룡각의 대청으로 그를 데리고 간 정효와 간부진은 장건에게 어젯밤 소청룡과 있었던 일의 자초지종을 물었다.

장건은 소청룡과 있었던 대화 내용을 순순히 얘기했다. 다만 마지막에 찻물을 가지고 검술을 겨룬 것은 말하지 않았다.

장건의 이야기가 끝나자 간부진은 장건을 심상치 않은 눈초리로 힐끔거리며 자기들끼리 수군거렸다. 그런 가운데 정효가 나서서 다른 방으로 장건을 이끌었다.

"이공자, 번거롭게 해서 미안하오."

정효가 미안한 빛으로 말하자 장건은 고개를 저었다.

"죽은 사람과 마지막으로 만난 사람이 나니까 조사를 받는 것이야 당연한 일 아니겠소."

정효는 땀을 닦으며 말했다.

"엄밀히 말하자면 공자가 나간 뒤에 시비들이 그 방을 뒷정리했고, 그때까지도 소청룡은 멀쩡히 살아 있었다고 하니 공자를 의심할 바는 아니라고 생각하오. 한데 지금 상황이 좀 심상치 않소. 본 회의 회장인 소청룡의 죽음으로 가장 큰 충격을 받은 것은 회원들이 아니라 간부들이오. 간부 중에는 그의 직속 사형제가 둘이나 있고, 다른 간부들도 다들 소청룡을 아끼고 존경했던 터라 그의 돌발적인 죽음으로 모두 극심한 혼란 상태에 빠져 있소."

장건도 느끼고 있었다. 정효와 다른 간부들의 얼굴에 혼돈과 분노가 가득 담겨 있음을.

"간부들은 한시라도 빨리 범인을 붙잡아 보복을 하고픈 열망에 가득 차 있소. 그런데 도무지 그의 죽음에서 어떤 단서를 찾기가 어렵다 보니 범인은 오리무중인 상태요. 복수심은 들끓는데 그것을 풀 대상을 찾기가 어려운 형국인지라……."

정효는 말꼬리를 흐렸다. 장건이 그의 말을 이었다.

"그 대상이 나라고 짐작하는 간부들이 생겨났단 말이구려?"

정효는 고개를 끄덕였다.

"바로 맞았소. 가뜩이나 오늘 치러질 비무에서 소청룡의 상대가 이공자로 정해져 있는 상태인지라 혹시 이공자가 소청룡을 의식하여 미리 손을 쓰지 않았나 하는 의심을 하는 간부들이 있는 상태요."

장건은 고개를 갸웃거렸다.

"대진은 오늘 아침에 정해진 것 아니오? 발표할 당시 나는 비무장에 있었는데?"

정효는 곤혹스러운 빛을 띠며 말했다.

"솔직히 말하자면 대진은 어제의 비무대회가 끝난 직후 이미 짜여진 상태였소. 추첨으로 한 것이 아니고 간부진의 입김이 적당히 깃든 대진이었소. 소청룡이 공자의 검법이 흥미롭다며 공자와 맞붙기를 자청했고, 그러다 보니 자연스럽게 이공자 대 소청룡, 조 소저 대 정수로 사강 대진이 결정된 거요."

"그러니까 간부진의 생각은 내가 그 사실을 어제 미리 알게 되었고, 그래서 소청룡에게 은밀히 손을 썼다, 이런 말이구려?"

"전체 간부진의 생각은 아니오. 다만 공자에게 망신을 당한 남궁광재를 비롯한 세가 연합 측에서 강력하게 재기하고 있는 주장이오. 공자가 소청룡과 마지막에 만났으니 그때 오늘의 비무 대진에 대한 애기를 들었을 가능성이 있고, 그래서 야밤에 다시 잠입하여 소청룡에게 손을 썼을 거란 추측을 하고 있소."

"정황만 가지고서 너무 앞서 가는 추측 같소만."

"그러나 그 추측이 다른 간부진에게까지 먹혀들고 있는 게 문제요. 공자를 제외하면 딱히 소청룡을 해할 동기를 가진 자가 없는 상태이고,

무엇보다 공자의 신분이 아직 명확히 파악되지 않았다는 것이 그들의 주장에 힘을 싣고 있소. 화산 속가제자라는 소개장 하나 외에는 다른 회원들과 일면식도 없는 데다가 개봉부 지부대인 댁 자제란 신분도 수상쩍다고 느끼는 간부들이 많소. 고관대작의 자제라는 자가 비무대회 사강에 오를 정도로 무공이 고강하다는 것도 이상하고, 그 정도로 고강한데 이름이 안 알려진 것은 더욱 수상하고, 육합검법만 고집하는 것도 이해가 가질 않는다는 시각이오. 이러다 보니 물증은 없지만 심증만으로 이공자에게 혐의를 두는 간부들이 많아지고 있소.”

장건은 말했다.

“정효 도장은 어떻소? 내가 범인일 거라 생각하오?”

정효는 굳은 얼굴로 대답했다.

“그러지 않기를 바라오. 공자처럼 육합검법을 완벽하게 구사하는 본산의 기재가 그런 짓을 했을 리 없다고 믿고 싶소.”

장건은 만족한 얼굴로 고개를 끄덕였다.

“알겠소. 한 명이라도 믿어주니 다행이군. 일단 내 신분을 확실히 증명하는 게 가장 급선무겠구려.”

“그러는 게 좋겠소. 그런데 그러려면 개봉에 사람을 보내든지 해야…….”

“그렇게 하면 너무 시간이 오래 걸리오. 간단한 방법을 가르쳐 드리리다.”

“어떤 방법 말이오?”

“이곳에서 서남쪽으로 백오십 리쯤 내려간 곳에 소량현이라는 곳이 있소. 거기 현령을 불러다 주시오.”

“현령을? 그가 부른다고 여기까지 오겠소?”

"내 이름을 대면 올 거요. 개봉부 지부대인의 이공자라고 하면 되오."

정효는 의구심 가득한 얼굴이었으나 일단 무사를 한 명 불러 그리하라 일렀다.

"왕복 삼백 리면 넉넉잡고 내일이면 도착할 거요. 공자 말대로 현령이 순순히 이곳까지 온다면 말이오."

정효는 별다른 얘기가 있을 때까지 거처에서 대기해 달라고 하며 장건을 보내려 했다. 그러나 장건은 뜻밖의 제안을 했다.

"내가 살해 현장을 좀 봐도 되겠소?"

"살해 현장? 거길 왜 보려 하는 거요?"

"개봉에 있을 때 포두 포쾌들하고 어울리면서 나름대로 범죄에 대한 지식을 제법 쌓을 수 있었소. 여러분이 보지 못한 실마리를 혹시 발견할 수도 있지 않을까 해서 청하는 거요."

정효는 잠시 고민하는 듯하더니 장건을 이끌고 살해 현장으로 갔다. 어차피 현령이 도착할 때까지 남는 게 시간이었으니 장건의 부탁을 들어주지 못할 것도 없었기 때문이다.

장건은 어젯밤 찾아왔던 소청룡의 방에 다시 들어섰다. 여전히 청향등의 내음이 느껴졌지만 그보다 더욱 강한 혈향이 코를 자극하고 있었다.

소청룡의 시체 위에는 천이 덮여 있었다.

원래 시체는 다른 곳으로 옮겨질 뻔했다. 살해의 단서도 잡지 못했음에도 그의 사제들이 한시라도 빨리 관에 넣어 소림사로 가져가겠다고 고집을 부렸기 때문이었다. 살해 원인에 대한 분석도 그곳에서 하겠다는 의중이었다.

그러나 당장 관을 구할 수 없는 관계로 그들의 소망은 미뤄졌고, 시체는 잠시 이곳에 방치해 두고 있는 상태였다.

정효는 천을 거두어 시체를 보여주었다. 소청룡의 심장 어림에 날선 비수 하나가 깊숙이 박혀 있었다. 비수는 자루 근처까지 박혀 있었고, 침상 밑까지 피가 흥건하게 흘러내려 온 것으로 보아 비수가 등까지 관통한 듯했다.

"무공을 발현했거나 독을 쓴 흔적은 보이지 않소."

정효의 말이었다. 장건은 그의 말보다는 시체에 신경을 집중하고 있었다.

'한 번 보았던 광경과 비슷하군.'

장건의 눈이 이채를 발했다. 가슴에 박혀 있는 비수, 침상에 누워 있는 시체, 어디서 한 번 본 적이 있는 모습이었다. 안휘 천중보에서 마주했던 황산 대협의 죽음, 그때와 상당히 흡사한 광경이었다.

'그렇다면 혹시……!'

장건의 두 눈이 번득였다. 어젯밤 잠깐 스쳐 지나갔던 시비의 낯익은 눈매, 그 눈매와 지금의 상황이 아우러져 그의 머리 속에서 하나의 이름이 떠오르고 있었다.

'설마 증미미가……?'

장건은 아차 싶은 생각이 들었다. 이제 생각해 보니 어디선가 본 듯한 그 눈매는 바로 증미미의 그것이었다. 얼굴이 전혀 달랐고 워낙 뜻밖의 장소에서 스치듯 마주쳤던지라 알아보지 못했지만, 다시 떠올려 보니 그녀가 확실했다.

'하지만 어째서 그녀가?'

장건은 소청룡이 죽었다는 소식을 듣자마자 그 범인의 정체를 따로 짐작하고 있었다. 소청룡은 널리 알려진 바와 같이 오행신단의 복용자다. 한데 장건은 오행신단의 복용자만을 은밀히 노리는 살수를 익히 알고 있었고, 범인은 그자들 중에 하나일 거라고 예상했다. 그러나 그 살수가 중미미라고 생각하지는 않았기에 놀라움을 금치 못했다.

'가만, 그러고 보니 황산 대협도⋯⋯!'

중미미를 만나기 위해 천중보에 잠입했을 때, 당시 황산 대협의 아들은 자신이 복용해야 할 오행신단을 황산 대협이 먹었다며 중미미에게 하소연했었다. 황산 대협이 오행신단을 복용한 것은 대외적으로 알려지지 않은 기밀이지만 중미미는 그 사실을 알고 있었다. 중미미가 황산 대협을 죽인 동기가 명확하지 않았었는데, 만일 소청룡까지 그녀가 죽인 것이 맞다면 그녀 역시 오행신단을 복용한 자를 노리고 있다는 가정을 해볼 수 있다.

장건은 중미미와 자신이 염두에 두고 있던 세 명의 살수를 연결해 보았다. 그러자 그중의 한 명과 중미미의 공통분모를 찾을 수 있었다.

'그래, 그러고 보니 혈부용(血芙蓉)의 활동이 최근 갑자기 왕성해졌지. 혈부용의 특징인 미모, 독극물의 능란한 사용, 게다가 도검불침까지⋯ 미미는 연혼갑을 가지고 있으니 충분히 맞아떨어진다!'

장건은 머리가 환해지는 것을 느꼈다. 자신의 추론이 정확하다면 뜻하지 않은 곳에서 아주 중요한 단서를 얻을 수 있을 듯했다.

일단 추론이 사실 관계에 부합하는지 확인할 필요를 느낀 장건은 사건을 구체적으로 파고들기로 작정하고는 정효에게 말했다.

"이 방을 담당하는 시비를 불러줄 수 있겠소?"

"시비에 대한 조사는 이미 했는데요."

정효는 그러면서도 부하를 불러 시비를 데려오게 시켰다.

장건은 정효에게 물었다.

"혹시 여기 들어왔을 때 술병 같은 것은 없었소?"

"술? 그런 게 있을 리가 있겠소. 소청룡은 소림의 제자이고 본 회의 회장이오. 회장이 본 회 회합 기간에 술을 마실 리가 없지 않소?"

장건은 찬찬히 시체를 살폈다. 얼굴과 눈, 혀 등을 살펴보았지만 독에 중독된 증상은 보이지 않았다.

'황산 대협의 경우처럼 앵속을 썼다면, 혹은 독을 미약하게 썼다면 표면적인 중독 증상은 나타나지 않을 수 있다. 술이 없다면 음식에 약을 넣었을 가능성도 있다.'

장건은 시체를 다시금 바라보며 황산 대협의 시체와의 공통점과 차이점을 가늠했다. 살해 현장에 술이 없다는 것 외에도 눈에 띄는 차이점이 하나 더 있었다. 황산 대협의 가슴에 찔러 넣었던 비수는 적당한 깊이로 정확한 위치에 꽂혀 있었던 데 반해, 지금 소청룡의 가슴을 꿰뚫은 비수는 지나치게 깊이 들어가 있었다. 등까지 관통할 정도로 깊이 찔러 넣은 것이 눈에 걸렸다.

'원한이 깊어서 그랬을 리는 없을 테고, 다른 의도가 분명히 있었을 것이다.'

장건은 생각에 잠긴 채 소청룡의 가슴을 뚫고 깊이 들어간 비수와 비수가 꿰뚫고 나온 등의 상처로 인해 피가 흥건하게 넘친 침상을 응시했다. 흘러내린 피는 침상을 붉게 적시고 바닥까지 흘러내려 온 상태였고, 그로 인해 방 안은 혈향이 진동하고 있었다.

그때 장건은 눈을 크게 떴다. 머리 속을 빠르게 스쳐 지나가는 생각이 있었다. 그는 코를 킁킁거리고는 정효에게 말했다.

"냄새가 지나치게 짙다는 생각 안 드오?"

정효는 갑작스러운 질문에 어리둥절해하며 대꾸했다.

"혈향 말이오? 피가 이렇게 넘쳐 나는데 당연한 것 아니오?"

"아니, 혈향이 아니라 청향등 냄새 말이오. 피가 이렇게 넘쳐 혈향이 온 방 안에 가득한데도 청향등의 냄새가 여전히 느껴지고 있소. 그렇다는 것은 청향등의 향기가 진한 혈향과 맞먹을 정도로 강렬하다는 말이오. 그런데……."

장건은 방 안을 휘휘 둘러보며 말했다.

"이 방 안에는 지금 청향등이 없소. 어제만 해도 저 가구 위에 청향등을 꽂은 꽃병이 있었는데, 지금 보니 그것이 사라졌소. 그럼에도 청향등의 냄새가 이렇게 짙다는 것은 뭔가 수상하오."

정효는 이해가 안 된다는 표정으로 물었다.

"공자 말대로 청향등 냄새가 지나치게 짙은 것 같긴 하오만 그것과 살인 사건과 무슨 연관이 있단 말이오?"

"연관이 깊을 수 있소. 우선 시비가 꽃병을 만졌는지가 중요한데……."

그때 정효가 보냈던 수하가 시비를 데려왔다.

"일단 시비를 조사하고 마저 얘기합시다."

정효에게 말한 장건은 들어오는 시비의 인상을 살폈다. 그러나 그녀는 지난밤 마주쳤던 그 눈매의 소유자는 아니었다.

장건은 시비에게 청향등 꽃병을 치웠느냐고 물었다. 그러자 시비는 어리둥절한 얼굴로 어제 아침에 꽃을 갈아 넣었기 때문에 밤에는 그 꽃병을 치우지 않았다는 답을 했다.

장건은 알겠다는 듯 고개를 끄덕였다.

"혹시 꽃병을 담당하는 다른 시비가 있소?"

시비는 잠시 생각하다가 대답했다.

"있어요. 신입인 매향이가 질 좋은 청향등을 잘 구해 와서 그 애가 가끔 꽃을 갈기도 해요."

"그 시비를 불러다 주겠소?"

정효는 수하를 시켜 매향이란 시비를 불러오게 하고는 궁금해 죽겠다는 듯 장건에게 물었다.

"꽃병이 없어진 게 대관절 무슨 의미가 있소?"

"어쩌면 사건의 실마리가 그 꽃병에 담겨 있을 수 있소."

그에게 대답한 장건은 시비에게 물었다.

"오늘 아침에 혹시 일어나지 않는 소청룡을 깨우러 왔었소?"

시비는 고개를 저었다.

"소청룡께서는 새벽 무렵부터 일어나서 연습을 하시기 때문에 깨우러 온 적이 한 번도 없어요. 오늘도 당연히 연습하러 나가셨는 줄 알았죠."

장건은 시비에게서 고개를 돌려 정효에게 말했다.

"이상하다는 생각 안 드오?"

"뭐가 말이오?"

"아까 처음에 소청룡의 죽음을 알리러 온 무사가 그러지 않았소? 그가 처음에 소청룡을 부르러 왔을 때 시비한테서 소청룡이 잠에서 깨지 않은 것 같다는 말을 들었다고 했었소. 그런데 여기를 담당하는 이 시비는 그런 말을 한 것 같지 않군."

장건은 시비에게로 고개를 돌렸다.

"혹시 오늘 아침 찾아온 무사와 만났었소?"

시비는 고개를 저었다.

"아니요, 사고가 나기 전에 만난 사람은 없는걸요."

정효는 경색된 얼굴로 급히 그 무사를 호출했다.

호출을 받고 방으로 온 무사는 시비를 보고는 고개를 저었다.

"제가 만난 것은 이 시비가 아니고 다른 사람입니다."

"그녀를 어디에서 보았나?"

"방으로 이어지는 복도에서 마주쳤습니다. 제가 소청룡께서 안에 계시냐고 했더니 고개를 갸웃거리며 기별이 없는 것을 보니 아직 안 일어나신 것 같다고……."

정효는 당황한 얼굴로 시비에게 말했다.

"이 건물을 담당하는 시비들을 모두 불러오너라."

건물 담당 시비들이 전원 불려왔지만 무사는 모든 시비를 살펴보고는 고개를 저었다.

"그 시비는 여기 없습니다."

"확실히 없나? 자네 기억이 명확한가?"

"예에… 그 시비는 키도 크고 몸도 늘씬하고 하여… 인상이 깊었습니다."

그때 처음 불려왔던 시비가 끼어들었다.

"키가 크고 늘씬하면 매향이 같은데……."

"그런데 매향은 왜 아직 오질 않는 게야!"

정효가 분통을 터뜨렸다. 다른 시비들을 다 불러오도록 매향을 부르러 간 수하는 돌아오지 않았기 때문이다.

한참의 시간이 흐른 후 매향을 부르러 간 수하는 혼자 돌아왔다. 오늘 아침까지는 본 사람이 있다고 하는데 아무리 찾아도 없더라는 것이었다.

정효는 없어진 시비와 사건이 어떤 관계가 있음을 직감했으나 그 이상은 도무지 알 수가 없었다. 그는 생각에 잠겨 있는 장건에게 다시 캐물어야만 했다.

"매향이란 시비가 실수와 관련이 있는 거요? 그리고 없어진 꽃병은? 사건이 대체 어떻게 돌아가는 거요?"

장건은 쓴웃음을 지으며 대답했다.

"진정하시오, 생각을 정리하는 중이니. 답은 일단 나온 것 같소만."

"답? 범인이 누군지 알았다는 거요?"

"그렇소. 아마도 무사에게 소청룡이 자고 있다는 답을 한 그 시비가 매향이고, 그녀가 꽃병에 손을 댄 범인인 듯하구려."

장건의 말에 정효는 믿을 수 없다는 표정을 지었다.

"가녀린 여인이 소청룡 같은 고수를 죽였단 말이오?"

"무림에서는 여자와 아이를 조심하라는 말이 있지 않소? 가장 약할 것 같은 자가 가장 강할 수 있는 곳이 무림이니까 말이오. 가령 그 여인이 혈부용이었다면 소청룡이 당한 것도 이상할 게 없지요."

"혈부용!"

정효의 눈이 커졌다.

"천하삼대살객 중에 하나인 혈부용이 범인이란 말이오?"

"진정하시오. 혈부용이 범인이라고 한 적은 없소. 다만 내 생각에… 범인이 여자라면 혈부용일 가능성을 배제할 필요는 없을 듯하오. 소청룡은 천하삼대살수가 공히 노릴 만한 명문정파의 인물이었으니까."

강호에는 세 명의 가장 뛰어난 살수가 있었다. 그들의 이름은 마검혈궁, 암혼살객, 혈부용이었다. 이들은 모두 십여 년 전부터 이름을 알리기 시작했고, 또 유독 명문정파의 고수들을 살해 대상으로 삼아 단시

일 내에 크게 유명해진 공통점을 가지고 있었다.

또 하나의 공통점은 살인의 이유가 불분명하다는 것이었다. 이들이 죽인 자들의 공통점은 거대 문파의 특급 고수, 혹은 촉망받는 후기지수라는 것 외에는 문파, 지역, 이권 관계 등에서 공통분모를 찾기가 어려웠다.

그저 어느 날 누군가가 강전에, 혹은 강기에, 혹은 독에 중독되어 죽으면 세 살수가 죽인 것이려니 하고 강호에 알려질 따름이었다.

마검혈궁은 본래 혈궁이란 이름이 붙어 있었는데 청성파의 전임 장문인이 화살에 죽은 직후 청성파의 고수들이 그의 자취를 발견하여 따라잡은 적이 있었다. 그때 검을 휘둘러 고수들을 모두 난도질해 버린 후부터 마검이란 명칭이 앞에 붙었다. 장건은 천의문에서 송영조를 강전으로 죽인 살수가 그일 거라 짐작하고 있었다.

암혼살객은 세 살수 중에 가장 수수께끼에 싸여 있는 자였다. 한두 번 씩 정체가 들통난 적이 있는 나머지 두 살수와는 달리 그의 진면목을 본 사람은 이제껏 아무도 없었다. 그는 다양한 도구를 쓰는 다른 살수들과는 달리 강기로 사람을 죽이는 방식을 썼다. 이른바 검기상인(劍氣傷人)의 경지에 다다른 고수였다. 검기상인은 강호 전체를 통틀어도 그리 많지 않은 사람만이 도달한 경지인데, 그 정도 수준에 다다른 고수가 살수를 한다는 자체가 의문스러운 일이었다. 그가 죽인 무림인은 단 일곱 명으로, 세 명 중에 가장 적었다. 그러나 죽은 사람들의 면면이 모두 막강한 고수들이었기 때문에 세 살수 중 최고수로 꼽히고 있었다.

혈부용은 아름다운 외모로 청년 고수들을 끌어들여 독으로 죽이는 것을 즐겨했다. 그러나 오 년 전 곤륜파의 후기지수에게 정체를 발각

당한 후 한동안 활동이 뜸했었다. 그러다가 작년부터 다시 활발히 활동을 재개하여 일 년 동안 벌써 세 명의 후기지수가 그녀가 쓴 것으로 추정되는 독에 살해당한 상태였다.

"그럼 그 매향이란 시비가 혈부용이 변장한 거란 말이오? 한데 혈부용이 범인이라면 독을 사용해야 하는 것 아니오? 사체를 살펴보았지만 독에 당한 징후는 전혀 없었는데?"

"독에 당하지는 않았소. 보시다시피 사망 원인은 심장에 틀어박힌 비수이니까."

"그런데 어째서 범인을 혈부용이라고 추정하는 거요?"

"독이 직접적 사망 원인이 아니었으나 간접적으로, 그것도 아주 능란한 수법으로 사용되어 살인을 도왔소. 어디까지나 짐작일 뿐이지만, 강호에서 이런 정도의 고급 수법을 쓸 수 있는 살수는 혈부용뿐이지."

장건은 침상 밑으로 흘러내린 피를 가리키며 말했다.

"보다시피 비수가 심장을 꿰뚫은 것도 모자라 등까지 뚫고 나오면서 피가 아주 많이 흘러내렸소. 마치 철천지원수의 몸에 꽂는 양 비수를 지나치게 깊게 꽂았소. 간결한 처리를 선호하고 감정을 배재하는 살수의 특성에 어긋나는 행동이오. 이러한 행동을 하게 된 원인은, 혈향을 짙게 하여 다른 향기를 옅게 만들려는 의도라고밖에 볼 수 없소."

정효는 그제야 알아들은 듯한 표정으로 말했다.

"그렇다면 범인은 청향등의 향내를 감추기 위해 혈향을 짙게 했단 말이오? 어째서 그런 짓을 했을까요?"

"독이란 것은 어느 정도로 쓰느냐에 따라 여러 가지 효능이 있을 수 있소. 다량을 쓰면 단박에 사람을 죽게 할 수 있으나, 미량을 쓰면 사지를 마비시키는 데 그치거나 정신을 잃게만 만드는 효과를 볼 수가 있다오. 자첨향(紫添香)이라는 독이 있소. 이 독은 농도를 진하게 하면 두어 방울만으로도 황소 한 마리를 거꾸러뜨릴 수 있는 지독한 독이오. 어찌나 독한지 냄새만으로도 사람의 신체를 마비시키는 효과가 있을 정도이지. 그런데 이 자첨향의 냄새가 바로 청향등과 비슷하다오."

"그럼 혈부용이 자첨향을 썼단 말이오?"

"그렇소. 혈부용으로 짐작되는 살수는 소청룡이 청향등의 향취를 좋아한다는 것을 알고는 시비로 가장하여 청향등의 꽃병에 자첨향의 향기를 섞어놨을 거요. 내가 이 방에 왔을 때만 해도 향이 이렇게 짙지는 않았으니 아마 내가 간 뒤 시비들의 뒷정리까지 끝나고 들어와서 꽃병을 갈았을 것이오. 소청룡은 매향이란 시비가 꽃을 가끔 갈아왔기 때문에 그 행동을 신경 쓰지 않았겠지. 아마도 다른 날보다 진한 향취였겠으나 향기를 좋아하는 그는 개의치 않았을 것이고, 별 경계심 없이 침상에서 잠이 들었을 거요. 그러나 방 안에 퍼진 향기는 그를 점점 몽롱하게 만들었을 거고, 그런 상태에서 살수가 나타나 그의 심장에 비수를 박았을 거요. 그리고는 창문을 열어 최대한 환기를 시키고 비수를 더욱 깊게 꽂아 넣어 시체에서 피를 많이 빼냈을 거요. 그래서 혈향으로 독의 향기를 지워 버렸겠지요."

정효는 놀란 눈을 한 채 멍하니 입을 벌리고 있다가 말했다.

"이공자의 추리는 신빙성있게 느껴지오. 그러나 공자에게 혐의를 두고 있는 다른 간부들을 설득하려면 보다 구체적인 물증이 필요하오. 단순히 청향등과 자첨향의 향기가 비슷하다는 추론만으로 그들의 마음을 돌리기에는 무리가 있소."

장건은 자신만만하게 말했다.

"그건 걱정 마시오. 일단 꽃병부터 찾아봅시다."

정효는 다른 간부들의 탐탁지 않아 하는 시선 속에서도 무사들과 시비들을 불러 오늘 아침 매향이란 시비를 어느 곳에서 목격했는지 확인하고 버려진 꽃병이 근처에 있는지 찾게 했다. 경비 무사 한 명이 이른 아침에 키 큰 시비가 후원 쪽으로 가는 것을 보았다는 이야기를 했고, 건물에서 후원까지의 동선을 이 잡듯 뒤진 끝에 부서진 꽃병 하나가 후원의 바위 뒤에 감추어져 있는 것을 발견할 수 있었다.

장건과 정효는 그곳으로 달려갔다. 잠시 후, 소식을 듣고 다른 간부들도 바위 뒤 장소로 속속 모여들었다.

장건은 피독장갑을 낀 채 부서진 꽃병의 잔해를 헤집고 있었다. 그가 집어 든 꽃병 조각의 안쪽 면은 보라색으로 물들어 있었다.

"이게 자첨향이오. 냄새를 맡아보면 청향등과 비슷한 향이 날 것이오."

정효는 장건이 내민 꽃병 조각에 코를 대지 않고 손을 내밀어 코를 향해 저었다. 그는 신중히 냄새를 맡고는 간부들을 향해 고개를 끄덕였다.

"청향등의 냄새요. 냄새를 맡은 후 약간 어지러운 것을 보면 이공자의 말대로 독이 확실한 듯하오."

간부 중 하나가 인상을 찡그리며 말했다.

"그게 그렇게 위험한 독이란 말이오? 난 냄새만으로 소청룡 같은 고수를 마비시킬 수 있는 독이 있으리란 것을 믿지 않소."

"직접 보여 드리리다, 자첨향의 위력을."

장건은 대꾸하고는 들고 있던 꽃병 조각을 바위 앞에 있는 작은 연못에 던져 넣었다. 그러자 잠시 후 연못 속의 물고기가 한두 마리씩 배를 내민 채 둥둥 떠오르기 시작했다. 물고기의 시체는 곧 수십 마리로 불어났다. 연못 속의 물고기가 모두 죽어버린 듯 보였다.

고작 작은 꽃병 조각 하나에 묻어 있는 독이 보인 강력한 위력에 모여 있던 사람들은 혀를 내둘렀다.

꽃병과 자첨향이라는 결정적인 증거가 나타나자 장건의 의심하던 간부들도 혐의를 거둘 수밖에 없었다. 그리고 꽃병에 묻은 지독한 독과 시비로 변장했던 여인 등을 근거로 혈부용이 용의자라고 지목한 그의 추리에 대다수가 동감하는 빛이었다.

그러나 왜 소청룡이 살해당한 것인지에 대해서는 의견이 분분했고, 혹시 이천휘가 혈부용에게 청부를 한 것은 아닌지 의심하는 자도 개중에는 남아 있었다.

정효도 살해 동기가 궁금한 듯 후원을 떠나 비무장으로 향하는 중에 장건에게 의견을 물었다.

"이공자는 혈부용이 소청룡을 죽인 이유가 뭐라고 생각하시오?"

"그건 나도 도장에게 딱히 드릴 말씀이 없소이다. 혈부용뿐 아니라 삼대살수 전부의 행적은 항상 수수께끼 아니오? 그들이 죽인 고수들에 대한 살해 동기가 시원하게 밝혀진 적이 거의 없지 않소? 언제나 죽은 자가 왜 죽었는지 이유를 알 수 없었고, 알려진 것은 그들이 죽였다는 흔적뿐이었지요."

정효는 장건의 말에 동의하는 듯 고개를 끄덕이면서도 다시 물었다.

"흔적이란 단어가 나와서 하는 말인데, 혈부용으로 추정되는 살수는 어째서 자신이 소청룡을 죽인 흔적을 없애려고 한 걸까요? 동기는 그렇다 쳐도 항상 또렷한 흔적을 남기는 것이 삼대살수의 특징인데, 독이 아닌 비수를 살해 도구로 삼은 것과 자첨향이 든 꽃병을 없애려 한 것은 혈부용답지 않아 보이는 행동이오. 혹시 혈부용이 아닌 다른 살수일 가능성도 있지 않겠소?"

"물론 그럴 가능성도 배제할 수 없소. 나도 사용된 도구가 독이라는 이유 하나만으로 혈부용이라 미루어 짐작할 뿐이니까. 살해 동기도 알 수 없는 마당에 왜 독을 쓴 것을 감추려 했는지 대답하기란 나에게도 어려운 일이구려."

기대했던 장건에게서도 속 시원한 말이 나오질 않자 정효는 실망한 얼굴이 되었다. 그는 간부들과 함께 추후 대책을 논의하기 위해 장건과 떨어졌다.

장건은 정효가 떠난 후 깊은 생각에 잠겼다. 그의 머리 속에서는 사건의 실체가 낱낱이 정리되고 있었다.

실상 그는 정효에게 해준 말 외에 더 많은 것을 판단하고 있었다.

그는 소청룡을 살해한 범인이 천중보에서 마주쳤던 중미미이고, 그녀가 바로 혈부용이라고 추정하고 있었다.

혈부용은 사내를 홀리는 미색과 빼어난 용독술이 특징이었고, 도검불침의 신체를 가졌다는 소문이 퍼져 있었다. 한데 미미는 두 번의 사건에서 미모와 독을 과시했고, 게다가 연혼갑을 입고 있었기 때문에 도검불침의 능력까지도 겸비했다고 볼 수 있었다. 이렇게 모든 공통분모가 맞아떨어지는 데다가, 결정적으로 그녀가 죽인 대상이 다른 사람이 아닌 소청룡이었기에 장건은 그녀가 혈부용일 거라고 판단했다.

'소청룡은 오행신단을 복용했기 때문에 죽임을 당한 것이다.'

장건은 이 사실이 천하삼대살수에게 중요한 의미를 가지고 있다는 것을 익히 알고 있었다.

그는 삼대살수를 이전부터 주목하고 있었다.

삼대살수는 지난 십 년간 왕성하게 활동을 벌여왔다. 앞서 장건이 정효에게 말했듯이 그들의 손에 다수의 무림고수가 살해되었지만 살해당한 자들의 공통점을 찾기란 매우 애매했다. 강호의 고수란 것 외에 출신, 나이, 무공 수위 등이 천차만별인지라 그들을 죽인 자가 무엇 때문에 살인을 한 것인지 밝혀내기가 어려웠다.

그러나 장건은 서달룡의 장이회를 통해 얻은 정보를 바탕으로 남들이 미처 알지 못한 살해 당사자들의 공통적 특성을 발견할 수 있었다. 그것은 삼대살수에게 죽임을 당한 대다수가 오행신단을 복용했다는 사실이었다.

진검성에서 사십 개가 넘게 제작된 오행신단은 다수가 진검성 무사들을 대상으로 소진되었으며, 영호진의 회갑연 때 열다섯 개가 명문대파의 수장들 손에 넘어가 각지로 퍼져 나가기도 했다. 그중에서는 소청룡같이 신단의 복용 사실이 알려진 사람이 있기도 했으나 대부분의 복용자들은 자신이 신단을 복용한 사실을 숨기는 경우가 많았다. 특히 영호진의 회갑연에서 후기지수에게 주라고 건네진 오행신단을 받았던 명문대파에서 이런 일이 잦았는데, 신단을 욕심 낸 수장들이 그것을 자신이 복용하고서 그 사실을 비밀에 붙이는 경우가 그러했다.

또한 진검성 출신의 고수들도 자신의 강함이 약기운으로 인함이라는 것을 남에게 알릴 필요가 없다고 생각하여 입을 다물곤 했기 때문에 오행신단 복용자로 세간에 알려진 자는 몇 명 되지 않았다.

장건은 풍파투도로 활동하며 음지에서 일하다 보니 간혹 삼대살수와 행동의 동선이 겹쳐지는 경우가 있었다.

한 번은 그가 물건을 훔치러 들어간 유력 방파에서 암혼살객에 의한 살인이 일어난 적이 있었다. 그는 오행신단을 훔치러 그곳에 들어갔다가 신단이 고이 보관되어 있다고 들은 장소에 아무것도 존재하지 않음을 알고 당황했다. 알고 보니 이미 그 방파의 수장이 영호진의 회갑연에서 선물받았던 신단을 먹어치운 상태였고, 그럼에도 마치 후기지수를 위하여 남겨둔 양 가장하고 있었던 것이다. 장건이 황당해하며 그 방파를 뜬 지 얼마 지나지 않아 암혼살객에 의한 살인이 일어났고, 그때부터 장건은 삼대살수를 주목하기 시작했다.

장이회를 통해 여기저기서 정보를 끌어 모으다 보니 뜻밖의 수확이 쏟아져 나왔다. 암혼살객뿐 아니라 마검혈궁이나 혈부용까지도 유독 진검성 출신의 고수들을 죽인 경우가 많았던 것이다.

진검성이 십오 년 전 무너진 후 많은 고수들이 성에서 나와 각자의 방파를 만들고 독립을 했다. 그런데 그런 고수들 중에 무려 열두 명이 삼대살수의 손에 죽임을 당했다. 이때껏 밝혀진 삼대살수에 의한 죽음이 쉰 명이 채 안 되는 것을 감안할 때 지나치게 높은 수치였다.

장건은 죽은 열두 명 가운데 최소 일곱 명 이상이 오행신단의 복용자라는 사실을 밝혀낼 수 있었다. 그의 추측이 맞다면 아마도 열두 명 전원이 오행신단의 복용자였을 것이다.

명문정파에서의 살해자로 넘어오면 그의 추론에 대한 근거가 더욱 또렷해진다. 이쪽 계통에서 죽은 자는 딱 두 부류이다. 방파의 영수든, 아니면 아주 젊고 유망한 제자든 둘 중의 하나였다. 물론 죽은 자들 중에 소청룡 등 몇 명을 제외하고는 오행신단을 복용 유무를 명확히 확인할 수 없었으나 살인이 일어난 방파는 전부 영호진의 회갑연에 참여했던 전력이 있었다는 것을 비추어볼 때, 죽은 자가 신단의 복용자라는 추측은 사실이라고 받아들여도 무방할 듯했다.

장건은 이 세 살수 중 한 명이 소청룡을 죽인 범인이며, 그 범인이 혈부용이고, 혈부용은 바로 증미미라고 판단하는 것이었다.

'소청룡뿐 아니라 황산 대협까지 포함한다면 중미미가 혈부용이라는 가정은 더욱 확실해진다.'

황산 대협 역시 아들에게 주려던 오행신단을 자신이 복용했던 인물이니 혈부용의 목표가 되었다는 것이 조금도 이상하지 않았다.

여기서 한 가지 문제는 중미미는 이제 스물을 갓 넘긴 여인인 데 반해, 혈부용은 십여 년 전부터 활동해 온 인물이라는 점이다. 나이 차이가 큼에도 장건이 이 둘을 동일 인물로 보는 이유는 혈부용이 몇 년 전부터 활동이 뜸하다가 최근 갑자기 활동이 활발해졌다는 사실을 파악했기 때문이다.

만약 혈부용이 대물림을 한 것이라 가정한다면 어떨까. 다른 살수들과 달리 미모가 큰 무기인 혈부용의 특성상 십 년 이상 장기적인 활동을 하기에는 무리가 따를 것이다. 그렇기 때문에 일대 혈부용에 이은 이대 혈부용을 중미미가 맡게 되었고, 수법과 연혼갑까지 대물림된 것이라면 추론의 난점들이 모두 설명 가능해진다.

'만일 내 가정이 사실이라면… 중미미는 자신이 이대 혈부용이라는 것을 숨기려 하고 있다. 이것은 이제 삼대살수가 자신들의 살해 대상이 오행신단의 복용자라는 것이 강호에 알려질 것을 두려워하기 시작했다는 의미이다.'

소청룡은 다른 복용자들과는 달리 오행신단을 복용한 사실이 널리 알려진 자이다. 이런 자를 죽이는 것은 위험 부담이 따르는 일이다. 자칫 오행신단을 노리는 자를 대상으로 살인을 벌이는 거라는 목적성이 드러날 수가 있기 때문이다.

삼대살수에게 살해당한 자들 중에는 절대 오행신단을 복용했을 리 없는 자들도 섞여 있었다. 이들은 단순히 오행신단이라는 목적성을 희

석시키기 위한 살해 대상이었을 가능성이 높았다.

'그들은 대체 왜 오행신단 복용자를 노리는 것일까. 그 세 명은 한 단체에서 활동하는 자들인가? 그렇다면 그 단체는 어디인가?'

의문이 꼬리에 꼬리를 물었다. 그가 지금까지 취득한 정보로는 아직 삼대살수의 실체를 완전히 파악하기가 어려웠다. 그러나 우연히 지금의 사건을 접하면서 증미미가 혈부용이라는 단서를 잡았으니 그들의 실체에 한 발짝 접근을 한 셈이다.

장건은 삼대살수가 어떤 식으로든 진검성의 분파들과 관련이 있으며, 영호진과 공공자를 살해한 범인과도 결부되어 있을 거라는 막연한 추측을 하고 있었다.

오행신단 복용자를 은밀하게 암살하고 있는 삼대살수와 영호진과 공공자를 의문사시킨 범인, 이들에게서 매우 흡사한 음모의 냄새가 느껴졌다. 그 음모가 과연 무엇인지는 아직 알 수 없었지만 삼대살수와 그들이 속한 집단의 실체를 파헤칠 수 있다면 그 음모에, 그가 찾고 있는 범인에게 한발 더 가까이 갈 수 있을 듯했다.

'이 일이 끝나는 대로 그들에게 접근할 수 있는 방법을 모색해 봐야겠군.'

장건이 여기까지 생각했을 때 무사 한 명이 다가와서 비무장으로 출두하라는 전갈을 전했다.

비무장에 도착한 장건은 자신을 향한 따가운 눈초리가 아직 풀리지 않았음을 깨달을 수 있었다. 그는 모여 있는 회원들의 눈총을 받으며 간부들이 있는 막사로 안내되었다.

정효가 곤혹스러운 표정으로 그를 맞이했다.

"이공자, 상황이 좋지 않소. 좀 전에 회원들에게 소청룡의 죽음이 혈부용으로 추정되는 살수의 소행이라는 것을 발표했소. 물론 공자의 추리와 밝혀진 증거물인 꽃병에 대한 설명까지 더불어서 말이오. 그럼에도 불구하고 회원들이 공자에 대한 의혹을 좀처럼 풀고 있지 않고 있소. 이러한 분위기는 이공자에게 앙심을 품고 있는 남궁세가 쪽에서 주도하고 있는 것으로 보이오. 남궁광재의 사주를 받은 몇몇 회원들이 큰 소리로 떠들며 회원들을 현혹하고 있소. 심지어 이공자가 혈부용을 사주하여 소청룡을 죽게 한 것일 거라는 추측까지 나돌고 있는 판국이오."

"그랬군요."

장건은 무심한 표정으로 고개를 끄덕였다. 그는 별다른 반감이 들지 않았다. 남궁세가의 여론 조작이 먹혀들 만한 여지를 자신이 그간 남겨왔기 때문이다. 출신도 불분명한 신참인데다가 실력이 아닌 운으로 승승장구해 온 모양새이기 때문에 혈기 왕성한 젊은 무인들의 눈에 좋지 않게 비추어졌을 것이 자명했다.

정효는 땀을 닦으며 말을 이었다.

"가뜩이나 이공자의 사강전 상대인 소청룡이 유고를 당했기 때문에 이공자는 부전승으로 결승에 진출하게 되었소. 그 때문에 이공자를 보는 시각이 더욱 험악해진 것이 사실이오."

장건은 신기한 듯 물었다.

"회장인 소청룡이 죽었는데도 대회를 진행할 작정이오?"

"그렇소. 오늘 일정이 내일로 연기되긴 했으나 예정대로 모두 치를 작정이오."

정효는 굳은 표정으로 말했다.

"무기한 연기하자는 의견도 있었지만 대다수의 회원들이 대회의 진행을 바랐소. 본 회의 이번 화합은 이제 곧 발족될 강북 무림련의 시발점이 되는 행사요. 사고가 났다고 해서 대회를 연기하게 된다면 강북 무림련은 또다시 성검회 초청장의 소유권 문제로 인해 잡음이 이어지게 될 것이오. 이런 것이야말로 소청룡을 죽이고 본 회를 혼란스럽게 만든 범인이 의도하는 것이라고 보고, 우리 회원들은 그러한 의도에 결코 굴하지 않을 작정이오. 그렇기 때문에 이번 비무대회는 꼭 기한 내에 마무리 지으려 하고 있소."

정효는 장건에게 간곡한 어조로 말했다.

"이공자, 비무대회가 제대로 끝을 맺기 위해서는 결승까지 오른 공자의 역할이 중요하오. 공자의 실력이 뛰어나다는 것을 나야 잘 알고 있지만 일반 회원들의 눈에는 공자가 비무대회 내내 운과 요행으로 승리를 거둔 것으로 비춰지고 있소. 그러니 회원들의 눈을 의식해서라도 부디 내일 열리게 될 결승에서는 본 파의 위상을 높여주는 뛰어난 신위를 보여주길 부탁하오."

장건은 정효를 보며 속으로 웃었다. 그가 자신 이상으로 초조해하는 까닭을 짐작할 수 있었기 때문이다.

정효가 걱정하는 것은 화산의 위상이었다. 자칫 결승에서도 장건이 이전과 같이 겉으로 보기에 깨끗하지 않아 보이는 승부를 펼친다면 그뿐 아니라 그와 정효의 소속 문파인 화산파의 위상도 크게 악화될 수가 있었다.

"가뜩이나 사강전에 오른 사람 중 둘이 본산 소속이오. 만일 정수가 종남파의 조 소저를 꺾고 이공자와 결승에서 맞붙게 된다면 본 파로서는 더할 나위 없는 결과이지만 밖에서 또 무슨 소리가 들려올지 걱정이 태산 같소이다. 부디 공자가 결승에서만큼은 지닌 바 실력을 남김 없이 쏟아 부어주길 바라오."

장건은 말없이 싱긋 웃었다. 정효의 걱정은 기우였다. 적어도 그가 보는 견지에서 정수가 조비연을 꺾고 결승에 오를 경우는 '절대' 없다고 단언할 수 있었다. 그만큼 조비연의 실력은 출중했다.

'아닌 게 아니라 결승에서는 실력을 좀 짜내야겠군. 그렇지 않고서는 그 괄괄한 아가씨 감당하기가 힘들겠는걸.'

장건은 생각을 정리하며 막사를 나섰다. 밖은 벌써 땅거미가 깔리고 있었다.

혼란스러웠던 비무대회 삼 일째가 그렇게 마무리되었다.

제4장
장건, 조비연과 맞붙다

장건, 조비연과 맞붙다

차캉! 차캉! 차캉!

정수의 매화검이 부러질 듯 휘어지며 유려한 호선을 그려냈다. 그러나 호선의 중심으로 파고든 조비연의 장검이 서릿발 같은 검기를 내뿜을 때마다 파열음과 함께 호선의 곡면이 흐트러졌다.

정수의 이마에서는 땀이 비 오듯 흘러내렸다. 그는 이십사수매화검식을 최대한 짜내어 수비로 일관하고 있었지만 막강한 조비연의 검력 앞에서 무력하기 그지없었다. 비무 시작 오십여 초 만에 어느새 비무대 끝자락까지 뒷걸음질한 상태였다.

소청룡의 유고로 하루 연기된 비무대회 사강전은 조비연과 정수의 대결로 시작되었다. 둘 중의 승자가 부전승으로 결승에 오른 이천휘와 성검회 초청장을 놓고 격돌하게 되어 있었다. 그러나 막다른 골목까지 몰린 현 상황에서 정수는 결승을 생각할 겨를이 없었다.

조비연은 넘쳐 나는 내공을 바탕으로 허초를 배제한 강공 위주로 공세를 펼쳤다. 그녀의 검이 한 번 꽂힐 때마다 불꽃이 튀고 비무대가 흔들렸다.

파직!

마침내 견디다 못한 정수의 검이 부러져 나갔고, 정수는 기세에 밀려 비치적거리며 뒷걸음질치다 비무대 밖으로 떨어졌다. 조비연의 승을 알리는 외침이 참관인석에서 흘러나왔다.

환호성이 울리는 가운데 조비연은 내려가지 않고 들고 있는 검을 장건에게로 가리켰다.

"거기 당신! 길게 끌 것 없이 당장 올라와요! 아직 몸도 풀지 않은 느낌이니까 아예 지금 결판을 짓자고요!"

더 큰 환호성이 울리는 가운데 장건은 머쓱한 표정을 지으며 참관인석을 보았다. 이대로 나가도 괜찮냐는 허락을 구하는 거였다.

참관인석의 정효는 손사래를 치며 일어섰다. 가뜩이나 이천휘에 대한 여론이 좋지 않은데 조비연을 상태로 화산파가 차륜전을 전개하는 듯한 모양새가 나는 진행을 할 수는 없었다.

당장 시합을 강행하자는 조비연의 고집에도 불구하고 정효 등 주최 측의 강경한 만류로 인해 최종 결승전은 한 시진 뒤로 미루어졌다.

장건은 서문정과 함께 한적한 터에 앉아 휴식을 취하고 있었다.

"형, 결승에서 이길 수 있겠죠?"

말하는 서문정의 얼굴을 보며 장건은 웃음기를 머금은 채 대꾸했다.

"왜, 걱정되니?"

"물론 저야 형이 이길 거라 믿지만… 그 누나가 보통 세 보이는 게 아니라서요."

"걱정 마라, 자신이 없다면 나가지도 않았을 테니까."

장건은 그의 머리를 쓰다듬으며 말했다. 그는 화제를 돌리고 싶은 듯 다른 말을 꺼냈다.

"기다리기도 지루한데 네 검법이나 한번 보자꾸나. 서문세가의 대연검법은 강호의 일절로 꼽히는 수법이지. 그거 한 번 펼쳐 보지 않겠느냐?"

서문정은 얼굴을 붉히며 말했다.

"저, 저는 대연검법을 익히지 않았어요."

"왜? 서문가의 후예라면 어릴 적부터 익히는 것이 대연검법이 아닌가?"

서문정은 풀죽은 얼굴로 대꾸했다.

"그런데 저에게는 가르쳐 주는 사람이 없더라고요."

장건은 아차 하는 표정을 지었다. 아마도 서출인 서문정을 신경 써주는 사람이 없었기 때문이리라. 장건은 서문정이 안쓰러운 마음에 한 가지 선물을 해주기로 마음을 먹었다.

"그래도 소령검법은 배웠겠지?"

서문정은 밝은 얼굴로 고개를 끄덕였다. 소령검법은 서문세가의 기본 검식 중의 하나로, 원래 모산파의 태령검법이란 유명한 검식이 모태였다. 태령검법은 모산파가 없어진 지 오래인 지금까지도 강호에서 널리 쓰이고 있는 범용화된 검법이었는데, 서문세가의 전전대 가주가 가문 사람들의 체형에 맞게 수정하여 발전시킨 것이 소령검법이었다.

태령검법은 익히기가 쉬운 데다가 보기보다 고명한 무리(武理)를 내포하고 있어서 제대로 익히면 빼어난 위력을 발휘할 수 있는 검식이었으나 워낙 초식이 널리 알려져 있는 관계로 작금에는 이 검법을 주력 무공으로 삼는 무인은 거의 존재하지 않는 형편이었다.

서문정은 나름대로 열심히 익혀온 소령검법을 장건 앞에서 신나게 구사했다. 장건은 유심히 그의 검법을 관찰하고는 말했다.

"열심히 연습한 태가 나는구나. 그러나 몇 가지 문제점이 눈에 띈다."

서문정은 문제가 있다는 말에 시무룩한 투로 대꾸했다.

"몇 가지가 아니라 아주 많지 않나요? 제가 제대로 배운 것도 아니고……."

"아니, 네가 잘못했다는 말이 아니다. 소령검법 자체에 문제점이 보이는구나. 본시 소령검법은 태령검법이 모태인데, 이 검법을 좀 더 실전적으로 다듬다 보니 정작 중요한 기본 흐름을 놓치는 우를 범했어. 그러다 보니 기세는 좀 더 날카로워졌으나 태령검법 본연의 고명한 무리를 표출하는 데에 문제점이 생긴다는 말이다."

"태령검법이 고명하고 말고 할 게 있는 검법인가요? 강호의 하류무사들도 다 알고 있는 검법인데."

"그건 크게 잘못된 생각이다, 아정."

장건은 진지한 표정으로 말했다.

"수없이 많은 사람에게 알려졌다고 해서 고명한 수준의 검법이 저급화되는 것은 아니다. 검과 검이 겨루어 고하를 가릴 때에는 그 검법 자체의 수준보다는 검법을 시전하는 사람의 수준에 따라 승부가 판가름 나는 경우가 훨씬 더 많다. 많은 정도가 아니라 백 중 구십구 이상의 경우가 그러하다. 아무리 하류의 검법이라 해도 익힌 사람이 얼마나 열과 성을 다해 자신의 몸에 맞게 익혔느냐에 따라 충분히 절정의 검법을 물리칠 수도 있는 것이다. 하물며 태령검법은 결코 하류의 검식이 아니니, 네가 이 검법의 오의를 제대로 깨닫고 진정으로 충실한 연습을 할 수 있다면 능히 강호에서 호령할 수 있는 경지에 다다를 수 있을 것이다."

"정말이요?"

서문정은 자신이 익히고 있었던 검법이 발전 가능성이 무궁무진하다는 말이 잘 실감나지 않는 눈치였다.

장건은 여러 말 하지 않고 직접 태령검법을 서문정에게 보여주었다.

그의 장검이 허공을 힘차게 갈랐다. 태령검법의 십팔식이 공중에 아로새겨지고, 그 한 동작 한 동작 깊숙이에 내포되어 있던 모산파의 정기가 검으로 표출되었다.

서문정은 입을 크게 벌린 채 장건의 검식을 하나하나 눈에 새겼다. 자신이 익힌 검식과 매우 흡사한 동작들이었으나 때론 유려하고, 때론 꼿꼿하게 펼쳐지는 기세들이 무공 수준이 높지 않은 그의 눈에도 너무도 아름답고 현기가 어린 듯 느껴졌다.

장건의 검식이 멈추어지고 한참 후에야 서문정은 입을 열 수 있었다.

"대단해요! 정말 그게 태령검법인가요? 소령검법과 동작은 같은데 기세가 너무 다르네요!"

장건은 검을 허리춤에 꽂아 넣으며 말했다.

"지금 이것은 특수한 수련을 거친 후에야 발현할 수 있는 검식이다. 검의 길을 안 뒤에야 가능한 경지이지. 강호에서 쓰이는 일반적인 태령검법은 네가 사용하는 소령검과 그다지 다를 바가 없다."

서문정은 의아함을 감추지 못하고 물었다.

"검의 길이란 것은 어떻게 알 수가 있는 건데요?"

장건은 싱긋 웃으며 말했다.

"그건 말로 설명하긴 어렵다. 다만 내가 가르쳐 주는 대로 태령검법을 익히고 연습하도록 해라. 인내심을 가지고 꾸준히 수련하다 보면 어느 날 그 경지에 다다랐다는 것을 느낄 수 있을 것이다."

장건은 서문정의 소령검법 자세 몇 가지를 고쳐서 태령검법화할 수 있도록 연습을 시켰다. 한창 자세를 교정하는 중에 영호선이 그들을 찾아왔다.

영호선은 장건과 서문정이 연습하는 광경을 보고는 눈을 동그랗게 뜨고 물었다.

"비무를 준비하셔야 하는 분이 뭘 하고 계신 거예요?"

"조카 분의 자세를 조금 다듬어주고 있었소."

"고맙긴 하지만 지금은 그럴 때가 아닌 것 같아요."

영호선은 서문정을 남겨둔 채 장건을 잡아끌고 어딘가로 향했다.

"어딜 그리 급히 가는 거요? 아직 비무 시간까지 반 시진은 남아 있는데."

"비무보다 시급한 일이 있잖아요?"

"그거보다 급한 일이 있었나?"

영호선은 답답한 듯 가슴을 쳤다.

"공자의 신분을 증명하는 일 말이에요. 별장 아래로 보낸 사람에게서 전갈이 왔어요. 잠시 후에 공자가 요청했다는 마을의 현령이 별장으로 들어올 거라더군요."

"아, 그거 말이군. 현령이 도착하면 신분을 증명하게 되니 그걸로 된 것 아니오? 그게 뭐 급한 일이라고."

"너무 태평한 것 아니에요? 도착 전에 미리 만나서 말을 맞춰보던가 그래야 하지 않나요?"

영호선의 말에 장건은 고개를 갸웃거렸다.

"영호 소저, 대체 무슨 생각을 하고 있는 거요? 내가 왜 그자와 말을 미리 맞춰야 한단 말이오?"

영호선 역시 장건의 말이 이해가 안 되는 듯 고개를 갸웃했다.

"장 공자가 지부대인의 아들이 아니란 것은 분명하잖아요. 한데 신분 증명을 위해 현령을 부른 것을 보면 그 사람과 안면이 있는 모양인데, 그렇다 해도 말을 미리 맞추지 않은 상황에서 단박에 신분 증명 하는 일이 가능할까 싶어서요. 그게 걱정돼서 미리 만나보라는 거죠."

장건은 그제야 영호선의 의도가 뭔지 알아챌 수 있었다. 그는 웃으며 말했다.

"하하, 영호 소저는 머리도 좋은 데다가 배려심도 참 깊구려. 그러나 그렇게 미리부터 걱정해 줄 필요 없소. 이럴 게 아니라 아예 간부진의 막사로 가서 현령을 기다립시다."

영호선은 장건을 도둑으로만 알고 있는지라 너무도 자신만만해하는 그를 이해할 수가 없었다. 그러나 잠시 후 별장에 도착한 현령과 막사에서 조우한 결과 그녀의 걱정은 모두 기우였음이 입증되었다.

"아이고, 도련님! 정말 오랜만에 뵙겠습니다요! 이 년 전 대인께 큰 죄를 짓고 면직당할 위기에 처한 저를 이곳으로 재발령시켜 주신 은공, 늘 잊지 않고 있으며 또한 죽을 때까지 잊지 않을 것이며, 언제고 인연이 다시 닿아 결초보은할 날만을 손꼽아 기다리고 있었습니다요."

현령은 장건을 보자마자 기겁을 하며 냅다 달려와 넙죽 절까지 하며 예를 표했다. 그의 요란한 행태에 모여 있던 용봉지회의 간부진과 영호선은 얼떨떨한 표정을 지을 수밖에 없었다.

"한데 무림인들 모인 자리에 공자께서 어인 일이신지?"

현령이 고개를 발딱 들고 궁금한 듯 물었고, 장건이 여차저차를 설명하자 현령은 눈을 부릅뜨며 간부진을 향해 방방 뛰었다.

"아니, 이런 불학무도한 무도인들 같으니라고! 우리 이공자께서 모처럼 이런 누추한 곳에 행차하셨으면 삼세에 길이 남을 영광으로 알고 극진히 모실 일이지, 감히 공자의 신분을 의심하고 핍박을 하려 들어? 내 나라의 녹을 받고 국법을 시행하는 관리로서 너희들의 후안무치한 행태를 평상시부터 눈꼴시게 보고 있던 참이다! 당장 오라를 받겠느냐, 아니면 공자께 백배사죄하고 이제부터 극진히 모시겠느냐?"

간부진은 고소를 지으며 고개를 흔들 수밖에 없었다. 현령 아니라 성의 승선포정사라 해도 함부로 대하지 못하는 것이 강북 무림련인데 이 꼬장꼬장한 선비 태가 나는 현령은 글공부만 하다 현령으로 부임되었는지 도무지 무서운 것이 없는 모양이었다.

그는 장건이 달래고 나서야 간신히 진정을 하고는 '공자님 잘 모셔!' 하는 으름장을 놓고 별장을 내려갔다. 현령으로 인해 한바탕 촌극이 일긴 했으나 어찌 되었든 이것으로 이천휘의 신분은 더할 나위 없이 확실히 증명된 셈이었다. 저 순진무구한 현령이 개봉부 지부대인 댁 이공자를 잘못 알아볼 리는 없을 테니까.

막사에서 나오며 영호선이 신기한 듯 말했다.

"정말 재주가 좋군요. 설마 정말 지부대인 댁의 이공자는 아닌 거겠죠?"

"글쎄요."

장건은 웃으며 애매하게 답을 했다.

아까의 그 현령은 본래 개봉부의 세무를 담당하는 관리였다. 장건은 이 년 전 당시 급히 자금이 필요했던 탓에 개봉부의 관리 자금에 손을 댄 적이 있었는데 그 때문에 담당 관리가 면직될 상황에 놓이게 되었다. 그는 관리가 불쌍한 마음이 들어 지부대인을 협박하여 그를 지방 현령으로 부임하도록 손을 썼었는데, 그곳이 바로 이곳에서 멀지 않은 곳에 위치한 소량현이었다. 덕택에 그의 신분 증명은 잡음없이 끝마쳐질 수 있었던 것이다.

'쓸데없는 시빗거리는 없앤 셈이니 이제 비무만 잘 마무리 지으면 초청장을 얻을 수 있겠군.'

비무 시각이 다가오고 있었다. 장건은 영호선과 함께 비무장으로 향했다.

늦은 아침의 햇살이 내리쬐는 비무장에는 이미 모든 용봉지회원들이 모여 마지막 비무가 열리기를 기다리고 있었다.

결승 진출자인 이천휘와 조비연이 차례로 등장했고, 정효의 개시 선언이 울리고 커다란 환호성과 함께 성검회 초청장의 주인을 가리는 최종 비무가 시작되었다.

장건과 조비연은 오 장을 격하고 비무대 위에서 마주 섰다. 둘 사이의 공간에는 팽팽한 긴장감이 가득 메워져 있었다.

번득이는 장검을 가슴 높이로 우뚝 세운 조비연은 허허로운 자세로 서 있는 장건을 한 번 노려보더니 득달같이 달려들었다. 햇빛에 반짝이는 그녀의 장검이 검광을 번득이며 장건에게로 쏟아져 들어왔다.

장건은 신중히 검을 움직이며 그녀의 공세를 방어했다.

창! 차창! 차차차차차창!

조비연은 맹렬한 쾌검을 구사했다. 비무대 위는 삽시간에 그녀가 뿜어내는 검영으로 뿌옇게 뒤덮여 버렸다.

순식간에 오십여 초가 지나갔다. 중인들은 조비연이 이때까지 실력을 완전히 드러내지 않았다는 것을 깨달을 수 있었다. 그녀의 동작은 워낙 기쾌하여 객석의 누구도 똑똑히 읽어낼 수가 없었다.

조비연의 속도에 놀라면서도 사람들은 의아함을 감추지 못했다. 대체 이천휘는 보이지도 않는 그녀의 공격을 어떻게 막아내고 있는 걸까? 설마 이제껏 그래 왔듯이 육합검법으로 막아낼 리야 없을 것이고, 뭔가 기이막측한 방어술을 쓰고 있는 것 같았다.

한편 쾌속한 공격을 연이어 구사하고 있던 조비연의 얼굴은 조금씩 일그러지고 있었다. 보는 사람들의 예상과는 달리 장건은 여전히 육합검법만으로 그녀의 공격까지 막아내고 있었던 것이다.

조비연은 공세를 늦추지 않으면서도 속으로 전에 없이 당황하고 있었다. 설마 자신조차도 그의 육합검법을 뚫지 못하리라고는 상상도 하지 못했기 때문이다.

일반적인 시각과는 달리 고수의 안목을 갖춘 그녀는 장건이 뛰어난 검객이라는 것을 익히 알고 있었다. 그녀는 장건이 황보태정과 남궁광재를 육합검법으로 물리치는 것을 보고 그에게 흥미가 일었다. 육합검법 같은 하류의 검식으로 고수인 그들을 물리쳤다는 것은 그만큼 검예가 뛰어나다는 반증이었다. 그렇기 때문에 그녀는 그를 결코 호락호락하게 보지 않고 신중하게 결투에 임했다. 그러나 그가 설마 자신에게까지 육합검법만으로 응대를 할 줄은 상상하지 못했다.

남궁광재와 황보태정이 뛰어나다 하지만 자신보다는 몇 수 아래의 하수들이다. 나름대로는 천하를 바라보는 고수라 자부하는 조비연이었기에 장건이 자신의 실력을 간파했다면 감히 이번에도 육합검법을 쓸 리 없다고 생각했다. 그러나 그는 여전히 육합검법을 쓰고 있었고, 그녀는 열 살 때 이미 모든 초식을 간파했던 육합검법을 육십 초를 넘기면서도 깨뜨리지 못했다. 그리고 그것이 그녀의 심사를 뒤틀리게 만들고 있었다.

조비연은 장건의 얼굴을 앙칼지게 노려보았다.

'오냐, 그 뻔들뻔들한 얼굴에서 피눈물이 쏟아지게 만들어주마. 어디, 이것도 한번 육합검법으로 막아봐라!'

조비연은 쾌검일변도인 천성검법에서 다채로운 변초가 가능한 구궁신행검법으로 검세를 전환했다. 아무리 빠르게 검을 써도 장건의 육합검법이 워낙 짜임새있게 펼쳐지기 때문에 그 안을 비집고 들어가기는 힘들었다. 그렇기에 다양한 변초를 구사하는 구궁신행검을 써서 장건의 초식을 읽고 그 허점을 노리기로 마음을 바꾸었다.

그녀의 검이 구궁신행의 변화를 담은 허초를 남발하기 시작했다. 그러나 장건의 검은 허초에 흔들리지 않고 꼿꼿이 육합검법의 기본 자세를 유지했다.

조비연은 그가 허초에 따라 나오리라 기대하지도 않고 있었다. 그녀는 그저 시간을 끌며 장건의 초식을 읽어 그 틈을 파고들 기회를 기다리는 중이었다.

장건의 검이 사방팔방으로 흩어졌다 모여드는 조비연의 검영을 떨치려는 듯 제자리에서 빙글 회전했다. 풍전계관의 초식이었다. 조비연은 그 초식을 간파하고 회전이 끝나기를 기다렸다가 그의 손목을 향해 검을 날렸다. 그러자 장건의 검이 경조비상의 기세로 튀어 오르며 닥쳐드는 그녀의 검을 튕겨내려 했다. 그러나 조비연은 그의 움직임을 미리 읽고 있었다.

'걸렸어!'

어차피 여섯 초식밖에 없으므로 지금의 공세를 막아낼 수 있는 초식
은 경조비상뿐이었다. 조비연은 찔러 나가던 검을 재빨리 회전시키며
텅 비어 있는 장건의 하체를 베어나갔다. 그녀의 검 속도를 고려한다
면 도저히 피할 길 없는 일격이었다.

쨍!

그러나 어느새 장건의 검은 뇌격노송의 움직임으로 전환되어 베어
들어오는 그녀의 검을 막아내고는 활어도강으로 반격까지 개시했다.

조비연으로서는 미치고 폴짝 뛸 노릇이었다. 분명 검의 속도도 자신
보다 느리고 초식의 변화도 눈에 훤히 들어왔다. 그러나 검의 수발이
자유롭기 때문에 언제든지 여섯 초식 내에서 다양한 변화가 가능했다.
그렇기에 지금처럼 도저히 방어할 수 없도록 찔러가는 자신의 공세가
번번이 차단되고 있는 것이었다.

조비연은 코에서 김을 내뿜었다. 그녀의 성질이 드디어 폭발하기 시
작했다.

'오냐, 잔머리 쓰는 초식 겨루기도 이제 끝이다. 다 귀찮으니 힘으로
뭉개주마. 각혈할 준비나 하고 있거라!'

더 이상 초식 대 초식으로는 싸움을 끝내기 어렵다는 것을 깨달은
조비연은 같은 연배 내에서는 당대 최강인 자신의 내공을 이용하기로
마음먹었다. 힘으로 밀어붙인다면 오행신단의 내공이 깃든 그녀의 검
을 막아낼 자는 강호를 통틀어도 그리 많지 않았다.

"타앗!"

낭랑한 외침과 함께 그녀의 검이 엄청난 내기를 담은 채 기세 좋게

허공을 갈랐다.

깡!

검과 검이 충돌하자 이제까지와는 다른 충격음이 일었고, 장건은 한 발짝 뒤로 물러섰다. 다시 조비연의 검이 맹렬하게 닥쳐왔다.

깡! 깡! 깡!

한 번씩 충돌할 때마다 장건의 청강검은 이가 하나씩 빠져나갔고, 그의 발은 한 발씩 물러났다. 그렇게 몇 번 더 충돌이 일어나자, 장건은 어느새 비무대 끝까지 밀려 나갔다. 워낙 강맹한 공세가 이어진지라 좌우로 몸을 뺄 틈도 없었다.

장건을 피할 곳 없는 맨끝까지 몰아넣은 조비연은 잠시 공세를 멈추고는 그를 바라보며 싱긋 한 번 웃어주었다. 그리고는 단전의 내기를 한 톨 남김없이 끌어올려 검에 주입했다.

"재미있는 싸움이었어요, 잘생긴 꼰대 양반."

한마디를 던진 조비연은 쳐든 검을 장건을 향해 매섭게 꽂아 넣었다.

위이이잉!

기세 좋은 파공음과 함께 엄청난 내력이 실린 그녀의 검이 장건에게로 파고들었다.

몸을 뺄 수도 없고, 뒤로 피할 수도 없는 상황. 그러나 장건의 얼굴에는 한 점 당황한 빛을 찾아볼 수 없었다. 그의 눈이 순간적으로 반짝이는가 싶더니 활어도강을 구사하여 닥쳐드는 검을 맞받아 쳤다.

'멍청한!'

공격하는 조비연의 눈에 일순 안타까운 빛이 스쳐 갔다. 그녀 딴에는 그의 실력이 아까워 비무대 밖으로 몸을 빼내 기권할 수 있는 잠시의 틈을 준 것이었다. 이대로 충돌한다면 그녀의 내력을 이기지 못한 장건의 검은 산산조각나고 그 역시 크게 내상을 입을 것이 자명했다.

그렇다고 이제 와서 검을 거둘 수도 없었다. 온 내력을 주입시킨 일검이기에 평상시처럼 진퇴를 자유로이 할 수가 없는 형국이었다.

검과 검이 충돌했다.

꽈앙!

귀를 울리는 충돌음이 비무대를 울렸다. 비무를 보고 있는 중인의 눈이 휘둥그레졌다. 그러나 가장 눈이 커진 사람은 비무대 위의 조비연이었다. 그녀의 손에 든 검은 충격으로 인해 휘청이고 있었고, 그녀의 몸은 서 있던 자리에서 세 발짝이나 물러나 있었다.

장건은 제자리에 우뚝 서 있었다. 그의 발은 기둥처럼 비무대 끝에서 미동도 하지 않은 채였다.

"내… 내 내공을 견뎠어?"

조비연은 믿을 수가 없었다. 단전의 내기를 최대한 끌어올려 십성의 공력으로 구사한 검격이었다. 마지막 순간 상대를 덜 다치게 하기 위해 조금 내력을 감소시켰지만 그렇다고 해도 최소 팔성 이상의 공력으로 후려쳤다. 그런데 비무대 밖으로 날아가기는커녕 자신을 세 발짝 물러나게 하다니?

장건은 비무대 끝을 벗어나 조비연을 향해 뚜벅뚜벅 다가왔다.

조비연은 입술을 꽉 깨물었다. 태어나서 지금까지 단 한 번도 내공으로 밀려본 적은 없는 그녀였다. 그런데 오늘 생각지도 못한 상대에게 세 발짝이나 밀려나다니! 생전 겪어본 적도 없는 기사(奇事)에 당황스럽기도 하고 몹시 화가 나기도 했다.

"이 망할 자식! 그간 잘도 약한 척했구나!"

왠지 모르게 속은 것 같은 느낌에 조비연은 분통을 터뜨리며 득달같이 장건에게 달려들었다.

깡! 깡! 까가가가강!

한껏 내력을 끌어올린 그녀의 검이 마구잡이로 장건을 향해 꽂혀들었다. 장건은 한 치도 물러서지 않고 육합검법의 초식을 또렷이 구사하며 맞섰다. 빠르면 빠르게, 강하면 강하게, 유하면 유하게, 다변하면 다변하게, 무변하면 무변하게, 조비연이 어떤 방식으로 공세를 펼치든 장건은 육합검법 내의 초식들만으로 그녀의 공세를 완벽히 차단했다.

조비연의 검이 서서히 헝클어지기 시작했다. 그녀의 마음이 헝클어지고 있었기 때문이다. 조비연은 태어나서 지금까지 이토록 오랫동안 상대와 대결한 경험이 없었다. 게다가 장건의 예상치 못한 철저한 대응에 짜증이 머리끝까지 솟구친 상태였다. 마음이 어지럽다 보니 검도 역시 어지러워질 수밖에 없었다.

조비연은 점점 마음이 조급해졌다. 이대로 가다가는 제풀에 주저앉아 버릴 수도 있었다. 상대에게 더 이상 꼬이기 전에 어떻게든 빠른 승부를 보아야 할 시점이었다.

그녀는 한 가지 꾀를 짜내었다.

'이때껏 저놈은 내 공격에 응대만을 했다. 그렇다면 이번에는 내가 응대를 하자. 어차피 놈의 초식은 육합검법뿐이다. 그러니 놈의 공세를 맞받아치기는 놈의 방어를 뚫기보다 훨씬 쉬울지도 모른다. 어차피 구사할 수 있는 초식은 여섯 가지뿐이고, 그 모든 초식을 내가 훤히 알고 있기 때문이다.'

마음을 굳힌 조비연은 은근슬쩍 하반신을 무방비로 노출했다. 혹시라도 눈치채면 어쩔까 걱정했지만 의외로 장건은 즉각 반응해 왔다.

그의 검이 우중세류를 구사하며 하반신을 향해 찔러 들어왔다.

'왔구나!'

조비연은 쾌재를 부르며 마치 당황한 듯 뒷걸음질치며 하반신을 방어했다. 그러면서 상체가 다시 비었고, 과연 그녀의 예상대로 노선승산의 초식이 다가들었다.

'걸렸어!'

조비연은 눈을 반짝였다. 하반신으로 내려가는 듯하던 그녀의 검이 솟구쳐 오르며 찔러 들어오는 장건의 훤히 빈 복부를 향해 파고들었다.

장건은 검이 나아가기도 전에 닥쳐 들어오는 상대의 검을 막기 위해 황급히 풍전계관으로 검을 돌렸다. 그러나 조비연은 그것까지 읽고 있었다. 그녀의 검이 풍전계관의 회전반경을 피하여 그의 왼 어깨를 향해 쏜살같이 파고들었다. 풍전계관의 동작에 따라 움직이는 장건의 검은 도저히 막아낼 수 없는 형국이었다.

그 순간 회전하던 장건의 검이 부르르 떨리더니 갑자기 수면 위로 튀어 오르는 잉어처럼 뻗어나가며 조비연의 검과 교차하여 그녀의 오른 어깨로 파고들었다. 조비연은 뜻하지 않은 변초에 당황해하면서도 나아가는 검의 속도를 더욱 배가시켰으나 장건의 검이 더욱 빨랐다. 그의 검극이 정확히 그녀 어깨의 거골혈을 찍었다. 조비연은 상체가 마비됨을 느끼며 검을 놓쳐 버렸다.

쨍강!

조비연의 검이 요란한 소리와 함께 비무대 바닥으로 떨어져 버렸고, 비무장에는 잠시 정적이 흘렀다.

"비무 종료! 이천휘 소협의 승리!"

정효의 외침이 침묵을 깨며 울렸고, 곧 큰 함성이 비무장을 흔들었다.

"와아아아!"

중인들은 멋진 승부를 펼친 둘을 향해 큰 함성과 갈채를 아끼지 않았다.

조비연은 마비된 어깨를 감싸 쥔 채 넋이 나간 듯 멍하니 서 있었다. 패배가 도무지 실감이 나지 않는 모습이었다. 그런 그녀에게 장건이 다가갔다.

"점혈할 때 힘을 조절하느라 했는데 아프셨을지 모르겠소. 가만 놔 둬도 한 시진 후면 풀릴 거요. 다른 여자 동료 분한테 부탁한다면 바로 풀 수도……."

그의 말은 갑자기 터져 나온 조비연의 앙칼진 고함으로 인해 끊어졌다.

"아직 안 끝났어!"

조비연은 버럭 소리를 지르더니 돌연 장건에게로 달려들었다.

부웅!

마비되지 않은 그녀의 왼팔이 바람을 가르며 장건의 옆구리로 파고들었다.

장건은 뜻하지 않은 그녀의 공격에 놀라면서도 훌쩍 몸을 날려 뒤로 피했다.

"너 거기 못 서?"

조비연은 이를 갈며 따라붙었다. 몸을 날린 그녀의 양발이 쾌속하게 교차하며 장건에게로 날아들었다. 장건은 몸을 흔들어 공세를 흘려보냈다.

"조 소저 그만 공격을 멈추시오! 검을 논하는 자리이기 때문에 검을

놓친 그 시점에서 승부는 끝났소!'

정효의 외침이 있었으나 조비연은 들은 척도 하지 않았다. 그녀는 깊은 숨을 들이키더니 몸을 부들부들 떨기 시작했다. 장건은 저 여자가 무슨 짓을 하려나 실눈을 뜨고 바라보았다. 조비연의 몸의 떨림은 축 늘어져 있던 오른팔에게로 전해지고 있었다. 떨림에 따라 강하게 흔들리던 오른팔은 점차 좌우로 움직이더니 어깨 위까지 치솟았다.

'혈도를 푸는 건가?'

장건은 조비연의 놀라운 내공에 탄복을 금치 못했다. 어깨를 찔러갈 때 다칠까 봐 힘 조절을 하긴 했으나 그렇다고 해서 점혈된 자가 스스로 단시간에 풀어낼 수 있을 정도로 가볍게 손을 쓴 것은 아니었다.

'저 정도라면 진신 내공으로만 따져서 나에 버금갈 수도 있겠군. 간단히 당한 것은 역시 실전 경험의 부족 탓인가?'

조비연은 결국 막힌 혈도를 뚫은 듯 오른팔을 빙빙 돌리기까지 했다. 움직임에 이상이 없음을 확인한 그녀는 다시 장건에게로 달려들었다.

"너 오늘 죽었다고 복창해라!"

그녀가 잠시 지체하는 사이 비무대 위로 올라온 진행 요원들이 황급히 조비연의 진로를 가로막았다. 그러나 그들이 흥분한 조비연을 막기란 계란으로 바위를 깨뜨리는 것과 마찬가지의 일이었다. 조비연은 다가오는 그들의 목덜미를 잡아 비무대 밖으로 던져 버렸다. 그리고 장건에게 다시 몸을 날렸다.

장건은 혀를 차며 발을 굴러 비무대 밖으로 후퇴했다.

"꼼짝 말라니까!"

조비연이 고함을 지르며 쫓아갔지만 경신술에 있어서는 장건이 한 수 위였다. 장건은 뒷걸음을 치면서도 빠른 몸놀림으로 경기장을 가득 메운 군중들 속으로 숨어들었다.

"숨으면 못 찾을 것 같냐?"

조비연이 망설임없이 장건이 파고든 공간으로 뛰어들었다. 장건은 그녀를 피해 요리조리 도망쳤고, 조비연은 걸리적거리는 회원들을 밀치고 집어던지며 그를 쫓았다.

객석에서는 일대 소란이 일었다. 조비연은 장건과 비슷한 복색의 옷을 입은 사람이 눈에 띄면 닥치는 대로 주먹을 날렸고, 그때마다 억 소리를 지르며 쓰러지는 사람은 장건이 아닌 다른 이였다. 개중에 저항을 하는 무인도 있었으나 그들은 반격하는 조비연의 주먹에 맞고 더 큰 고통을 감내하며 바닥에 몸을 뉘어야 했다.

"이놈 이천휘! 당장 나오지 못해?"

조비연은 성난 암호랑이처럼 길길이 날뛰었으나 군중 속으로 사라진 장건을 끝내 잡지 못했고, 결국 용봉지회의 간부진이 총동원되어서야 비로소 그녀를 뜯어말릴 수 있었다.

이 소동으로 비무장은 마치 적의 습격을 받은 듯 쑥대밭이 되어버렸고, 그녀에게 맞아 골병이 든 회원의 수가 수십 명에 이르렀다. 이로 인해 나중에 그녀의 사문인 종남파가 사후 처리로 곤욕을 치르고 장문인 내외가 보름간 앓아 누웠다는 후일담이 전해졌다.

한편 소동을 모두 지켜본 범생 일행은 저마다 한마디씩 던졌다.

"어지간히 분했나 보군."

석초진이 혀를 차며 말했다.

"하긴 태어나서 저렇게 완벽하게 깨진 것은 처음일 테니 인정하기 싫었겠지."

나할라리가 대꾸했다.

　"그나저나 걱정이군. 중신도 서기 전에 다른 신랑감이 나타났으니 말일세."

　범생이 걱정스러운 얼굴로 중얼거렸다.

　"그녀가 인정하겠소? 주먹으로는 안 졌다고 저리 억지를 쓰고 있는데."

　석초진의 말에 나할라리가 대꾸했다.

　"억지를 쓰고 이천휘를 거부하는 거야 우리 입장에서는 고맙지만, 풍파투도한테도 저러면 어쩔까 그게 걱정이군."

　세 사람은 간부진에 둘러싸인 채 씩씩거리고 있는 조비연을 보며 골치 아픈 듯 일제히 고개를 흔들었다.

제5장
장건, 우승자가 되다

장건, 우승자가 되다

성검회 초청장을 놓고 겨룬 비무대회의 최종 우승자는 화산 속가의 이천휘로 결정이 되었다. 초청장 수여식이 거행되었고, 이천휘는 강북 무림련 산하 용봉지회의 대표로 성검회의 입회 시험에 도전하게 되었다. 다만 부상으로 주어질 거라는 소문이 있었던 오행신단은 무림련의 사정으로 취소되었다.

원래는 예상되는 이천휘의 성검회 도전 결과를 놓고 의견을 나누고, 행여 그가 팔 단계 시험을 통과하여 십대검객의 지위까지 올랐을 경우 그로 인해 얻게 된 성검회의 전력을 그의 사문인 화산파에 포함시켜야 할지, 아니면 강북 무림련 소속으로 해야 할지 논공행상을 하는 것이 정상적인 절차였겠으나, 소청룡이란 큰 별이 뜻밖에 사고를 당했기 때문에 용봉지회의 수뇌진은 그에 대한 사후 처리에 정신이 없었다. 게다가 성검회의 입회 시험은 다섯 달 뒤였기에 우선 급한 일부터 처리하고 추후에 논의한다 해도 부족함이 없다는 판단이 수뇌진의 뇌리에 깔려 있었다.

덕분에 우승자 이천휘에 대한 시상은 간략하게 진행되었고, 비무대회는 서둘러 종료되었다.

비무대회가 끝난 후 임시 회장 정효의 주재로 소청룡의 죽음에 대한 대책회의가 열렸다. 그러나 용의자인 혈부용의 소재를 파악하기가 어려운 탓에 회의를 오래한다고 해서 뾰족한 수가 나올 리가 없었다. 회의는 결론이 나지 않은 채 마냥 길어졌다.

장건은 서문정과 함께 청죽각에 머무르면서 회의에 참석 중인 영호선을 기다리고 있었다. 대책회의가 끝나자마자 세가 연합 소속 회원끼리 모여서 서문세가에 대한 지원 건을 얘기해 보겠다고 영호선이 귀띔을 하고 회의에 들어갔기 때문에 그 결과를 기다리는 중이었다.

장건은 서문정에게 조비연과의 비무에 대해서 설명을 하고 있었다.

"헤에, 그럼 마지막 초식이 태령검법이었단 말인가요?"

서문정이 놀란 얼굴로 말했다.

"그렇다. 내내 육합검법만을 구사했기 때문에 조 소저는 내가 설마 다른 검법을 쓰리라고는 상상을 못했겠지. 의표를 제대로 찌른 셈이지."

조비연의 어깨를 찔렀던 장건의 마지막 초식은 태령검법이었다. 장건은 계속 육합검법을 썼기 때문에 조비연은 장건의 뜻밖의 변초에 전혀 방비하지 못했고, 이것이 패인으로 이어진 것이다.

"그래서 그 누나가 그렇게 쉽게 패한 것이로군요. 그 누나 싸우는 것을 보면 정말 강하다고 생각했었는데."

서문정의 말에 장건은 고개를 끄덕였다.

"강하지. 아마 경험만 조금 더 쌓인다면 천하에서 손꼽히는 고수로 성장할 수 있을 게다. 물론 성질을 죽여야 한다는 전제 조건이 따라붙겠지만."

장건의 말에 낄낄 웃던 서문정은 웃음을 멈추고 말했다.

"그런 누나를 꺾은 형은 더 대단한 고수가 될 수 있겠지요? 아니, 이미 되어 있는 것 같아요."

장건은 고소를 지으며 고개를 저었다.

"내가 이긴 것은 그저 그녀보다 실전 경험이 많았기 때문이다. 자, 그런 얘기는 별로 중요한 게 아니고… 너에게 중요한 것은 내가 마지막에 구사한 초식이다. 그게 태령검법 중에 무엇인지 알 수 있겠니?"

장건의 물음에 서문정은 고개를 저었다.

"하도 동작이 빨라서 제대로 보지도 못했는걸요."

장건은 그에게 조비연을 쓰러뜨린 마지막 동작을 천천히 보여주었다.

서문정은 단박에 알아볼 수 없는 듯 미간을 찌푸리며 중얼거렸다.

"정면으로 검을 돌리다가 한 번 튕긴 후에 앞으로 찔러 나가는 초식이라면… 그런 초식이 있었나? 이렇게… 이렇게……."

서문정은 장건의 움직임을 흉내 내기 위해 직접 손을 휘두르며 초식을 알아내려 애썼다. 그러다가 돌연 생각난 듯 목소리를 높였다.

"혹시 엽견추호(獵犬追狐)를 변형한 게 아닌가요?"

장건은 흐뭇한 얼굴로 대답했다.

"잘 알아보았다. 당시 나는 육합검법의 풍전계관이란 초식을 쓰는 척하면서 조 소저를 꾀었고, 그녀가 넘어오는 순간 풍전계관을 엽견추호로 변형시켰지. 조 소저는 그 변초를 전혀 예상 못했기에 지나치게 쉽게 어깨의 혈을 내어줄 수밖에 없었고."

서문정은 얼른 검을 들어 엽견추호의 변초를 흉내 내어 보였다.

"이렇게… 이렇게 한 건가요?"

장건은 웃으며 고개를 저었다.

"이런이런, 벌써부터 변초에 관심을 가질 필요는 없다. 모든 변초는
기본 초식의 임기응변일 뿐이야. 상황에 걸맞는 임기응변이 제대로 나
오기 위해서는 무엇보다도 기본 초식이 단단한 밑바탕으로 깔려 있어
야 가능한 일이다. 변초만 신경 쓰는 자는 그 검법의 위력을 결코 제대
로 발휘할 수 없어."

장건은 다시 서문정의 기본 자세를 일일이 교정해 주었다. 둘이 검
술 연습을 한창 하고 있을 즈음 영호선이 돌아왔다.

"이모님, 어떻게 됐나요?"

서문정은 기대감 어린 얼굴로 영호선에게 물었다.

영호선은 지친 얼굴로 고개를 저었다.

"미안하게 되었구나, 아정. 좋은 소식을 가져오지 못했단다."

그 말에 서문정은 고개를 푹 수그렸다. 실망감으로 일그러진 얼굴을
영호선에게 보이지 않으려는 듯했다.

장건이 영호선에게 물었다.

"세가 연합에서 서문세가에 대한 지원을 거부한 거요?"

"그렇게 됐어요. 어떻게든 서문세가를 도우려는 제 의지를 관철하려
했지만 역부족이더군요. 남궁세가도 남궁세가지만 다른 세가들 역시
욱일승천하는 군룡회와 원한을 지지 않으려는 빛이 역력했어요."

"음……."

장건은 침음하며 생각에 잠겼다. 이대로 가다가는 서문세가는 멸문

지화의 길로 들어설 것이다. 어떤 식으로든 지원군이 나타나지 않는다면 군룡회의 막강한 힘에 얼마 버티지도 못하고 무너질 수밖에 없는 것이 현재 서문세가의 현실이었다.

"영호세가는 어떻소? 다른 세가는 몰라도 영호세가는 군룡회와 맞붙을 힘도 있고, 또 구원(舊怨)이랄까 그런 것도 있지 않소?"

구원이라 함은 진검성에서 빠져나간 세력인 군룡회와 영호세가 간의 껄끄러운 관계를 지칭하는 것이었다.

영호선은 어두운 낯으로 대꾸했다.

"이런 말까지 해도 되나 모르겠지만, 외부에서 본 가를 보는 시선만큼 본 가의 전력은 대단하지 않아요. 공자도 아시겠지만 본 가는 지금 철무림과 대치하고 있어요. 물론 아직까지 직접적인 충돌은 한 번도 없었지만 일촉즉발의 상황이라 해도 과언이 아니에요. 언제 전면전으로 치달을지 모르는 상태인지라 다른 곳으로 눈을 돌릴 여지가 없어요."

"그럼 영호세가도 도움을 줄 수 없다는 말이오?"

영호선은 고개를 저었다.

"그렇지는 않아요. 철무림에 이어서 군룡회까지 적으로 돌릴 여건이 못 되기 때문에 공식적으로 도울 수는 없지만, 서문세가는 형편이 나아지면 언제고 든든한 우군이 되어줄 동지예요. 그런 동지를 내칠 수야 없지요. 제가 어떻게든 전력을 끌어 모아 비공식적으로 지원을 해줄 참이에요."

영호선은 하북성에 있는 영호세가의 하부 세력들을 끌어 모아 서문세가를 지원할 복안을 가지고 있었다.

"이제 여기서 볼일도 다 보았으니 당장 하북으로 가야겠어요. 문제는 하부 세력을 집결시키고 서문세가가 있는 강서까지 다시 가려면 상당한 시간이 걸릴 거라는 거예요."

영호선은 서문정을 걱정스레 쳐다보며 말했다.

"아정, 지금 너 혼자 돌아가면 너무 위험할 듯하구나. 아예 이 이모랑 같이 하북에 갔다 올래? 너희 가문에는 따로 전갈을 넣어주마."

서문정은 단호한 표정으로 대답했다.

"그럴 수는 없습니다. 저 혼자 살자고 가문을 버리고 나돌아다닐 수는 없어요."

"버리라는 얘기가 아니야. 그저 잠시 이 이모를 보필하다가 같이 들어가자는 얘기이지."

"그래도 안 됩니다. 전 이곳에 본 가의 사신으로 왔어요. 이모님이 저희 가문을 지원해 준다는 소식은 제가 직접 전해야 할 일입니다."

전에 없이 강경한 서문정의 말에 영호선은 안타까운 표정을 지었다. 서문세가의 현 상황이 풍전등화와 같기에 이대로 그를 보냈다간 영영 다시 못 보게 될지도 몰랐기 때문이다.

그때 장건이 끼어들었다.

"이러면 어떻겠소? 내가 아정과 서문세가로 같이 간다면."

뜻밖의 말에 영호선은 놀란 표정을 지으며 물었다.

"이공자께서요? 공자께선 성검회 입회 시험에 참석하러 가셔야 하지 않나요?"

"입회 시험은 다섯 달 뒤요. 게다가 마침 열리는 장소가 강서성 밑의 복건성이니, 가다가 잠시 서문세가에 들를 시간은 있소. 시간이 넉넉하니 그곳에서 식객으로 소저가 올 때까지 기다릴 수도 있고."

영호선의 표정이 환해졌다. 장건이 서문세가에 있어준다면 서문세가가 큰 힘을 얻을 수 있게 될 것이다.

그때 서문정이 굳은 얼굴로 말했다.

"천휘 형, 말씀은 고맙지만 저 때문에 그렇게까지 무리하지 않으셔도 됩니다. 형한테 목숨까지 구함을 받았는데 그렇게 큰 폐를 끼칠 수는 없어요."

그는 장건이 자신 때문에 무리하는 것 같아 마음이 좋지 않았다. 영호선도 걱정스러운 투로 말했다.

"이공자, 그래 주신다면 더없이 고맙지만 지금 현재 서문세가의 사정은 바람 앞의 촛불과도 같은 신세예요. 닥쳐드는 군룡회를 막아낼 여력이 없기 때문에 공자가 가자마자 큰 위기가 닥칠지도 몰라요."

"그건 걱정 마시오."

장건은 싱긋 웃으며 말했다.

"내가 최근 접한 정보에 의하면 군룡회는 무슨 일인지 몰라도 강서성으로 보냈던 전력의 일부를 다시 본거지로 귀환시켰다고 하오. 워낙 온 천지에 일을 벌려놓긴 좋아하는 군룡회이기에 서문세가에만 전력을 집중하기 어려운가 보오. 그 전력이 다시 돌아올 때까지는 전면전은 없을 듯하니 안심하시오."

그제야 영호선은 안도한 표정을 지었지만 서문정은 여전히 장건을 볼 낯이 없는 듯 고개를 푹 숙이고 있었다.

장건은 그런 그의 머리를 쓰다듬으며 말했다.

"녀석아, 너무 미안해할 것 없다. 내가 너희 가문에 가는 것은 의협심의 발로가 아니다. 오히려 내가 너의 가문에 큰 신세를 지게 될지도 모른다."

그 말에 서문정은 의아한 얼굴로 고개를 쳐들었고, 영호선도 눈을 동그랗게 뜨고 그를 바라보았다. 장건이 몰락해 가는 서문세가에 무슨 신세를 질 게 있단 말인가?

"이공자, 그게 무슨 뜻이죠?"

궁금함을 참지 못한 영호선의 질문이었다.

장건은 미소를 지으며 대답했다.

"성검회 입회 시험을 치르려면 좋은 검이 있어야 하오. 그런데 나에게는 지금 마땅한 검이 없으니 좋은 검을 구하든, 아니면 좋은 검이 있는 사람에게 빌리든 해야 하지 않겠소? 마침 아정의 가문에는 빌려 쓸 만한 검이 하나 있고 말이오."

영호선은 놀란 얼굴로 말했다.

"설마 이검(利劍)을 빌리시려고요?"

"그렇소. 천하제일검을 한번 빌려 써보려고 하오."

이검은 그저 단순히 잘 드는 검을 뜻하는 말이다. 그러나 당금 강호에서는 천하제일검의 별칭으로 불리기도 한다.

진검성의 전속 장인이었던 신수 담청기의 최고 걸작이라 하면 강호 오대기병의 서열 이위인 만도(滿刀)를 꼽는다. 만도는 그가 최전성기 시절에 근 일 년간 만 번 이상을 담금질하여 뽑아낸 명도로서, 영호진이 그 칼을 받아보고서 너무 감탄하여 담청기에게 넙죽 절을 했다는 풍문까지 돌았던 병기이다.

그런데 이런 만도를 능가하는 단 하나의 검이 있었으니, 그 검이 바로 이검이었다. 이검은 담청기가 늙어서 은퇴할 즈음에 고산에서 우연히 발견한 운석에서 채집한 금속으로 만든 검인데, 검을 만든 직후 담청기는 숨을 거뒀다. 그런데 그가 유언으로 남긴 말이 바로 이 이검이 만도를 능가하는 유일한 병기라는 얘기였다.

담청기의 유언으로 인해 이검은 만도를 넘어서서 강호오대기병의 서열 일위로 꼽혔다.

그러나 이 이검이 강호에서 위력을 발한 적은 단 한 번도 없기 때문에 얼마만큼 명검인지에 대해서는 진검성의 요인 외에는 아는 사람이 아무도 없었다.

이런 이검은 영호진이 죽기 얼마 전에 그의 몇 안 되는 절친한 벗 중하나인 서문세가의 가주 서문운의 회갑 선물로 전해졌다. 당시만 해도 서문세가는 영호세가 다음으로 꼽힐 정도의 명문대가였고, 서문운 역시 영호진 다음 서열의 고수로 꼽혔기 때문에 그가 천하제일검의 주인이 되는 것에 대해서 이견을 제시하는 자는 아무도 없었다. 그러나 서문세가가 몰락에 몰락을 거듭한 지금, 과연 군룡회가 서문세가를 무너뜨리게 되면 이검의 행방이 어떻게 될지가 강호인들의 관심사가 되고 있었다.

장건의 이검을 빌리고 싶다는 말에 서문정과 영호선은 황망한 표정을 지었지만 그에 대한 얘기는 길게 이어지지 않았다. 시간이 촉박했기 때문에 세 사람은 즉시 각자의 목적지로 출발하기로 결정했다. 장건과 서문정은 서문세가가 있는 강서성으로, 영호선은 영호세가가 있는 하북성으로.

여장을 꾸리러 자신의 숙소로 돌아온 장건은 뜻밖의 사람과 맞닥뜨려야 했다. 바로 조비연과 낯이 익은 그녀의 일행이었다.

"기다렸다, 이 악적!"

숙소 앞에 진을 치고 있던 조비연은 장건을 보고는 성큼성큼 다가오며 으르렁거렸다.

장건은 고소를 지으며 대꾸했다.

"내가 왜 악적인지 설명을 좀 해주셨으면 하오만."

"몰라서 물어? 육합검법만 쓰는 척하다가 갑자기 검법을 바꿨잖아! 그 때문에 내가 진 거니까 그 시합은 무효야! 여기서 다시 결판을 내자고!"

장건은 난처한 얼굴로 그녀를 바라보고, 그 뒤의 범생 일행을 바라보았다. 범생들도 그와 같이 난감한 표정을 짓고 있는 것으로 보아 이 괄괄한 소저의 돌출 행동에 학을 떼고 있는 모양이었다.

"소저, 지나치게 억지라고 생각하지 않소? 다른 검법으로 이겼다고 비무가 무효라니, 내가 육합검법만 써야 한다고 비무 규정에 나와 있던 것도 아니지 않소?"

타당한 지적이었지만 조비연은 꿈쩍도 하지 않았다.

"흥! 다른 경우에 이렇게 당한 거라면 나도 패배를 자인했을 것이다. 그런데 네 뒷조사를 좀 해보니 육합검법만을 고집하는 이유가 있었더군. 넌 이번에 처음 용봉지회에 참가한 것이어서 신분 증명에 애를 먹었었다며? 그러다가 화산파의 정효 도장을 육합검법으로 구워삶아 간신히 화산 속가임을 증명했고. 그런 후에 너는 비무대회 내내 육합검법만을 구사했는데, 그럴 수밖에 없었겠지. 육합검법이 아닌 다른 검법을 썼다간 당장 화산 제자가 아닌 것이 들통났을 테니까."

장건의 눈빛이 이채를 띠었다. 조비연은 예상 밖의 지적을 하고 있었다. 설마 이 철없어 보이는 소저가 자신이 화산 속가가 아니란 걸 알아차린 것일까?

"무슨 뜻인지 잘 못 알아듣겠구려."

"흥, 시치미 뗄 생각 마라! 네가 나를 물리칠 때 맨 마지막에 쓴 초식은 육합검법도 아니고 화산파의 다른 검법도 아닌 태령검법이었다. 난 패하고 난 후에 곰곰이 생각했다. 너는 그렇게 뛰어난 태령검법을 구사할 수 있음에도 왜 계속 감추고 있다가 최후에 다른 사람들이 눈치채지 못할 정도로 잠깐 사용한 걸까? 그 의문은 너의 뒷조사를 하고 나서야 풀릴 수 있었지. 네가 화산 제자로 가장하고 있는 게 아니고서야 육합검법만을 그렇게 고집할 이유가 없지 않느냐? 매화검 같은 여타 화산검법은 배우지 못했으니 쓸 수가 없고, 그렇다고 태령검법을 쓰자니 화산 제자가 아님이 탄로날까 봐 쓰지를 못하고, 그랬기 때문에 대회 내내 육합검법밖에 구사할 수 없었던 것이다, 너는!"

장건은 속으로 감탄을 금치 못했다. 조비연이 생각보다 훨씬 똑똑한 것에 놀랐고, 무엇보다 순식간에 구사되었던 태령검법의 변초를 읽어낼 수 있는 안목을 가졌다는 것이 놀라웠다. 그러나 그렇다고 해서 그녀의 억지를 들어줄 이유는 없었다.

"감탄할 만한 추리구려. 그러나 내가 태령검법을 쓸 수 있다고 해서 화산 제자가 아니라는 증거는 어디에도 없지 않소?"

"흥! 네가 진정 화산 제자였다면 왜 그토록 태령검법을 쓰기를 겁내 했겠느냐? 진작에 써먹었다면 비무가 훨씬 편했을 텐데."

"그거야 자기 취향 아니겠소? 겁낸 게 아니라 그저 아껴둔 것뿐이오. 소저와 비무할 때와 같은 비상 상황에서 쓰기 위해서. 게다가 백 번 양보해서 내가 화산 제자로 가장하고 있다는 소저의 추리가 맞다손 쳐도 비무를 다시 해야 한다는 말은 이해가 가지 않소. 내가 가짜 화산 제자인 것이 어째서 비무 결과의 무효화로 이어질 수 있단 말이오?"

이 지적에는 기세등등하던 조비연도 잠시 말문이 막혔다. 그러나 이천휘의 신분을 걸고넘어지는 것은 어디까지나 시비를 걸어 비무를 다시 하고자 하는 부차적인 이유일 뿐이므로, 말에서 밀린다고 이대로 물러설 그녀가 아니었다.

"네가 화산 제자인 줄로만 알았기 때문에 태령검법에 대비하지 못한 것이다! 만일 매화검이나 다른 화산검법을 변초로 썼다면 얼마든지 방비하여 막아낼 수 있었을 것이니 너는 엄연히 반칙을 한 것이다! 그래서 어제의 승부는 무효야! 그러니까 다시 한 번 정정당당히 겨루자고!"

조비연은 생억지를 쓰기 시작했고, 장건은 어처구니가 없어 고개를 저었다.

"소저가 무슨 말을 하든 난 다시 비무를 할 의향이 없소. 강북 무림련 산하 용봉지회로 온 초청장에는 이미 내 이름 석 자가 쓰여진 상태요. 그러니 이만 포기하시길 바라오."

조비연은 눈을 부릅뜨며 말했다.

"누가 초청장이 탐이 나서 그런다더냐? 난 그저 너와 순수하게 무공의 고하를 가리는 승부를 겨루려고 하는 거야!"

조비연은 지금 초청장이 문제가 아니었다. 그녀는 현재 아주 곤혹스러운 심경이었다. 이천휘와의 비무에서 패퇴를 했으니 이제껏 공공연히 떠들어왔듯이 그에게 시집을 가야 할 판인데, 태어나서 최초로 겪은 패배로 인한 패배감이 좀처럼 사그라지지 않고 있었다.

패배를 승복하기도 어려울뿐더러, 자신을 어이없이 패배시킨 밉살스러운 놈에게 시집을 가야 한다는 현실이 끔찍스러웠다. 그래서 이렇게 다시 한 번 비무를 하자며 억지를 부리는 것이었다.

그러나 상대는 전혀 그럴 마음이 없는 듯했다.

"소저, 난 한가한 몸이 아니오. 지금 즉시 강서성으로 출발해야 하오. 소저의 억지를 들어줄 시간이 없으니 더 이상 붙잡지 말길 바라겠소.”

장건은 매몰차게 말하고는 그녀를 지나 유유히 숙소로 향했다.

“너 거기 못 서!”

조비연은 소리를 빽 질렀지만 장건은 들은 체도 하지 않고 숙소로 향했다.

“저걸 그냥!”

조비연은 허리에 매인 검을 움켜쥐고는 그를 쫓아갔다.

조비연이 다시 앞을 가로막자 장건은 눈살을 찌푸렸다.

“대체 왜 그러는 거요?”

조비연은 버럭 화를 내려다가 계속 을러봐야 소용없다는 것을 깨닫고는 태도를 돌변하여 간청하는 얼굴로 말했다.

“이봐, 제발 부탁이야. 비무 한 번만 해줘. 난 이대로 널 보낼 수는 없어.”

“오해의 소지가 있는 발언은 삼가해 주기 바라오. 그리고 초청장에 관심없다는 분이 대체 왜 그렇게 비무에 집착하는 거요? 싸우다 보면 이길 때도 있고 질 때도 있지 않소?”

“난 이제껏 한 번도 진 적이 없어!”

조비연은 빽 소리를 질렀다. 그러다가 화를 내봐야 소용없다는 것을 다시금 되새긴 그녀는 길게 한숨을 내쉬고는 애원하는 투로 말을 이었다.

“여기에는 피치 못할 사정이 있어. 부탁이야, 제발 비무 한 번만 해줘. 너도 사실 나 같은 수준의 고수와 맞부딪칠 기회 자주 있는 게 아니잖아. 견문을 넓히는 셈치고 한 번 더 겨루자고.”

"견문은 충분히 넓혔고, 꼭 소저 아니라도 견문 넓힐 기회는 많소."

"그래도 오행신단을 복용한 고수 만날 기회는 흔치 않을걸?"

"오행신단?"

장건의 눈이 순간적으로 번득였다.

"소저, 오행신단을 복용했소?"

조비연은 잠시 머뭇거리다가 고개를 끄덕였다.

"응, 종남파의 오행신단을 복용한 게 바로 나야. 가만, 그러고 보니 네 내공도 만만치 않던데 너도 오행신단을 복용하지 않았니?"

장건은 잠시 생각에 잠겼다.

확실히 조비연의 내공은 나이에 비해 지나치게 높았다. 그녀의 실전 경험이 부족하지 않았더라면 그녀를 그렇게 손쉽게 꺾을 수 없었을 것이다. 직접 체험해 본 결과 오행신단을 복용했다는 그녀의 말은 거짓이 아닌 듯했다.

장건은 조비연의 질문에는 대꾸하지 않고 오히려 그녀에게 질문을 던졌다.

"소저가 오행신단을 복용했다는 것을 누가 알고 있소?"

"으응? 종남파 사람들은 다 알고 있지 뭐. 지금까지는 문파 내의 비밀로 쉬쉬했지만 공공연한 비밀이고, 내가 여기 와서 실력 발휘까지 했으니 조만간 소문이 밖으로도 퍼질 거야."

장건의 머리가 재빨리 회전했다. 소청룡이 죽은 지 얼마 안 돼서 오행신단 복용자를 또다시 만나게 된 것은 뜻밖의 기연일 수도 있었다.

조비연은 이제 막 오행신단의 복용이 대외로 알려지게 될 인물이다. 만일 대외로 알려진다면 그녀를 가장 예의 주시할 자들은 누구일까? 당연히 오행신단 복용자를 골라 죽이는 천하삼대살수일 것이다.

'그들은 분명 조 소저를 목표로 삼고 살수를 전개해 올 것이다. 만일 내가 조 소저와 행동을 함께한다면 그들과 맞닥뜨릴 수 있는 기회를 얻을 수도 있을 것이다.'

뜻밖의 수확이다. 천하삼대살수를 포획할 수 있는 절호의 기회였다. 장건은 이 기회를 붙잡기로 마음을 먹었다.

"나와 함께 갑시다."

장건이 갑자기 꺼낸 말을 못 알아들은 조비연은 눈을 동그랗게 뜨며 반문했다.

"지금 뭐라고 했어? 어딜 가자고?"

"같이 가자고 했소. 소저의 사연은 소문을 들어 익히 알고 있소. 비무에서 패한 사람한테 시집가기로 했다고 하지 않았소?"

뜻밖의 말에 조비연은 얼굴이 벌게지며 더듬거렸다.

"그, 그걸 네가 어떻게 알고… 본 문에서밖에 모르는 일인데……."

"어떻게 알게 되었는지까지 설명할 이유는 없소. 어쨌든 시집가기로 한 거 맞지요?"

조비연은 크게 당황한 얼굴로 말했다.

"그야 그렇긴 하지만… 이봐, 설마 너 같은 고관대작 댁의 귀공자가 나같은 선머슴 왈패를 부인으로 들일 생각을 하는 건 아니겠지? 절대 그럴 리는 없잖아?"

"옛날에 누가 그러지 않았소? 무슨 일이 있어도 사람 일에 '절대'라는 말은 쓰지 말라고."

조비연은 너무 놀라서 입술까지 가늘게 떨며 말했다.

"그, 그럼 네가 날 부인으로 맞기라도 하겠다는 거야?"

"소저 정도면 훌륭한 신붓감이오."

장건은 알궂은 미소를 입에 걸며 말했다.

"집안도 좋고, 몸 건강하고, 외모도 참으로 훌륭하오. 소저는 선머슴이라고 했지만 내 눈에는 하늘에서 하강한 선녀 같구려."

조비연의 얼굴은 귓불까지 빨개졌다. 열 살 때까지는 예쁘다 예쁘다 하는 소리를 듣고 자랐던 그녀지만 오행신단 복용 후 왈패 짓을 하고 다닌 이후로 근 십 년간 단 한 번도 이런 유의 칭찬을 들어본 적이 없었기 때문이다.

"허, 헛소리하지 마! 네 의도가 대체 뭐야?"

"다른 의도는 없소. 어디까지나 비무에서 이겼으니 소저를 부인으로 맞고 싶을 뿐이오."

"다, 닥쳐! 비무는 아직 끝나지 않았어! 당장 다시 겨뤄보자!"

장건은 그 말 할 줄 알았다는 듯 빙긋이 웃으며 대꾸했다.

"정 그렇다면 이렇게 합시다. 지금은 소저와 비무를 할 여력도, 시간도 없소. 앞으로 적어도 넉 달 정도는 눈코 뜰 새 없이 바쁘오. 그러니 강서성에서의 내 볼일을 마칠 때까지 소저가 기다려 줄 수 있다면, 그 이후에 비무에 응해주겠소."

조비연의 표정이 비로소 밝아졌다.

"넉 달을 기다리면 비무해 주겠다는 말이야?"

"단, 조건이 있소."

장건은 토를 달았다.

"그 넉 달 동안 나와 함께 행동을 해주어야겠소."

"함께?"

"그렇소. 나는 비무를 다시 하든 어쨌든 소저를 신붓감으로 삼을 마음을 이미 굳힌 상태요. 그러니 한시라도 소저와 떨어지기 싫소. 고로 지금부터 계속 나와 같이 있어야 하오."

조비연은 숨이 턱 막혀왔다. 대범한 성격의 그녀였지만 장건의 지금 발언은 저돌적이라고 할 수 있을 정도였다. 이제껏 남녀 간의 애정과는 거리가 먼 생활을 했던 그녀였기에 장건의 이러한 태도가 너무도 생경하고 당황스러웠다. 조비연은 장건의 뒷말을 애써 무시하며 자신이 중요하게 여기는 앞의 말만을 강조했다.

"조, 좋아. 그러니까 넉 달만 너하고 같이 있어주면, 재비무에 응해주겠단 말이지?"

"물론이오. 다만 이것만은 확실히 해두겠소. 넉 달 동안 그대는 어디까지나 내 신붓감이오. 고로 정혼자로서 그에 걸맞는 행동을 해야 하오."

조비연은 난감한 표정을 지었다.

"정혼자? 그에 걸맞는 행동이 대체 뭔데?"

"뭐긴 뭐겠소? 예비 신랑에게 절대 복종. 그것만 잘 지켜주면 되오."

"말도 안 되는 소리!"

조비연은 발끈했다.

"말도 안 된다고? 그럼 지금까지 말한 것 다 무효로 할까요?"

장건이 강하게 나오자 조비연은 움찔할 수밖에 없었다.

'젠장! 젠장! 젠장!'

속으로 마구 욕을 퍼부었지만 지금 주도권을 쥐고 있는 것은 장건이니 조비연은 어쩔 수 없이 굴복해야 했다.

'오냐, 이놈! 넉 달만 참아주마! 그런 연후 반드시 네놈을 꺾어 이 굴욕을 갚아주마!'

조비연은 속으로 이를 갈며 어렵사리 입을 떼었다.

"조, 좋아. 그럼 딱 넉 달만 네 말을 듣기로 하지."

"좋소. 그럼 첫 번째 명령을 말하겠소."

명령이란 말에 강한 거부감이 일었지만 어쩔 수 없었다. 조비연은 인상을 북북 긁으며 말했다.

"말해 봐."

"우선 말버릇부터 고칠 것. 나에게 말할 때는 반드시 존칭을 써라."

장건의 말투가 돌변하자 조비연은 쌍심지를 켰다.

"너는 반말로 하고 나는 존칭을 쓰라고? 그게 말이 돼?"

"말 안 될 것 없지. 너 몇 살이냐?"

장건의 말에 조비연은 멈칫했다.

"스, 스물하나."

"나보다 한 살 어리군. 나이 많은 정혼자가 어린 약혼녀에게 말 놓는 게 이상한가?"

당연히 이상할 게 없었다. 조비연은 온갖 인상을 다 썼지만 논리에서 밀리니 어찌할 수가 없었다.

"아, 알았어. 할 수 없지."

장건은 눈을 치떴다.

"할 수 '없지'?"

조비연은 분을 이기지 못해 할딱거리면서도 어렵사리 토씨 하나를 갖다 붙였다.

"…요."

그런 그녀를 보며 장건은 엷게 웃고는 말했다.

"그리고 나에 대한 호칭은 반드시 이공자님으로 부르도록."

조비연은 아니꼬워 죽겠다는 표정으로 말했다.

"이공자님? 꼭 그렇게 존대를 받아야 하겠어? …요?"

"이공자님이 싫으면 이 가가로 할래? 아니면 낭군님으로 할까?"

조비연은 '가가', '낭군'이란 말에 온몸의 솜털이 일어서는 느낌이 들었다. 혀를 깨물고 죽으면 죽었지 그런 닭살스러운 말을 하지는 못할 듯했다.

"알았다, 알았어… 요. 이공자… 님으로 하지… 요."

한마디 한마디 할 때마다 존칭을 쓰기 싫어 몸을 비비 꼬는 조비연을 보며 장건은 빙긋이 웃었다. 그녀 때문에 넉 달 동안 심심하지는 않을 듯했다.

제6장
장건, 서문세가로 향하다

장건, 서문세가로 향하다

"우릴 보자고 한 이유가 뭐요?"

석초진은 의아한 표정으로 물었다. 그와 나할라리, 범생을 이천휘란 청년이 따로 불러낸 것은 조비연이 강서성으로 떠날 행장을 꾸리러 자신의 처소로 들어갔을 때였다.

이천휘는 그들을 향해 물었다.

"세 분께서는 조 소저와 함께 동행해 온 일행이라 들었습니다."

"그렇소이다."

"듣자 하니 여기까지 조 소저를 보필하기 위해 고용된 용병이라 하던데, 맞습니까?"

"맞소."

"이제 조 소저는 저와 함께 강서성으로 가야 합니다. 강서성에 가서 있어야 할 시간이 넉 달은 족히 걸릴 텐데, 그때까지 계속 조 소저와 함께하실 겁니까?"

"그렇소. 우리는 조 소저를 이번 여행 내내 보필하기로 계약이 되어 있어서… 시간이 좀 걸리겠지만 어쩔 수 없이 그래야 하오."

석초진의 말에 나할라리가 제동을 걸었다.

"이봐, 꼭 그래야 하나? 우리 임무야 어디까지나 용봉지회가 끝나면 풍파투도 그 친구에게 조 소저를 데려다 주는 것까지 아냐? 군이 강서성까지 쫓아가 넉 달 동안 시간을 허비해야 할 이유가 있을까?"

석초진은 어깨를 으쓱하며 대꾸했다.

"그 계약 때문에 이러고 있는 것 아닌가. 넉 달이든 몇 달이든 이쪽 일이 끝나야 풍파투도에게 데려갈 형편이니."

나할라리는 인상을 쓰며 말했다.

"돌아가는 상황을 보아하니 이쪽 일이 마무리된다 해도 풍파투도에게 조 소저를 데려갈 일이 없을 것 같지 않나? 이쪽 소협께서 이미 그의 자리를 차지한 것 같은데."

"하긴 그런가……."

석초진은 머리를 긁적였다. 이 일행은 조비연의 돌발적인 패배로 인해 그녀와 풍파투도 간의 중매 건이 애매하게 되어버림에 따라 향후 행동을 어찌해야 할지 명확히 정하지 못하고 있었다.

석초진은 범생의 의견을 물었다.

"범 선생, 어찌해야 할까요? 조 소저가 반발하고 있긴 하지만 나할라리 말대로 이쪽 소협이 이미 신랑감 자리를 차지한 듯한데. 우리 할 일이 없어져 버린 것 아니오?"

"아니, 꼭 그렇지는 않는 것 같네."

범생은 장건을 의미심장하게 바라보며 대답했다.

"이분 소협께서 마저 할 말이 있으신 것 같은데, 계속 경청을 해보세나."

장건은 싱긋 웃으며 말했다.

"선생님은 이미 제 정체를 짐작하고 계신가 보군요."

갑자기 변한 그의 목소리에 석초진과 나할라리는 눈을 크게 떴다. 어디서 많이 듣던 목소리였기 때문이다.

범생도 마주 웃으며 대꾸했다.

"변용술이 워낙 감쪽같아서 나도 처음에는 전혀 몰랐다네. 다만 조 소저와의 비무 끝자락에 마지막 초식을 구사할 때 자네의 신법이 일전에 어디선가 본 듯하더군. 그제야 '혹시?' 하는 생각을 했네."

"대체 무슨 소리들을 하는 거요?"

석초진이 답답한 듯 가슴을 쳤다. 장건은 그에게 말했다.

"석 협사, 나요, 풍파투도."

설마 했던 석초진과 나할라리는 깜짝 놀랄 수밖에 없었다.

"자, 자네가?"

"변장을 한 거요?"

장건은 고개를 끄덕였다.

"여러분과는 인연이 꽤 깊은 듯하군요. 그건 그렇고. 선생님, 어찌 저를 이렇게 곤혹스럽게 만들 생각을 하셨습니까? 중매라니요?"

그 말에 범생은 빙긋 웃으며 대꾸했다.

"스승이 제자 중신 서는 게 뭐가 어때서 그러나. 자네도 강서성까지 데려가겠다는 것을 보면 조 소저가 싫지 않은 것 같은데."

장건은 고소를 지었지만 반박하지는 않았다. 조비연을 데려가는 사연은 범생에게도 말하기가 어려웠기 때문이다.

"자네는 정말 사람 놀라게 하는 재주가 있구먼. 꿩 잡는 게 매라더니, 결국 고삐 풀린 망아지 같던 조 소저를 잡은 임자가 바로 자네라니. 근데 자네 같은 친구가 어인 일로 용봉지회에 참여한 겐가? 설마 초청장 때문인가?"

석초진이 묻는 말이었다.

"맞았소."

장건이 동의하자 석초진은 고개를 갸웃거리며 재차 물었다.

"도둑이 성검회 초청장이 대체 왜 필요하지? 오라, 무기명 초청장이니 비싸게 팔려는 겐가?"

장건은 옅게 웃으며 고개를 저었다.

"그런 건 아니오. 자세한 건 설명하기 어렵지만 성검회 입회 시험에 참여해야 할 이유가 있소. 그렇게만 알아두시오."

그가 그렇게 못을 박자 석초진도 더 이상 캐묻지 않았다. 그 대신 나할라리가 물었다.

"근데 강서성에는 왜 가려 하는 거요?"

"거기서 할 중요한 일이 있소. 그래서 말인데, 여러분께서 조 소저와 동행할 작정이라면 날 좀 도와주셔야겠소. 물론 후사는 확실히 하겠소."

세 사람으로서는 조비연을 따라가는 겸 해서 할 수 있는 일이니 거절할 이유가 없었다.

"해야 할 일이 뭔가?"

장건은 세 사람에게 앞으로 해야 할 일을 설명하기 시작했다.

"최대한 빨리 세력을 규합하겠지만 하북에서 강서성까지는 짧지 않은 거리예요. 아무리 빨라도 석 달 안에 도착하기는 어려울 듯해요. 그러나 늦어도 넉 달은 넘지 않을 테니 부디 그때까지만 아정과 서문세가를 잘 부탁드려요."

영호선은 허리까지 숙여가며 장건에게 간곡하게 당부했다. 그녀와 장건은 지금 별장의 대문 앞에 있었고, 조비연과 서문정을 비롯한 나머지 일행은 대문 밖에 준비된 마차를 타고 있었다.

"부탁까지 할 것은 없소, 나는 그저 거래를 하러 가는 것이니."

장건의 말에 영호선은 방긋 미소를 지었다.

장건은 배웅하는 영호선을 뒤로하고 문밖에서 대기 중이던 마차에 올랐다. 마차는 두 대가 준비되어 있었다. 한 대에는 그와 서문정, 조비연이 타고, 다른 한 대에 범생 일행이 탑승했다.

두 대의 마차는 황보가의 별장을 뒤로하고 남동쪽을 향해 질주하기 시작했다.

"그 여잔 뭐야?"

출발 직후부터 두 시진 동안 서문정과만 이야기하던 조비연이 장건에게 건넨 첫마디였다.

"나보고 한 말인가?"

장건이 짐짓 인상을 쓰자 조비연은 길게 한숨을 내쉬고는 다시 말했다.

"그 여잔 뭐지… 요?"

"어떤 여자?"

"배웅하던 여자 말이야… 요."

장건은 고개를 갸웃거리며 말했다.

"모르나? 영호세가의 영호선 소저잖아. 나보다 용봉지회에 먼저 출석했던 네가 잘 알 텐데."

"누가 그걸 몰라서! ……묻나요?"

조비연은 격앙된 어조로 소리를 지르다가 장건이 눈을 부라리자 결국 목소리를 낮추었다.

장건은 피식 웃으며 말했다.

"그럼 뭘 알고 싶은 건데?"

"둘이 어떤 사이냐고… 요."

"그보다 말 간격 좀 정확히 할 수 없나? 어차피 계속 존대할 거면 확실하게 해야지."

장건이 자꾸 다른 말을 하자 조비연은 답답한 듯 가슴을 치고는 입을 열었다.

"좋아요. 이제 확실하게 존대할 테니 확실하게 말해 봐요. 그 여자랑 무슨 관계예요?"

"벌써부터 의부증인가?"

"계속 말 돌릴래요!"

조비연이 버럭 화를 내자 장건은 진정하라는 듯 손을 내밀고는 말했다.

"별로 대단한 사이는 아냐. 일전에 안면이 있었고, 또 아정과 밀접한 관계가 있고 하여 대회 기간에 어울린 것뿐이지."

장건의 설명에도 조비연은 미심쩍은 표정을 풀지 않았다.

"그 정도 사이인데 아정이 마차에 오르고도 굳이 너… 아니, 이공자님과는 마지막까지 대화를 하는 게 이상하군요."

"별것 아니고, 아정에 대한 당부를 하느라고 그런 것뿐이야."

이리저리 잘도 피하는 장건에게 더 이상 캐낼 것이 마땅치 않다고 생각한 조비연은 장건의 옆에 앉아 있는 서문정에게로 시선을 돌렸다.

"아정! 너는 알고 있지? 이 사람과 그 여자의 관계를."

둘 사이의 팽팽한 기운에 쓸려 눈치만 보고 있던 서문정은 화들짝 놀라 고개를 저었다.

"자, 잘 모르겠는데요."

조비연의 눈이 반짝였다.

"호오, 잘 모른다라? 이공자의 말이 맞는 게 아니라 잘 모르겠단 말이지? 그렇다면 이공자의 말이 틀리기 때문에 모른다고 하는 것 아냐?"

서문정은 찔끔한 표정을 지었다. 기실 그는 자신의 이모와 장건이 회합 기간 내내 상당히 친밀했고, 향후 좋은 관계로 발전할 것 같다는 생각을 하고 있었기 때문에 조비연의 정확한 지적에 적이 당황할 수밖에 없었다.

"아, 아니에요. 아무 관계도 아닌 것 같아서 잘 모른다고 한 거예요."

"아니야, 네 얼굴에 거짓말이라고 쓰여 있는 게 다 보여. 아정, 너 이 누나한테 거짓말할 셈이야?"

조비연은 서운하다는 듯 눈을 흘겼고, 서문정은 울상이 되었다. 기실 조비연과 그는 고작 만난 지 두 시진밖에 되지 않았지만 조비연의 화통하고 장난기 어린 성격 때문에 금방 친해진 상태였다. 그렇기 때문에 서문정은 모처럼 친해진 조비연이 서운해하는 표정을 짓자 어쩔 줄을 몰라 했다. 보다 못한 장건이 끼어들었다.

"그쯤 하지. 이제 보니 질투가 대단하군 그래. 정 내가 그렇게 의심

되면 넉 달 동안 기다리고 자시고 할 것 없이 바로 혼례 날짜를 잡을까?"

장건으로서는 혼례라는 전가의 보도를 휘두른 셈이지만 이번만은 조비연도 호락호락하지 않았다.

"흥! 착각하지 말아요. 질투하는 게 아니라 당신의 진정성이 의심되는 것뿐이니까."

"무슨 소리야, 그건?"

"출발할 때부터 느낀 거지만, 당신이 정말 날 좋아해서 혼례니 어쩌니 하는 게 아닌 것 같아요. 그 여자도 그 여자지만 왠지 모르게 다른 의도가 결부되어 있다는 느낌이 들어요. 솔직히 말해 봐요. 날 끌어들인 이유가 뭐예요?"

조비연은 장건을 똑바로 보며 물었다.

선머슴 같은 행동이 몸에 밴 조비연이었지만 그녀도 엄연히 여자였다. 조비연은 예상치 못한 장건의 사랑 고백에 크게 당황했지만 그 뒤로 그를 계속 대면하면서 그가 말로 표현했던 것처럼 자신을 신경 쓰지 않는다는 느낌을 강하게 받았다. 그래서 자신을 신붓감으로 생각하고 있기에 데려간다는 그의 의도를 의심하게 된 것이다.

장건은 눈을 가늘게 뜨고 말했다.

"호오, 그러니까 내가 당신을 좋아하지도 않는데 다른 의도로 데려가는 것이다, 이런 생각인가?"

"그래요. 또 아니라고 거짓말할 건가요?"

"아니, 말로 해서야 알아들을 것 같지 않군."

그리 말한 장건은 고개를 돌려 서문정에게 말했다.

"아정, 잠시 어자석에 가서 마부 아저씨랑 같이 있겠니?"

서문정은 영문을 몰라 하면서도 고개를 끄덕이고는 마차 앞창을 열고 어자석으로 나갔다. 그가 나가고 창이 닫히자 마차 안에는 장건과 조비연만이 남게 되었다.

장건은 자리에서 일어나 맞은편 조비연의 옆 자리에 가서 앉았다.

조비연은 장건의 갑작스러운 행동에 긴장된 표정이 되어서는 그와 공간을 벌리려는 듯 옆으로 움직였다.

장건은 움직이는 그녀에게 다시 다가갔다. 차츰차츰 물러나던 조비연은 금세 문 옆까지 몰렸다.

"왜, 왜 이래요?"

장건은 다시 다가앉아 조비연과의 거리를 바싹 줄이고는 한 팔로 조비연의 어깨 너머 마차 벽을 짚고 그녀의 얼굴을 똑바로 보며 말했다.

"왜 이러긴. 진정성이 의심된다며? 말로 해서는 안 되겠으니 행동으로 보여주지."

"뭐, 뭘 보여준다는 거죠?"

"내가 당신을 얼마나 진실되게 신붓감으로 원하고 있는지, 그걸 보여주겠다는 말이야."

장건은 말을 마치고는 얼굴을 조비연에게로 점점 들이밀었다. 마차 벽과 장건의 팔에 가로막혀 다른 곳으로 몸을 뺄 수 없는 조비연은 다가오는 장건의 얼굴을 피할 수가 없었다.

"이게!"

조비연의 주먹이 날카롭게 장건의 명치로 파고들었다. 그러나 장건은 이미 방비하고 있은 듯, 가볍게 그녀의 주먹을 낚아챘다. 그러자 조비연은 다른 주먹을 휘둘렀으나, 그것 역시 장건의 손에 잡혀 버렸다.

양손이 구속당한 조비연은 몸부림을 치며 잡힌 팔을 빼려 했으나 장건의 두 손은 자물쇠라도 채운 양 그녀의 손목을 꽉 붙잡고 놔주지 않았다. 그러는 사이 다가온 장건의 입이 그녀의 입술을 향해 파고들었다.

"꺄악!"

째지는 비명이 마차 밖까지 울려 나왔고, 마차 전체가 뒤집혀질 듯 흔들리고 고함과 툭탁거리는 소리가 이어졌다. 어자석의 서문정과 마부는 영문도 모른 채 놀란 말들을 진정시키려 애써야 했다. 마차 안의 소동은 근 반 시진이 지난 후에야 가라앉았다.

마차 안이 조용해진 후 서문정이 들어가 보니 두 사람은 육박전이라도 벌인 듯 꼴이 말이 아니었다. 다만 장건의 얼굴에는 희미한 미소가 어려 있었고, 그를 외면한 채 식식거리고 있는 조비연의 얼굴은 화가 난 때문인지 몰라도 노을처럼 벌게져 있었다.

조비연은 그 이후로 마차가 목적지에 도착할 때까지 장건에게 한마디도 하지 않았다. 다만 간혹 창밖을 보며 '그래, 넉 달, 넉 달만 기다려라' 하는 말만을 중얼거리고 이를 갈 뿐이었다.

이십여 일을 달린 마차는 마침내 목적지인 강서성 남창(南昌)에 도착했다. 남창은 파양호(鄱陽湖)로 흘러가는 간장강의 연안에 위치한 도시로, 부근에는 잘 발달된 수로와 비옥한 강서분지가 위치하고 있어 농업과 상업의 요지로 손꼽히는 도시였다. 서문세가는 이 도시의 서북쪽 번화가의 외곽에 위치하고 있었다.

서문정은 세가로 들어가기 전 일행에게 서문세가의 현 상황을 자신이 알고 있는 대로 설명해 주었다.

강서성 경계에서 전달 초에 군룡회와 일대 접전을 벌였던 서문세가는 강호에 알려진 대로 크게 패퇴했다. 대공자인 서문승문이 죽고 가주인 서문강조는 군룡회주인 운중룡 구태진의 공격에 큰 내상을 입고 생사지경에 다다르기까지 했다. 다행히 후퇴하는 서문세가를 군룡회는 쫓지 않았는데, 당시 천의문의 사건이 정리되면서 천의문에서 무당파와 연합하여 군룡회를 치려 한다는 소문이 돌아서 군룡회가 무리하게 강서성까지 쫓아 들어오지 않았던 것이다.

최악의 상황은 면했으나 서문세가는 패배로 인한 충격으로 휘청거리고 있었다. 세가 제일의 고수인 서문강조는 위험한 고비는 넘겼으나 여전히 몸이 회복되지 않고 있었고, 군룡회와의 결전에서 입은 전력 손실은 단시간에 메울 수 있는 정도가 아니었다. 게다가 남창 남부의 호적수인 금도회(金刀會)가 약해진 서문세가를 노리고 있었고, 파양호의 대경방(大鯨幇)의 움직임도 심상치 않아 사면초가의 형국이었다.

대경방이란 말이 나왔을 때 장건의 눈이 잠시 반짝였다.

서문정의 설명이 끝날 무렵 마차는 남창의 중심부를 향해 가고 있었다. 농지를 지나 막 대로로 들어설 즈음, 밖이 소란스러워지기 시작했다.

조비연이 인상을 찌푸리며 말했다.

"병장기 부딪치는 소리인걸? 싸움이 났나?"

장건은 마차의 창문을 비스듬히 열고 소리나는 쪽을 바라보았다. 과연 대로 저 멀리서 다수의 무림인들이 엉겨 붙은 채 격전을 벌이고 있었다.

장건은 서문정을 끌어 창밖을 보게 하며 물었다.

"아정, 어느 세력이 다투고 있는지 알 수 있겠니?"

서문정은 밖을 유심히 보았지만 그가 사람을 식별하기에는 조금 먼

거리였다.

"좀 더 다가가 봐야 알 것 같은데요."

장건이 말했다.

"황의를 입고 번쩍이는 칼을 휘두르는 사람들이 녹의에 장검을 입은 사람들을 둘러싸고 있구나."

그 말에 서문정은 다급하게 외쳤다.

"녹의에 장검이라면 본 가 사람들이에요! 본 가 사람들이 금도회에 둘러싸여 있는 거예요!"

"그럼 이러고 있을 때가 아니군."

장건은 어자석으로 나가서 마부에게 속도를 낼 것을 명했다. 마차는 빠르게 달려 싸움터를 향해 접근했다.

다가가니 대략 삼십 명 남짓한 황의인들이 열 명이 채 안 되는 녹의 인들에게 공세를 가하고 있었다. 녹의인 몇 명은 벌써 땅에 쓰러져 있었고, 나머지 사람들도 곳곳에 상처를 입고 패퇴하기 직전이었다.

장건은 직접 나서는 대신 조비연을 불렀다.

"야, 네가 좀 나서야겠다."

조비연은 눈을 치떴다.

"내가 왜? …요?"

"왜긴 왜야? 정혼자가 시키면 시키는 대로 할 것이지. 넉 달 뒤에 비무하기 싫어?"

이 말에는 조비연이 항거할 수가 없었다. 조비연은 이를 갈며 몸을 일으켰다.

그녀는 마차 문을 열고 벼락같이 뛰어나갔다.

조비연이 싸움터로 뛰어들자 일방적으로 전개되던 전투는 곧 난장판이 되었다. 조비연이 검도 쓰지 않고 손에 걸리는 황의인들을 치고 잡고 날려 버리자 순식간에 황의인 무리의 한 축이 무너져 버렸다. 갑자기 들이닥친 여인이 난리법석을 치자 어안이 벙벙하던 황의인들은 곧 정신을 차리고 조비연에게 달려들었다.

황의인들은 우두머리의 지시에 따라 세 명이 한 조를 이루고 다시 그 세 조가 품(品) 자 형으로 모여 총 아홉 명이 조비연을 둘러쌌다. 금도회 특유의 진형인 삼품진(三品陣)이었다.

조비연은 상대가 까다롭게 달려들자 코웃음을 한 번 치고는 허리에 차고 있던 검을 뽑았다. 그리고는 상하좌우로 파고들어 오는 칼날들을 빙글 몸을 회전하며 일거에 쳐버렸다.

채캉!

단 일 합에 아홉 자루의 칼이 모두 반 토막이 난 채로 공중으로 날았고, 황의인들은 비치적거리며 물러났다. 조비연의 막강한 내공이 이루어낸 작품이었다.

황의인들은 그제야 자신들의 습격한 여인이 상대하기 어려운 고수라는 것을 깨달은 듯했다. 우두머리의 퇴각 명령이 울렸고, 그들은 곧 썰물처럼 빠져나갔다.

전투가 종료되고 녹의인들이 다친 동료들을 추스르는 사이 스무 살 남짓으로 보이는 한 청년이 조비연에게로 다가왔다.

그는 정중히 포권을 취하며 조비연에게 말했다.

"본인은 남창 서문세가의 서문척이라 합니다. 은인의 도움에 뭐라 감사를 해야 할지 모르겠습니다."

인사를 받은 것은 조비연이 아니라 그녀의 뒤에서 냉큼 다가온 장건이었다.

"하하, 별말씀을. 서문세가와는 인연이 적지 않기에 당연히 해야 할 일을 한 것뿐입니다."

조비연은 뜨악한 표정을 지었고 서문척은 엉뚱한 사람이 자신의 인사를 받자 어리둥절해했다. 서문척은 조심스럽게 장건에게 물었다.

"대협께서는 존성대명이 어찌 되시는지? 그리고 이분 여협과는……."

그가 말을 맺기도 전에 장건의 뒤에서 서문정이 나타났다.

"형, 어디 안 다쳤어요?"

서문척의 눈이 휘둥그레졌다.

"아니, 너 아정 아니냐? 네가 어떻게 여기에……."

서문척은 서문정의 사촌 형이었다. 그리고 서문정을 아끼는 세가의 몇 안 되는 사람 가운데 한 명이기도 했다.

서문정이 서문척에게 자신이 데려온 동료들을 설명하는 사이 장건은 조비연에게 말했다.

"몽땅 달아나게 하지 말고 한두 놈 생포했어야지."

조비연은 코웃음을 쳤다.

"그런 거까지는 안 시키셨는데요? 그냥 나서기만 하면 된다고 해서 그것만 한 거예요."

비아냥거리는 투의 대꾸에 장건은 쓴웃음을 지었다. 이 괄괄한 처녀를 길들이기에는 아직 시간이 더 들어야 할 듯했다.

서문정의 설명을 다 들은 서문척은 다시 일행에게 정중하게 인사했다.

"본 가를 도와주시기 위해 불원천리를 마다하고 오셨다니, 가문의 일원으로서 참으로 감사할 따름입니다. 일단 본 가로 가시지요."

장건은 서문세가로 동행하면서 서문척에게 방금 일어났던 일단의 상황에 대해 물었다.

"이 전투는 왜 일어난 것입니까?"

"금도회는 남창의 남부를 지배하는 세력입니다. 북부에 위치한 본가의 영향력이 가장 약한 곳이 남부이온데, 금도회는 거기에서 최근 십 년간 급부상한 신흥 세력이지요. 그들은 원래 남부의 몇몇 흑도방파의 연합체였는데, 금표(金豹) 풍천수가 회를 통합하면서 급격히 세가 커졌습니다. 그렇다고 해도 감히 본 가를 건드릴 정도는 아니었는데, 근래 움직임이 심상치 않다 했더니 결국 오늘 사단이 벌어졌군요."

서문척은 예상치 못한 금도회의 습격에 적이 당황한 눈치였다.

"그자들이 이런 행동을 벌인 이유가 뭐라고 생각하십니까?"

장건의 질문에 서문척은 무거운 표정으로 대꾸했다.

"본 가가 약해졌다고 해도 금도회 단독으로 이런 일을 벌일 수 있으리라고는 생각하지 않습니다. 개인적인 생각입니다만… 아무래도 군룡회가 개입된 것이 아닌가 합니다."

장건도 그리 생각하고 있었다. 그는 이곳에 오기 전에 장이회를 통해 남창의 정보를 어느 정도 접할 수 있었다. 서문척의 말마따나 금도회의 세력이 커졌다고 해도 남창의 패자인 서문세가를 단독으로 칠 정도는 아니었다. 게다가 설사 서문세가를 쓰러뜨린다 해도 남창과 강서성을 노리고 있는 군룡회가 언제 들이닥칠지 모르니 애써 빼앗은 떡을 먹어보지도 못하고 남에게 넘길 수도 있는 형국인 것이다. 고로 이번 금도회의 움직임은 타 세력과의 공조 하에 이루어진 듯 보였고, 그 세력으로 군룡회가 가장 유력해 보였다.

서문척은 긴 한숨을 내쉬었다.

"정말 걱정입니다. 군룡회가 호광의 사정 때문에 발을 뺄 때만 해도

회복할 시간을 벌었구나 했는데, 금도회를 이용할 줄은… 게다가 파양호 쪽의 대경방까지 저희에게 반발하는 움직임을 보이고 있는데, 만일 그들까지 군룡회에 포섭된 것이라면 그야말로 사면초가의 상황이라 할 수 있습니다."

대경방은 남창에 인접한 간장강과 연결된 장강 최대의 호수인 파양호에서 활동하는 단체였다. 대외적으로는 어업 조합임을 천명하고 있으나 절반쯤은 수적 집단이라 할 수 있는 방파로, 그간 서문세가에게 눌려 지냈으나 최근 방주가 바뀌고 나서 서문세가가 약해진 틈을 타 심상치 않은 움직임을 내보이고 있었다.

장건은 잠시 눈을 굴리더니 서문척에게 질문을 던졌다.

"그 대경방 말인데요, 방주가 혹시 흑면대족도(黑面大足盜) 한숭 아닙니까?"

서문척은 고개를 갸웃하며 대꾸했다.

"한숭인 것은 맞습니다만 흑면대족도란 별호는 처음 듣는군요. 한숭의 별호는 흑수랑입니다만."

장건은 미묘한 미소를 머금은 채 고개를 끄덕였다.

"알겠습니다. 흑수랑이라… 꽤나 머리를 짜냈나 보군."

그의 뒤엣말은 입속으로 중얼거린 것이기 때문에 서문척의 귀에 들리지는 않았다.

서문세가의 무리와 장건들은 번화가의 끝자락에 위치한 서문세가에 다다랐다.

삼 장 높이의 높다란 담장을 한 굽이 돌아 웅장한 대문 앞에 도달한 일행은 서문척의 안내를 받으며 세가 안으로 들어섰다.

전통의 무가답게 정문으로 들어서자마자 커다란 연무장이 나타났고, 그 뒤로 고풍스러운 전각들이 우뚝 솟아 있었다. 그러나 응당 들려야 할 연무장의 힘찬 기합 소리는 들리지 않았고, 큼지막한 전각들은 사람의 모습이 보이지 않아 횡하고 퇴색된 느낌을 주고 있었다.

서문척이 크게 고함을 지르고 나서야 하인들이 뛰어나왔다. 특이하게도 하인들은 모두 머리가 하얀 늙은이들이었다. 세가가 몰락 지경에 이르자 젊은 하인들이 다 도망가 버렸다는 서문척의 설명이 뒤따랐다.

부상자들을 하인에게 맡긴 후 서문척은 일행을 가주의 거처로 안내했다.

가주인 서문강조는 본관 집무실에 있지 않고 군룡회와의 전투에서 당한 상처를 다스리기 위해 거처에서 요양을 하고 있었다. 서문강조의 거처는 후원 쪽에 위치한 사합원 양식의 단층 건물이었다.

건물에 다다른 일행은 안에서 나오고 있던 일남일녀와 마주쳤다.

갈의를 입은 남자는 중키에 탄탄한 근육질의 체격을 갖추고 있어서 단련이 잘된 무인이라는 것을 알 수 있었다. 다만 왼쪽 눈에서 볼까지 가로지르는 흉터와 번들거리는 눈빛으로 인해 가히 인상이 좋지 않았다.

홍의를 입은 여인은 삼십대 후반으로 보이는 미부였다. 나이가 들었음에도 상당한 미모를 갖추고 있었으나 눈매가 차가워 보이는 것이 옥에 티였다. 그녀는 본관 안으로 들어서는 서문정을 보더니 더욱 냉랭한 표정을 지었다.

서문척이 먼저 그녀를 보고는 허리를 굽혔다.

"백모님을 뵙습니다."

백모라 불린 미부는 서문척의 신색이 좋지 않음을 보고 눈에 이채를 띠며 물었다.

"꼴이 왜 그러느냐? 농지를 살펴본다고 하고 나간 것으로 아는데."

"금도회 놈들과 충돌이 있었습니다."

"금도회? 그놈들이 감히 본 가에 도발을 했다고?"

미부는 어이없고 화가 나는 표정을 지었다. 그녀 옆에 있던 갈의사내가 낄낄거리며 끼어들었다.

"서문세가도 이제 망조가 드는 모양이로군. 금도회 같은 흑도 나부랭이한테까지 수모를 당하다니. 놈들한테 쫓겨 도망쳐 왔나 보지?"

그 말에 서문척은 분노한 기색으로 그를 노려보았고, 미부는 갈의사내를 책했다.

"사형! 말씀이 너무 심하시잖아요."

"내가 틀린 말 했나. 이 애 꼴을 보아하니 쫓겨 도망쳐 온 형색이지 않나."

"도망쳐 오지 않았소. 이분들의 도움으로 놈들을 물리치고 온 것이오!"

서문척은 분기를 억누르려 애쓰며 갈의사내에게 말했다.

"오, 그래? 한데 이분들은 누구신가?"

갈의사내는 호기심 어린 기색으로 물었고, 미부도 의아한 듯 장건들을 보았다.

"이분들은 아정이 모시고 온 분들입니다. 본 가를 돕기 위해 오셨다고 합니다."

서문척의 대답에 미부의 시선이 서문정에게로 꽂혔다. 서문정은 그제야 삐죽삐죽 한 발 앞으로 걸어 나와 미부에게 허리를 숙였다.

"아정이 인사 올립니다. 용봉지회에 무사히 다녀왔습니다."

"흥! 참 일찍도 인사하는구나."

미부는 코웃음을 치며 비아냥거리고는 다시 물었다.

"세가 연합이 뭐라 하더냐? 협력해 준다고 하더냐?"

"그것이… 남궁세가가 반대하여 협력은 무산되었습니다. 대신 저의 이모님이 지원군을 보내준다고 했습니다."

그 말에 미부의 표정이 바뀌었다.

"네 이모가? 그럼 영호세가에서 도와주기로 했단 말이냐?"

"그쪽도 여건상 직접적인 도움은 주기 어렵고… 대신 이모님께서 하북성에 가서서 지원군을 최대한 끌어 모아 오겠다고 하셨습니다."

서문정의 대답에 미부의 표정은 다시 싸늘해졌다.

"결국 네 이모가 개인적으로 도와주겠다는 말이로군. 게다가 하북에 다녀온다고? 그럼 시간이 얼마나 걸릴지도 모르고, 지원군을 얼마나 끌어 모을지도 알 수가 없다는 말이 아니더냐?"

"저의 이모님께서는 최대한 빨리……."

미부는 손을 저어 그의 말을 막았다.

"치워라. 너한테 잠시나마 기대한 내가 정신이 나갔지."

서문정은 민망한 표정을 지었고, 갈의사내가 낄낄거리며 다시 끼어들었다.

"거 모자 간의 대화치고는 너무 찬바람이 부는 거 아냐? 나름대로 꽤 애를 써서 사람까지 끌고 온 모양인데 이럴 때는 좀 웃어주라고."

"사형!"

미부는 다시 갈의사내에게 목소리를 높였다.

미부는 서문강조의 처인 왕선군이었다. 왕선군은 명문 점창파 출신으로, 십오 년 전 조강지처와 사별한 서문강조의 후처로 들어와서 그가 가주가 된 지금 세가의 안주인 역할을 하고 있었다. 슬하에 딸 둘밖에 두고 있지 않은 그녀로서는 첩이 낳은 아들인 서문정이 좋게 보일 리 없었다.

왕선군은 이 자리에 더 있기가 싫은지 서문정을 밀치다시피 지나쳐 밖으로 걸어갔다. 중년 사내는 장건들을 한 번 훑어보고는 낄낄거리며 그 뒤를 따랐다.

서문척은 안타까운 표정을 지으며 어깨가 축 늘어진 서문정을 다독였다.

"기운 내거라. 일단 가주님을 뵙자꾸나."

두 사촌 형제가 앞서 나갔고, 장건들은 그 뒤를 따랐다. 조비연이 장건 옆에 따라붙으며 투덜거렸다.

"세상에! 뭐 저딴 여자가 다 있담? 천릿길을 갔다 온 애한테 그따위로 말을 하다니. 게다가 그 사내놈 말이 모자 간이라고 하던데, 설마 아정의 어머니란 것은 아니겠지요?"

장건은 아무 대꾸도 하지 않고 생각에 잠겨 있었다. 아까 지나친 갈의사내가 어디서 본 듯했기 때문이다.

앞서 가던 서문정도 갈의사내를 처음 본 듯 서문척에게 묻고 있었다.

"아까 그 갈색 옷 입은 남자는 누구예요?"

서문척은 불편한 표정으로 대답했다.

"며칠 전에 도착한 백모의 사형제이다. 동료들을 이끌고 본 가를 도와주러 왔다고 하더구나."

"그럼 점창파의 사람이란 건가요?"

"그래, 그런데 그렇게 안 보이지? 듣기로는 점창파에서 나와서 중경 쪽에서 활동하고 있다고 하더구나. 동료들과 같이 강남오협(江南五俠)이라고 불린다던가?"

'강남오협이라…….'

장건은 갈의사내가 사라진 쪽을 보며 눈을 빛냈다. 그제야 사내의 정체가 짐작이 되었기 때문이었다.

조비연 등은 접객실에서 잠시 대기하고 장건이 대표로 서문척, 정과 함께 가주의 방으로 향했다.

건물 남향에 위치한 큰방에 다다른 서문척은 먼저 대기하고 있던 의원의 허락을 받은 후 안으로 들어갔다. 약 냄새가 풍겨 나오는 방에서는 두런두런 이야기하는 목소리가 흘러나왔고, 잠시 후 서문척이 다시 나와 서문정과 장건을 안으로 들였다.

서문강조는 이제 막 일어난 듯 침상 위에 걸터앉아 있었다. 그는 훤칠한 키에 청수한 외모를 가지고 있었지만 상처가 아직 회복되지 않은 듯 눈에서는 피곤한 기운이 흐르고 안색은 백지장같이 창백했다.

그는 예리한 안색으로 장건을 일별한 후 표정을 바꾸어 환한 기색으로 서문정을 맞았다.

"아정, 큰일을 하느라고 수고했다."

서문정은 모처럼 밝아진 표정으로 서문강조에게 인사를 올렸다.

"무사히 다녀왔습니다. 세가 연합의 협조를 얻지 못해 죄송합니다."

"아니다. 남궁세가 때문에 애초부터 기대도 하지 않고 있던 일이다. 어린 너를 홀로 그 먼 곳까지 보내어 마음이 편치 않았는데, 조력자들을 다수 구했다니 정말 대견하구나."

서문정을 칭찬한 서문강조는 장건에게로 시선을 돌렸다.

"척아한테 이야기를 들었네. 화산파의 고제자시라고. 게다가 이번 용봉지회 비무대회의 우승자이고?"

장건은 정중히 포권을 취하며 말했다.

"운이 좋았을 따름입니다. 화산의 이천휘입니다."

"허허 겸손하기까지. 화산은 언제나 최고의 기재만을 길러내는 문파이지."

예의범절을 따지는 명문가의 가주답게 화산파에 대한 이런 저런 찬사를 늘어놓던 서문강조는 이야기의 말미에야 본론을 꺼내 들었다.

"한데 궁금한 것이 한 가지 있네. 화산파와 본 가가 늘 강호에서 좋은 관계를 유지해 왔소만 그 이상의 돈독한 교류가 있었던 적은 없었기에, 소협이 이렇게 친히 여기까지 와서 본 가를 도와주겠다고 나서는 것은 몹시 의외란 생각이 드네만. 한번 말해 보게. 지금의 행동은 군룡회의 확장을 막고자 하는 의협심의 발로인가, 아니면 다른 의도가 내포된 것인가?"

"그렇게 물으시니 솔직하게 말씀드려야겠군요. 우선 전 화산파의 대표 자격으로 온 것이 아닙니다. 아무리 본 파라 해도 욱일승천하고 있는 군룡회와 사이가 틀어지는 것을 원하지는 않습니다."

"하면?"

"이곳에 와서 서문세가를 도우려 하는 것은 순전히 저 개인의 선택입니다. 가주께서 정확히 보신 듯한데, 말씀대로 의협심의 발로가 아니고 다른 목적이 있기 때문에 이곳으로 온 것입니다."

"허허, 솔직해서 좋군. 그 나이 대 젊은이라면 협이니 대의니 하는 말에 꽤나 집착하기 마련인데."

서문강조의 말에 장건은 엷은 웃음으로 응대하고는 말을 이었다.

"아시다시피 저는 이번 용봉지회 비무대회의 우승자입니다. 그래서 앞으로 넉 달 후에 복건성에서 열리는 성검회 입회 시험에 응시할 자격을 얻었습니다."

"으음, 이번 비무대회가 그런 목적이었나?"

"그렇습니다. 성검회 입회 시험을 치르려면 좋은 검이 있어야 하는데, 저는 아직 마땅한 검을 찾지 못했습니다. 제가 여기까지 온 까닭은 바로 이러한 이유 때문입니다."

"그럼, 검을 찾으러 여기를 왔단 말인가?"

"그렇습니다."

서문강조는 장건의 눈을 바라보며 물었다.

"자네가 원하는 것은, 이검인가?"

장건은 고개를 끄덕였다.

"맞습니다. 바로 이검입니다."

다른 것도 아니고 강호 전체를 통틀어 손꼽히는 보물이며 천하제일의 무기를 원한다는 말이었다. 장건이 괘씸하다고 언성을 높일 수도 있는 상황이었지만, 서문강조는 화난 얼굴이 아니었다. 오히려 재미있다는 표정을 짓고 있었다.

"이검을 가지고 싶다는 말을 내 앞에서 하다니, 참으로 맹랑한 친구로군."

"이검을 달라는 것은 아닙니다. 단지 성검회 입회 시험을 치를 동안만 빌려달라는 말이지요."

"빌리는 것이든 가지는 것이든 중요한 것은 그게 아닐세. 이검은 그것을 잡을 자격이 있는 자만이 소유할 수 있는 검이지."

서문강조는 날카로운 눈빛으로 장건을 훑어 내렸다. 한동안 장건을 살피던 서문강조는 가볍게 고개를 끄덕이고는 다시 말했다.

"이검을 빌려주는 대가로 자네가 우리에게 줄 수 있는 것은 무언가? 그저 적을 무찌르는 것에 일조하겠다는 것인가?"

"그런 정도로 이검을 빌리겠다고 한다면 그건 도둑놈이지요."

"하면?"

장건은 세 손가락을 펴서 내밀었다.

"세 가지를 해드리겠습니다. 첫째로 현 상황에서의 불안 요소, 남쪽의 금도회와 북쪽의 대경방에 대한 걱정을 없애 드리겠습니다. 둘째로 가주의 부상을 치유시켜 드리겠습니다. 셋째로 영호선 소저가 지원군을 데리고 이곳에 올 때까지 군룡회의 마수에서 세가가 쓰러지지 않도록 지켜 드리겠습니다."

잠시 말이 없던 서문강조는 이내 호탕한 웃음을 터뜨렸다.

"하하하하! 이거 생각지도 않게 대단한 원군을 얻었군."

한참을 웃던 그는 돌연 웃음을 뚝 그치고는 말을 이었다.

"본 가의 전력은 전달의 전투로 인해 칠 할이 감소되었네. 백방으로 지원을 요청했지만 이곳에 도착한 것은 내자의 사형제인 강남오협과 자네 일행뿐일세. 이 정도의 전력이라면 군룡회는 고사하고 금도회라도 당해내기가 버거운 판인데, 그래도 말한 것을 이룰 자신이 있는가?"

"자신이 없다면 말을 꺼내지도 않았을 겁니다."

"좋아, 그리고 내 몸을 치유시켜 준다니, 내 상세를 알고서 그런 말을 하는 것인가?"

"어느 정도는. 지금 가주께 문제가 되는 것은 내상이 아닌 듯합니다. 독상을 치유하는 게 급선무가 아닌지요?"

장건의 말에 서문강조는 흠칫한 표정을 지었다.

"그걸 어떻게 알았나? 내가 독에 중독된 것을 아는 이는 가문에서도 몇 명 없는데."

"내상이 치유되고 있는 중이실 텐데 얼굴이 지나치게 창백하다는 느낌이 들었습니다. 그래서 가주의 얼굴을 유심히 보았더니 이마에 붉은 빛의 반점이 눈에 띄더군요."

서문강조는 이마를 덮고 있던 머리를 쓸어 올렸다. 과연 장건의 말대로 옅은 빛깔의 붉은 반점이 이마에 듬성듬성 박혀 있었다.

"전투 직후에는 이런 현상이 없었네. 그런데 내상이 위독한 고비를 넘기자마자 이러한 반점들이 생겨나더군. 용하다는 의원들도 뭔지 알아보질 못하고 있네."

"잠복하고 있던 독이 내상을 치유하는 데 힘을 소진하는 사이 발작한 것입니다. 잠시 살펴봐도 되겠습니까?"

서문강조는 허락했다. 장건은 그에게로 다가가서 맥문을 잡고 공력을 서문강조의 신체로 주유시키기 시작했다. 장건의 공력이 서문강조의 사지백해를 돌아다니며 그의 몸속에 있는 기운들을 훑어 내려갔다.

'음?'

장건의 눈이 순간적으로 번득였다. 단전 부근에서 서문강조의 내공이 그의 내력과 공명하고 있었기 때문이다. 그에게 몸을 내맡기고 있는 서문강조는 아직 공명 현상을 느끼지 못하는 듯했다. 장건은 공력을 거두고는 그의 몸에서 손을 뗐다.

서문강조는 감고 있던 눈을 뜨고는 장건에게 물었다.

"어떤가?"

독의 증상을 묻는 말이었지만 장건은 다른 질문을 던졌다.

"가주께서는 혹시 예전에 영약을 드신 적이 있으십니까?"

서문강조는 잠시 멈칫하다가 대답했다.

"어릴 적에 가문 비전의 영약을 복용했었네."

"그것 말고 다른 약을 복용하신 적은 없습니까? 가령 진검성의 오행신단이랄지……."

그 순간 서문강조의 눈동자가 크게 흔들리는 것을 장건은 놓치지 않았다. 서문강조는 곧 평정을 찾고 고개를 저었다.

"본 가는 영호 대협의 회갑연에 참석하긴 했으나 오행신단을 받지는 않았네. 아버님께서 영호 대협과 워낙 친밀하신 관계였기 때문에 격식을 차리는 예물을 주고받지 않았지."

"그렇군요. 알겠습니다."

"그런데 그건 왜 묻는가? 먹었던 약과 중독 증상과 무슨 관련이 있는 건가?"

"별건 아닙니다. 하독된 성분과 이전에 복용했던 영약의 기운이 간혹 충돌하는 경우가 있어서 질문한 겁니다. 어쨌든 중독 증상이 맞는 듯하군요. 명치 부근에서 공력이 끊어지고 있는 것이 느껴지고, 맥박이 불규칙하며 눈빛도 혼탁합니다. 하독된 성분은 독성이 강하지는 않습니다만 잠복기가 긴 만성 독약 종류 같습니다. 혹시 최근에 신체적으로나 정신적으로나 이상 징후가 있었습니까? 사소한 것이라도 좋습니다."

서문강조는 잠시 생각하다가 입을 열었다.

"중독과 관련이 있는 것인지 모르겠네만, 최근 유난히 꿈자리가 뒤숭숭하더군. 악몽이 밤마다 거듭되는데 깨어나고 나서도 그 꿈이 생생해. 세가의 상황이 좋지 않기 때문에 심적으로 부담을 가져서 그런 것으로 생각하고 있었네만……."

장건은 고개를 끄덕이고는 말했다.

"악몽이 계속되고 그 꿈이 생생하다면 당가의 환영살독(幻影殺毒)이 아닌가 싶군요. 독 자체로는 살상력이 뛰어나지 않습니다만 용독이 대단히 수월하고 만성적인 효과가 있어서 고수를 상대로 쓰기 알맞은 독입니다. 독에 노출된 자는 밤마다 환영에 시달리면서 점점 몸이 쇠약해져 종내에는 죽음과 같은 상태에 다다르게 되지요."

서문강조는 크게 놀란 빛으로 말했다.

"당가? 그자들과는 격돌한 적이 없는데?"

"이렇게 짐작할 수 있지요. 군룡회가 당가의 독을 빼돌렸다던가, 아니면 당가가 군룡회에 협조하기 시작했다던가."

"으음, 후자일 가능성이 높을 걸세. 사천에서는 전검문 때문에 기를 펴지 못하던 당가가 최근 밖으로 눈을 돌리고 있다는 얘기를 들었네. 전검문을 상대하자면 군룡회와 손을 잡는 것이 더할 나위 없는 선택이었겠지. 그렇다면 전달 전투에 당가의 무인들이 참여하여 내가 모르는 새에 용독을 했단 말이로군."

"아마도 구태진과 결투에 온 힘을 쏟으시는 중에 용독했을 것입니다."

"구태진은 역시 당당한 무인과는 거리가 먼 놈이야. 일 대 일 대결에서 독공의 힘까지 빌리다니. 어쨌든 당가의 독을 알아낼 재주가 있다니 놀랍군. 자네, 이걸 해독할 수 있겠나?"

장건은 자신있게 대답했다.

"당가와는 어느 정도 인연을 가지고 있습니다. 해독에 대해서는 너무 걱정하지 마십시오. 두어 가지 방법을 알고 있는데 가장 확실한 방법으로 치유해 드리겠습니다."

서문강조는 장건을 응시하며 말했다.

"좋네. 자네를 한번 믿어보지."

"그럼 제 조건을 수락하겠다는 말씀이십니까?"

장건의 말에 서문강조는 잠시 생각하다가 입을 열었다.

"자네가 방금 말한 세 가지 조건을 모두 충족해 준다면 이검이고 뭐고 세가에서 줄 수 있는 것은 다 줄 수도 있네. 그만큼 본 가의 상황은 절박하니 말이네. 다만 앞서 말했듯이, 이검은 아무에게나 건네줄 수 있는 물건이 아니야. 이 말은 내가 하는 말이 아니라 선부께서 유언으로 남기신 말이니, 나에게는 그 유언을 지켜야 할 의무가 있네. 밖으로 나가세. 자네가 진정 이검을 잡을 자격이 있는지를 시험해 보겠네. 만일 내 시험을 통과한다면 자네 조건에 맞추어 이검을 빌려주도록 하지."

뜻밖의 말이었다. 서문강조가 몸을 일으키자 장건뿐 아니라 서문척과 서문정도 소스라치게 놀랐다.

"가주, 몸도 성치 않으신데 무슨 시험을 하시겠다고……."

서문척이 만류하려 했으나 서문강조는 손을 내저었다.

"이것은 네가 나설 일이 아니다. 이검은 선친께서 내게 맡기신 가문의 기보이다. 그것과 결부된 이 청년의 제안을 받아들이려면 자격을 시험하는 것은 당연한 일이고, 그 일은 내가 하지 않으면 안 된다."

그의 뜻이 강경하자 서문척도 이내 만류를 포기했다. 서문강조는 침상 곁에 놓여 있던 고색창연한 검을 집어 들고서는 방 밖으로 앞장서 나갔다.

서문강조는 사합원 건물의 중앙 마당으로 나왔다. 건물의 규모가 크기 때문에 마당도 넉넉하게 커서 비무를 펼치기에 알맞은 공간이었다.

서문정과 서문척이 걱정스레 지켜보는 가운데 장건은 서문강조와 마주 섰다.

"어디, 용봉지회 비무대회 우승자의 실력을 한번 보세. 검을 뽑게!"

서문강조는 말과 함께 먼저 검을 뽑았다. 늦은 아침의 햇빛을 받으며 번쩍이는 검이 장건에게로 향했다.

장건은 천천히 허리에 차고 있던 청강검을 뽑았다. 검을 중단에 놓고 몸에 힘을 뺀 듯한 허허로운 자세를 취하는 장건의 눈은 서문강조의 겨누어진 검을 또렷이 응시했다.

서문강조의 검이 서서히 움직이기 시작했다. 좌로 우로 위로 아래로, 그리고 사선으로.

마치 팔방풍우를 느리게 시전하는 듯한 움직임. 그러나 서문강조는 여전히 제자리에 서 있었고, 장건과의 거리는 처음과 마찬가지로 삼 장을 격하고 있었다.

아직 공격의 사정권에서 떨어져 있는 상태였지만 장건의 눈에서는 경계의 빛이 흘러나오고 있었다. 서문강조가 지금 펼치는 대연검법은 전임 가주였던 서문운의 전성기 시절 영호진의 현음검법과도 비견되었던 고명한 수법이다. 서문강조가 부상을 입은 상태라고 자칫 방심했다가는 낭패를 당할 수도 있었다. 게다가 좀 전에 서문강조의 몸을 살펴본 결과 뜻밖의 기운이 감지되었다. 만일 그 기운이 장건이 짐작하고 있는 현상 때문이라면 서문강조는 예상보다 훨씬 강한 고수일 수 있었다.

공간을 휘젓는 서문강조의 검이 점차 더 큰 범위로 움직이고 있었다. 그 움직임에 맞추어 서문강조의 내기가 서서히 검을 타고 발출되기 시작했다. 그 기운이 장건에게 근접할 무렵, 서문강조가 한 발 앞으로 나섰다.

위이이잉!

장건은 돌연 숨이 턱 막히는 것을 느꼈다. 병자가 내뿜는 것이라고는 상상도 할 수 없는 웅혼한 검력이 전면에서 들이닥친 것이다. 경시할 수 없다고 느낀 장건은 표홀한 신법으로 측면으로 움직이며 검을 회전시켜 검력을 흘려보냈다. 그 순간 서문강조가 장건이 움직인 쪽으로 다시 한 발을 내딛었다.

우우우웅!

흘려보냈다고 생각했던 검력이 마치 굽이를 도는 냇물처럼 부드럽게 선회하며 장건을 따라붙었다. 장건은 다시 빠르게 움직이며 서문강조의 경력과 마주치지 않으려 애썼지만 장건의 큰 움직임에 보조를 맞춘 서문강조의 아주 작은 움직임에도 그의 검력은 자유자재로 방향을 바꾸어 장건에 따라붙었다. 지극히 작은 움직임으로 빠르고 크게 움직이는 상대를 제압하는 고명한 수법이었다.

도저히 따라붙는 검력을 떨쳐 낼 수 없다는 것을 깨달은 장건은 움직이던 신형을 정지하고는 닥쳐드는 경력을 향해 검을 휘둘렀다. 그의 내기가 강하게 실린 청강검이 서문강조의 경력과 충돌했다.

쿠웅!

앞마당을 뒤흔드는 충격음과 함께 장건은 두어 발짝 뒤로 물러섰다. 상대는 예상보다 훨씬 강력한 내공을 갖추고 있었다.

장건이 물러선 반면 서문강조는 제자리에 꼿꼿이 서 있었는데, 이것은 내력의 차라기보다 장건이 돌발적으로 맞받아 치느라 끌어올린 기운이 서문강조의 준비된 경력을 이겨내지 못했기 때문이다.

충돌의 여파에도 중심을 잃지 않은 서문강조는 기다렸다는 듯 땅을 박차고 장건에게로 돌진했다. 이제까지의 여유로운 움직임과는 다른 빠르고 표홀한 동작이었다.

장건은 뒷걸음을 치며 공간을 벌리려 했으나 먼저 출발한 서문강조가 더욱 빨랐다. 순식간에 장건을 따라붙은 그의 보검이 장건의 면전으로 들이닥쳤다. 검광이 비산하고 수십 개의 검영이 장건의 사방에서 휘몰아쳐 왔다. 대연검법 중의 월광만암(月光滿暗)이란 절초였다.

일방적으로 수세에 몰리는 순간임에도 장건의 눈은 침착함을 잃지 않았다. 그는 뒷걸음질치는 자세에서 한 발을 뒤로 빼 하체를 단단히 고정시키고는 육합검법의 풍전계관과 우중세류를 연이어 시전했다. 회전하는 그의 검이 닥쳐드는 서문강조의 검영을 일부 걷어냈고, 우중세류의 빠르고 자잘한 검격들이 조합되어 사방에 번쩍이는 검광을 흐트러뜨렸다. 그러나 엄밀한 방어에도 불구하고 서문강조의 검은 결국 그의 검을 뚫고 들어왔다.

"저, 저……!"

지켜보고 있던 서문척과 서문정이 경호성을 터뜨렸다. 서문강조의 보검이 마치 장건의 가슴을 뚫고 들어가는 듯했기 때문이다. 그러나 서문강조의 검이 장건의 신형을 훑고 지나가는 순간, 장건의 몸은 어느새 이 장 밖으로 움직여 있었다.

"설마 이형환위(移形換位)?"

서문척이 믿을 수 없다는 듯 중얼거렸다. 방금 전 그의 눈앞에서 꺼졌다 나타난 장건의 움직임은 그렇게밖에 설명할 수 없을 듯했다.

그러나 싸우고 있는 서문강조는 그와는 달리 장건의 움직임을 놓치지 않았다. 그는 자신의 검이 허공을 가르는 순간 섬광처럼 움직이는 장건의 모습을 놓치지 않았다. 그는 즉시 몸을 날리며 다시 장건을 쫓았다.

파파파파파팟!

서문강조의 검에서 대연검법의 절초가 연이어 쏟아져 나왔다. 수세에 몰린 장건은 육합검법과 태령검법을 연달아 시전하며 응대를 했으나 기세가 오른 서문강조의 검은 그의 방어를 뚫고 들어왔고, 그때마다 장건은 경신술을 극성으로 시전하여 몸을 피해야 했다.

서문강조는 장건의 움직임이 표홀한 것을 감지하고 그를 마당의 구석으로 몰아갔다. 피할 공간이 점점 협소해지자 장건은 눈빛을 번득이며 본격적인 반격을 개시했다.

그의 검이 이제까지보다 더욱 간결한 움직임을 보이기 시작했다. 빠르고 화려한 검초로 그를 압박해 가던 서문강조는 갑자기 방어가 강해진 장건의 검식을 보고 눈에 이채를 띠며 중얼거렸다.

"삼재검법? 무당의 초식까지 쓴단 말인가."

삼재검법은 무당파의 유명한 검법이다. 무당파의 대표적인 태극검이나 양의검, 구궁검 등에 미치지는 못해도 제대로 익힌 자라면 강호에서 한 대접받을 수 있을 정도로 뛰어난 검법이다.

그러나 근래 무당파의 무관들이 강호 전체로 퍼지면서 대중적으로 많이 알려진 육합검법이나 태령검법 정도는 아니더라도 어느 정도 범용화된 검법이기도 했다.

공방 일체의 묘리가 탄탄하게 갖추어진 것으로 유명한 무당의 검법답게 삼재검법은 이전의 두 검법보다 훨씬 장건의 방어벽을 탄탄하게 만들었다. 몇 차례의 공격에도 장건의 방어가 뚫리지 않자 서문강조의 눈살이 찌푸려졌다. 상대가 자신의 부상을 고려하여 장기전으로 가려한다는 느낌이 들어 적이 실망스러웠던 것이다.

그 순간, 수비로 일관하던 장건이 돌발적으로 검세를 바꾸었다. 한 발 앞으로 뛰어나오며 삼재검법에서 태령검법으로 전환하여 공세를 펼쳤다. 예상치 못한 공격에 서문강조는 한 발 뒤로 물러서며 검을 사선으로 회전시켜 엄밀한 방어벽을 구축했다. 이미 초식을 파악하고 있는 태령검법이기 때문에 뚫리지 않을 자신이 있었다.

그러나 장건의 태령검은 그가 예상하고 있던 진로로 오지 않았다. 좌측으로 돌아 들어올 것으로 예상했던 검은 중앙에서 갑자기 진로를 바꾸어 그의 하체를 노리고 들어왔다.

"뇌격노송?"

뇌격노송은 육합검법의 초식이다. 서문강조는 다급히 한 발을 뒤로 빼며 측면으로 나가던 검을 전환시켜 아래로 다가오는 장건의 검을 내려쳤다. 그 순간 밑으로 파고들던 장건의 검이 잉어처럼 펄쩍 뛰어오르며 그의 머리를 노렸다.

쨍!

서문강조는 간신히 검을 치켜 올렸지만 하마터면 놓칠 뻔했다.

'이번에는 삼재검법 중의 승검단도(昇劍斷刀)로군. 이제야 이놈의 수법을 알겠구나.'

서문강조는 장건이 누구나 다 아는 범용한 검법들을 조합하여 의표를 찌르는 공격을 취하길 즐겨 한다는 것을 깨달았다. 육합검법과 태령검법, 삼재검법 등은 일정한 수준에 오른 검객이라면 그 움직임을 훤히 알 수 있는 검식들이다. 그래서 은연중에 상대의 동작을 간파하고 그걸 경시하게 된다. 그런데 그 순간 장건은 한 검법에서 다른 검법으로 순간적인 변형을 시도하여 전혀 예상치 못한 공격을 펼치고, 당황한 상대는 거기에 당하게 된다.

말은 쉽지만 실제로 행하기는 대단히 어려운 방법이다. 한 검법의 다른 초식을 순서에 관계없이 뒤섞는 것은 그 검법에 익숙한 검객이라면 그리 어렵지 않은 일이다. 그러나 한 검법에서 전혀 다른 검법으로 초식을 변형시킨다는 것은 검법 개개에 적용되는 호흡과 흐름, 기세, 심결 등을 순식간에 전환시켜야 되기 때문에 지극히 어렵고 자칫 주화입마에 들 수 있는 위험한 수법이다. 개개의 검법에 완벽히 통달하지 않고서는 시도조차 하기 어려운 방법인 것이다.

'그래서 이렇게 쉬운 검법들만 사용하나 보군!'

장건이 사용하는 세 가지 검법은 범용하게 전파된 만큼 동작과 호흡이 비교적 쉽게 꾸려져 있는 검법들이었다. 그렇기 때문에 개개의 위력은 각파의 고명한 검법들에 비해 조금 떨어지지만 검법에서 검법으로 이동하여 자유로운 변초를 구사하기에는 보다 좋은 조건의 검법들인 것이다.

장건의 공세가 계속되었다. 그는 이제 주저하지 않고 육합에서 태령으로, 태령에서 삼재로, 삼재에서 육합으로 자유자재로 검식을 변환하며 서문강조를 몰아붙였다. 서문강조는 여기저기서 들어오는 예상치 못한 검세에 한편으로는 당황하고 한편으로는 감탄을 금치 못했다.

'이놈은 검을 어떻게 써야 할지 깨닫고 있구나! 마구잡이로 변형하는 것이 아니라 모든 경우마다 각 검식의 최상의 조합을 파악하여 구사하고 있어!'

그러나 더 이상 경탄만 하고 있을 때는 아니었다. 이대로 밀린다면 자칫 패할 수 있다는 것을 깨달은 서문강조는 여기서 승부를 보기로 결정했다.

'이놈의 검식이 눈에 익다고 해서 자꾸 그에 맞추려 했다간 당하게 된다. 내 본연의 검으로 놈을 압도해야 이길 수 있다!'

서문강조는 손목으로 파고드는 장건의 검을 몸을 빙글 돌려 회피한 후 강하게 쳐냈다. 장건이 그의 내력을 흘리려 한 발 물러선 사이, 내재된 공력을 검에 가득 불어넣고 이제껏 아껴왔던 비장의 절초를 전개했다. 대연검법 최강의 초식인 검극태원(劍極太元)이었다.

우우우우웅!

그의 검에서 파생된 서릿발 같은 검기가 승천하는 용처럼 검극을 빠져나가더니 장건을 향해 창룡음을 토해내며 달려들었다.

내상을 입은 서문강조가 이토록 강력한 공세를 펼칠 줄은 예상치 못한 장건은 다급히 검조품형(劍造品形)과 우중세류를 섞어 전면에 검막을 펼쳐 냈다. 검기와 검막이 충돌했다.

콰앙!

지축이 흔들리고 마당에는 경풍이 휘몰아쳤다. 비산하는 흙먼지 사이로 서문강조가 뛰어올랐다. 그의 신형은 힘이 달린 듯 물러서는 장건에게로 빛살처럼 쏘아져 나갔다. 검기 충천한 그의 검이 바람을 가르며 장건의 정수리를 향해 내리 꽂혔다.

장건은 머리 위에서 찍어 내려오는 서문강조의 검을 아주 짧은 찰나의 시간 동안 응시했다. 그리고는 움직였다. 그는 검을 올리는 대신 두 팔을 들어 올려 십자로 교차시켰다. 서문강조의 검은 팔이 교차한 부분으로 정확히 꽂혔다.

텅!

검은 두 팔을 뚫고 들어가지 못했고, 부딪쳤다 튀어나왔다. 그 순간 장건의 검의 잡은 팔이 기쾌하게 회전했고, 그 움직임에 따라 휘돌며 솟구친 그의 검극이 서문강조의 손목을 후려쳤다.

"큭!"

서문강조는 짧은 침음성과 함께 바닥에 떨어져 내렸다. 그는 오른손에 걸려 덜렁거리는 검을 다급히 좌수로 잡아챘다.

서문강조는 침중한 눈빛으로 오른손을 내려다보았다. 장건이 검극으로 그의 손목의 혈을 점혈했기 때문에 더 이상 움직일 수가 없었다. 그나마 검을 놓치지 않은 것만 해도 다행이었다.

잠시 말이 없던 서문강조는 이내 담담히 웃으며 고개를 들었다. 그리고는 장건에게 말했다.

"내가 졌네."

"아닙니다. 검 이외에 다른 병기의 사용했으니 제가 진 것입니다."

장건은 두 팔 소매를 걷었다. 그의 양팔에는 녹색의 용완구가 선연한 빛을 발하고 있었다.

서문강조는 고개를 저었다.

"애써 겸손할 필요 없네. 자네가 날 양보하느라 그렇게 했다는 것을 알고 있네."

서문강조는 검극태원을 구사하는 중에 내공이 한계에 다다랐다는 것을 깨달았다. 내상으로 인해 그의 내력은 면면부절이 이어지지 않고 가닥가닥 끊어졌고, 이로 인해 불완전해진 그의 검기는 장건이 형성한 검막을 뚫고 나갈 수 없었다. 패배를 직감한 그는 장건이 반격을 개시하기 전에 빠르게 도약하여 마지막 공격을 취했으나 검에 깃들어야 할 내기는 끊어진 채로 더 이상 이어지지 않았다. 그때 만일 장건이 검을 쳐 올렸다면 내력이 단절된 그의 검은 부러지고 그는 큰 상처를 입었을 것이다.

"가주께서 몸 상태가 정상이었다면 제가 밀렸을 것입니다. 마지막 공격은 정상적인 속도로 날아왔다면 당해내기가 어려웠습니다."

"후후, 애써 위로할 필요 없네. 결투의 승패에는 어떤 변명도 구차한 것일세."

서문강조는 좌수에 들고 있던 검을 허리에 꽂아 넣었다. 그리고 장건의 어깨를 두드리며 말했다.

"내 시험은 통과일세. 자네는 이검을 쥘 자격이 있군."

제7장
장건, 깨달음을 얻다

장건, 깨달음을 얻다

아직 동이 트기 전의 이른 새벽, 장건은 서문세가에서 마련해 준 숙소의 뒤뜰에 나와 있었다.

장건은 검을 들고 연무를 하고 있었다. 공간을 가르는 그의 검은 어슴푸레한 새벽 안개를 가르며 다양한 검로를 생성하고 있었다.

장건은 전날 서문강조와의 비무에서 행했던 자신의 검로를 재현하는 중이었다. 그는 눈앞에 보이지 않는 서문강조가 있다고 상상하며 마지막 동작을 구현해 보았다.

휘리리릭!

기쾌하게 회전하던 검의 움직임이 어느 순간 뚝 그치고, 장건은 깊은 숨을 내뱉으며 검을 거두었다.

"역시 운이 좋았어. 만일 서문가주의 몸이 정상이었다면, 그의 몸속의 기운이 좀 더 드러났다면 마지막 초식을 검만으로는 당해낼 수 없었을 것이다."

서문강조는 자신의 공력이 끊어지는 것을 배려한 장건이 한 수 양보한 것이라고 판단했고, 실제로 그러했다. 장건은 검으로 맞받으면 그가 내상이 도질 것이라 생각하여 일부러 용완구를 사용한 것이었다.

그러나 장건은 지금 서문강조의 마지막 일격이 공력이 제대로 이어진 채로 발현되었다면 결과가 어찌 되었을까를 가정하는 중이었다. 결론은 몸속에 장착된 신병이기들을 사용하면 모를까, 그냥 검술만으로는 방어하기 어려웠을 거라는 거였다. 장건은 그것이 불만이었다. 지금 이대로라면 성검회 입회 시험을 감당해 내기에는 역부족일 듯했다.

'성검회에서는 오로지 검만을 무기로 써야 한다. 그곳에서 내가 찾는 자를 발견할 확률을 높이려면 최대한 많은 단계를 통과해야 한다. 그러자면 검진비결의 수법을 좀 더 높은 수준까지 끌어올려야 한다.'

지금 그는 검진비결에 수록된 다섯 검법 중 세 가지 검법을 완벽하게 조화시킬 수 있었다. 그러나 나머지 두 검법은 익히고는 있으되 앞의 세 개와 융화시킬 수 있을 정도는 아니었다.

'성검회의 유룡검법과 진검성의 현음검법, 그야말로 절초라 불리는 이 두 검법을 앞의 세 개와 조화시킬 수 있다면, 그때 비로소 검진비결은 완성된다.'

장건은 한 호흡을 들이킨 후 검을 다시 뽑아 올렸다.

그의 검이 유룡검법을 구현하기 시작했다.

한 마리의 청룡이 검극을 빠져나와 창공을 가르고 구름을 헤엄쳤다.

우우우웅!

웅혼한 경력이 일어나면서 검명이 울리고 공간이 뒤흔들렸다. 장건은 실태를 깨닫고 급히 검력을 거두었다.

"후우, 여전히 경력을 조절하기가 힘들구나. 너무 강하고 패도적이다. 홀로 쓰기에는 부족함이 없으나 자유롭고 유려한 경지에 다다른 앞의 세 검법과의 조화는 불가능할 지경이니……."

장건은 혀를 찼다. 사실 그가 가장 구사하고 싶어하는 검법이 바로 이 유룡검법이었다. 그 이유는 처음으로 검법에 대한 그의 눈을 트이게 했던 검법이 바로 이 유룡검법이기 때문이었다.

"그때부터 벌써 오 년이 흘렀군……."

장건은 과거의 한때를 떠올렸다.

슈파파파팟!

비도(飛刀)가 공간을 가르며 날아갔다.

"큭!"

"크으윽……."

억눌린 신음성과 함께 칼을 든 무사 네 명이 동시다발로 바닥에 고꾸라졌다. 그들의 가슴에는 날선 비도가 하나씩 박혀 있었다.

"헉… 헉… 헉……."

장건은 가쁜 숨을 내쉬었다. 퇴로에서 나타난 매복조를 간신히 쓰러뜨렸지만 육신의 피로는 거의 한계에 달해 있었다.

산동 일대를 주름잡는 흑룡보(黑龍堡)의 총타에 그가 잠입한 까닭은 이곳에 산동악가에서 훔쳐 온 오행신단이 보관되어 있다는 정보를 입수한 때문이었다.

단단히 준비하고 잠입을 시도한 그였으나 흑룡보는 이제껏 상대했던 은검장이나 비응방과는 차원이 다른 거대 방파였다. 용호와 같은 고수들이 득실거리고 삼엄한 경비가 낮밤을 가리지 않고 철통같이 이루어지는 곳이었다.

그는 이 용담호혈의 지대에 홀로 뛰어드는 것은 무모하다는 것을 알았기에 절묘한 시기를 선택했다. 오행신단을 빼앗긴 악가에서 동맹 세력을 끌어 모아 흑룡보를 치는 때에 맞추어 본타로 잠입한 것이다.

본타의 정문 밖에서는 지금도 한창 치열한 전투가 전개되고 있었다. 장건은 그 혼란의 와중을 틈타 본타의 심처까지 들어온 상태였는데, 뜻밖의 매복조와 맞닥뜨린 것이다.

흑룡보의 보주인 용아도(龍牙刀) 마첨은 의심이 많은 자였다. 그는 부하들이 보물을 노릴 것을 두려워하여 평상시에도 귀중한 보물이 보관된 심처에 철통같은 경비와 함정을 놓고 매복조까지 심어놓았는데, 본타까지 적이 침범했음에도 불구하고 이 경비를 풀지 않았던 것이다. 거기에 아직 경험이 일천한 장건이 걸려들고 말았다.

장건은 가지고 있던 독과 암기를 총동원하여 속속 나타나는 매복과 경비를 쓰러뜨렸지만 보주 마첨이 친히 심어놓았던 무사들이기에 상대하기가 만만치 않았다. 치열한 접전 끝에 매복조를 모두 쓰러뜨렸으나 격돌의 와중에 장건 역시 크고 작은 상처를 입고 상당한 기력을 소모한 상태였다.

장건은 가쁜 숨을 몰아쉬면서 바깥쪽을 일별했다. 아까보다 함성 소리가 더욱 가까워지고 있었다. 악가와 그 동맹 세력이 정문을 무너뜨리고 내부까지 진격하고 있는 모양이었다.

'누가 접근하기 전에 빨리 일을 끝마쳐야 한다. 그러지 않으면 흑룡보든 악가든 간에 이 안까지 쳐들어오는 자들에게 자칫 둘러싸일 수가 있다.'

장건은 쓰러진 매복조를 지나쳐 그 뒤에 우뚝 서 있는 금속 문을 열어젖혔다. 육중한 소리와 함께 문이 열리고, 어둠에 잠긴 커다란 석실이 모습을 드러냈다. 바로 여기가 마첨이 오행신단을 비롯한 흑룡보의 보물을 숨겨놓은 장소였다.

장건이 한숨 돌리며 석실 안으로 걸음을 내딛는 순간, 좌우 양 측면에서 소리없는 살기가 파고들어 왔다.

팟!

장건은 지체없이 석실 안으로 몸을 날렸다.

차창!

그를 아슬아슬하게 스친 두 자루의 협봉검이 교차하며 소리를 냈다.

협봉검을 든 석실 안의 매복조는 튀어나간 장건을 따라 몸을 날렸다.

쌔애애액!

그들이 든 협봉검이 기쾌한 파공음을 내며 장건의 신형을 쫓았다. 장건은 승천탈영보를 시전하여 쫓아오는 두 검사를 떨쳐 내려 했으나 꽁무니에 붙은 협봉검은 좀처럼 떨어지지 않았다.

"타앗!"

석실 끝까지 달려간 장건은 벽을 밟고 뛰어올라 공중에서 반 바퀴 회전하며 두 검사를 향해 비수를 날렸다. 두 개의 비수가 쏘아낸 화살처럼 검사의 가슴으로 파고들었다.

쨍!

좁은 공간에서의 빠른 암격임에도 불구하고 두 검사는 몸을 휘돌리며 협봉검으로 비수를 쳐냈다. 확실히 최후의 매복인만큼 무위가 만만치 않은 자들이었다.

착지하는 장건의 눈에는 어두운 빛이 스쳐 갔다. 방금 던진 비수가 그의 마지막 암기였다. 독과 암기가 모두 소진된 상태, 철응조가 남아 있긴 했으나 그것은 얻은 지 얼마 되지 않은 터라 아직 운용이 서툴렀다.

다시 두 검사가 그를 향해 뛰어들었다. 직선으로 덤벼들지 않고 좌우로 산개하여 파고들었다. 퇴로를 차단하고 장건을 구석에 몰려는 의도였다.

일순간 눈을 번득인 장건은 지체없이 좌측으로 움직였다. 좌측 검사의 협봉검이 그의 미간을 향해 쏟아져 들어왔다. 장건의 오른손이 왼쪽 허리를 스쳤고, 그의 손을 따라 보이지 않을 정도로 가느다란 실선이 튀어나왔다. 신수 담청기의 걸작 기병인 은형검이었다. 은형검의 낭창 낭창한 검날이 닥쳐드는 협봉검과 교차했다.

쨍!

파열음과 함께 협봉검이 은형검의 예기를 견디지 못하고 부러져 나갔다. 그러나 검사의 내력이 실린 협봉검의 기운에 부딪친 장건도 충격을 받아 벽까지 떠밀려갔다. 상상외로 심후한 검사의 공력에 장건은 눈을 크게 떴다.

그 순간 우편의 검사가 다시 짓쳐 들어왔다. 장건은 호흡을 가다듬으며 찰나지간에 생각했다. 우편 검사의 공력도 좌편처럼 심후하다면 다시 충돌했을 때 내상을 입게 될 수가 있었다.

장건은 몸을 비틀어 협봉검과 마주치지 않으려 애쓰며 은형검을 찔러 나갔다. 우편 검사는 장건의 의도를 읽은 듯 협봉검을 수평으로 휘둘러 장건의 허리를 베려 했다.

순간 장건의 눈이 번득였다. 때마침 뒤에서는 좌측 검사가 반 토막난 협봉검을 가지고서 그의 등을 찔러 들어오고 있었다. 미리 약속된 협공임이 분명했다.

'속전속결!'

더 이상 시간을 끌어봐야 지친 상태에서 고강한 실력의 두 검사를 이기기가 어렵다는 것을 직감한 장건은 모험을 걸었다.

장건은 찔러 나가던 은형검의 방향을 틀어 베어 들어오는 협봉검을 내려쳤다. 그가 맞받아쳐 오리라고 예상치 못했던 검사의 눈에는 당황한 빛이 스쳤지만 내공에 자신이 있기에 협봉검을 거두지 않고 거침없이 은형검과 충돌했다.

쨍!

은형검과 충돌한 협봉검은 다시 반 토막으로 부러졌다. 그러나 강력한 내공을 이기지 못한 장건은 움찔거리며 뒷걸음을 쳤고, 뒤에서 덤벼들던 좌측 검사는 기다렸다는 듯 앞서 부러진 협봉검으로 장건의 등 혈도를 찔렀다.

푹!

충돌 순간 몸을 살짝 틀어 혈도를 간신히 비켜갔지만 등의 충격은 강력했다. 장건은 목구멍에서 비어져 나오는 핏물을 억지로 집어삼키며 쾌속하게 몸을 돌렸다. 그와 눈을 마주친 공격을 가한 검사의 눈에는 당황한 빛이 가득했다. 아무리 부러진 검이라 하더라도 장건의 몸을 꿰뚫지 못하리라고는 예상치 못한 듯했다.

몸을 돌림과 동시에 장건의 오른 소매가 검사를 향해 펼쳐졌다. 그러자 소매 안에 있던 대붕수가 튀어나왔다.

픽!

검사는 피할 새도 없이 대붕수의 손가락에 이마 위가 날아가며 처참

하게 무너져 내렸다.

"놈!"

우편의 검사가 일갈하며 장건에게로 닥쳐들었다. 그러나 그를 향해서는 이미 장건의 왼 소매가 뻗어나가고 있었다. 그 안에 있던 철응조가 먹이를 노리는 매처럼 쏘아져 나갔고, 지근거리에 있던 검사의 심장으로 파고들었다.

푹!

철응조에 심장이 뜯겨 버린 검사 역시 차디찬 바닥에 몸을 뉘었다.

장건 역시 한쪽 무릎을 꿇은 채로 주저앉았다.

"우욱!"

검은 피가 그의 입에서 흘러나왔다. 역시 맨몸으로 병기를 받아내는 것은 무모한 행동이었다. 협봉검이 부러졌다는 것과 얼마 전 천금을 주고 산 삼령갑(三靈鉀)이란 호신구를 믿고서 도박을 걸었던 것인데, 결국 도박은 성공한 셈이지만 만만치 않은 상처를 얻고 말았다.

장건은 간신히 몸을 일으키고 석실 안쪽에 놓여진 철 궤짝에 다가갔다. 궤짝의 자물쇠를 은형검으로 날려 버린 장건은 안의 내용물을 꺼냈다. 이내 그가 찾고 있던 물건이 눈에 띄었다. 정밀하게 세공된 은갑 속에 위치한 향기 나는 영약, 산동악가에서 훔쳐 온 오행신단이었다.

장건은 긴 숨을 내쉬며 손에 쥔 은갑을 꽉 움켜잡았다. 그리고는 품 안에 막 넣을 찰나, 낮고 또렷한 음성이 그의 귀로 파고들었다.

"그 물건, 내가 좀 볼 수 있겠나?"

장건은 찬물을 뒤집어쓴 듯 정신이 번쩍 났다. 이렇게 지근거리에 올 때까지 상대를 알아채지 못하다니!

고수가 나타났다는 것을 직감하며 장건은 천천히 몸을 돌렸다. 석실

문 앞에는 키가 커다란 중년인 한 명이 우뚝 서 있었다. 중년인은 짙은 눈썹에 명치까지 내려오는 긴 수염이 인상적이었다. 다만 허허로운 기운이 전신에서 풍겨오는 기이한 특징이 있었다.

허리에 자신과 어울리는 장검을 찬 중년 검객은 석실 안으로 뚜벅뚜벅 걸어 들어왔다. 그는 시체로 변한 두 협봉검사를 보고서는 눈을 크게 떴다.

"절검쌍랑(絶劍雙狼)이로군. 화남에서 공적으로 몰려 도망쳤다더니 여기 숨어 있었군 그래. 설마 자네가 이들을 죽인 건가?"

검객은 의외라는 눈빛으로 장건을 보았다. 장건 홀로 이 둘을 죽였다는 것에 적이 놀란 듯했다.

장건은 아무 말 없이 쥐고 있던 은갑을 품속에 넣고, 은형검을 양손으로 움켜잡았다. 입을 열고 떠들 기운도 없었기 때문에 최대한 기력을 집중하여 검객을 무너뜨리고 이곳을 빠져나가려는 심산이었다.

검객은 끌끌 혀를 차며 장건을 보다가 다시 눈을 동그랗게 떴다.

"그거 혹시 은형검 아닌가? 가만… 그리고 보니 은검장을 멸망시킨 자가 무슨 도둑이라고 했는데, 그게 바로 자네인가 보지?"

팟!

장건은 아무 말 없이 신형을 날렸다. 검객의 기도는 예사롭지 않았고, 오행신단을 보여달라는 것으로 보아 그도 영약을 노리고 이곳에 온 것이 분명했다. 더 이상 이곳에서 지체했다가는 흑룡보든 악가든 이긴 세력이 들이닥칠 것이기 때문에 더 이상 시간을 끌 여력이 없었다.

은형검이 석실 공기를 가르며 검객에게로 파고들었다.

검객은 신중해진 표정으로 차고 있던 검을 뽑아 들었다.

챙!

금석을 두부처럼 자르는 은형검과 부딪쳤음에도 검객의 장검은 부러지기는커녕 이도 빠지지 않았다. 장건은 튕겨 나오는 은형검을 기쾌하게 반전시키며 검객의 하체를 노렸다.

"좋은 수법!"

검객은 일갈하며 자신의 장검을 유려한 호선을 그리게 하여 다가오는 은형검을 막았다.

파팟! 파파파밧!

은형검의 섬전 같은 공세는 계속 이어졌다. 그러나 눈에 잘 보이지도 않는 쾌검격에도 불구하고 검객의 흐르는 물 같은 검세는 결코 꺾이지 않았다. 되려 장건의 빠른 공격을 감싸고 흐트러뜨리며 점점 무력화시켰다.

장건은 아랫입술을 깨물고는 비장의 절초를 쓰기 시작했다. 육합검에서 태령검, 태령검에서 삼재검으로의 신속한 전환, 검진비결의 수법이었다.

그의 검이 돌연 다채롭고 무궁무진한 변화를 일으키자 상대하는 검객조차 간간이 감탄사를 터뜨렸다. 그러나 그럼에도 불구하고 검객의 부드러운 검세는 끝끝내 장건의 은형검을 놓아주지 않았다.

거친 파도처럼 맹렬해도, 쏟아지는 폭우처럼 몰아쳐도, 유성처럼 빠르게 진격해도, 마치 그 모든 것을 아우르는 대해와도 같이 검객의 검세는 장건의 모든 공격을 빨아들여 무력화시켰다.

쩔그렁!

마침내 기력이 다한 장건은 검객의 검세에 밀려 은형검을 놓쳐 버렸다. 그리고 가쁜 숨을 몰아쉬며 한쪽 무릎을 꿇었다.

"제기랄······!'

욕이 튀어나왔다. 변명할 여지가 없는 현격한 실력 차였다. 몸이 멀쩡했다 해도, 기력이 소진되지 않았다 해도 이길 수 있는 상대가 아니었다.

"오랜만에 좋은 비무를 했군. 이제 내 말 좀 들어주지 않겠나? 자네가 가진 것을 좀 보여주게."

머리 위에서 들려오는 말에 장건은 품속에 넣었던 은갑을 꺼내 던졌다. 이렇게 된 마당에 더 이상 저항해서 무얼 할 것인가.

은갑을 받아 든 검객은 뚜껑을 열어보고는 실망한 빛으로 중얼거렸다.

"이건 목(木)신단이로군. 내가 찾는 물건이 아니야."

그는 장건의 어깨를 검으로 툭툭 건드리며 말했다.

"이봐, 젊은 친구. 고개를 좀 들어보게."

장건은 고개를 들었다. 그리고 이글거리는 눈빛으로 검객을 바라보았다.

검객은 그의 얼굴을 제대로 보고는 깜짝 놀란 듯했다.

"맙소사! 젊다고 생각했지만 이 정도일 줄이야······ 자네 대체 몇 살인가? 스무 살도 안 된 것 같은데?"

장건은 눈을 번득이며 말했다.

"이겼으면 희롱하지 말고 목숨을 취해라. 물론 호락호락하게 당하지는 않을 것이다."

"저런, 아직 한 수가 남았다 이건가? 그건 아껴뒀다가 나중에 다시 만나면 쓰도록 하게."

말을 한 검객은 들고 있던 은갑을 장건에게 던졌다.

장건은 영문도 모른 채 은갑을 받아 들었다.

"자네가 갖게. 내겐 필요한 물건도 아니고, 또 흑룡보나 악가나 그 물건을 가질 자격이 없는 놈들이니 가능성있는 자네가 가지는 게 가장 좋을 듯하군."

검객의 말을 장건은 이해할 수 없었다. 사대신약이라면 누구라도 군침을 흘릴 만한 보물이다. 그런데 어째서 검객은 자신에게 이것을 양보하는 것일까?

"대체 무슨 속셈이냐?"

"속셈은 무슨. 그저 자네의 재주에 감복했기 때문일세. 자네는 내가 만난 그 어떤 기재보다도 놀라운 검술을 펼치더군. 성향이 다른 세 가지 검법을 자네처럼 완벽하게 혼합시킬 수 있는 사람을 나는 처음 보았네. 그런 건 나는 물론이고 다른 형제들도 흉내 내기 어려운 수법이야. 다만 나이가 어려서 내공이 좀 부족하군. 그것은 시간이 해결해 줄 일이겠네만 그 약을 복용하면 그 시기가 좀 더 빨라지겠지. 실력을 키워서 다시 날 찾아오게."

"복수를 받아주겠단 말인가?"

검객은 어깨를 으쓱했다.

"비무 한 번 한 것뿐인데 무슨 원한을 졌다고 복수를 한단 말인가. 그저 성장한 자네가 어떤 실력을 보여줄지 알고 싶을 뿐이야. 만약에 자네가 제대로 성장한 후라면 그때는 내가 자네 밑으로 들어갈 수도 있을 것일세."

"뭐라고?"

장건은 어리둥절할 수밖에 없었다. 대체 이자가 무슨 소리를 하는 건가?

검객은 싱긋 미소를 지으며 몸을 돌렸다.

"난 그러기를 간절히 바라네. 부디 그 검법의 완성형을 보여주게."

말을 마친 검객은 석실 밖으로 걸어나갔다.

"잠깐! 당신은 누구고, 어디서 찾아야 하지?"

검객은 고개를 돌리고는 한마디를 남겼다.

"난 반설우라 한다. 성검회로 찾아오면 날 만날 수 있을 게다."

"절정일검(絶頂一劍) 반설우……."

장건은 회상에서 깨어나며 중얼거렸다.

나중에 알게 된 일이지만 절정일검 반설우는 성검회 십대검객의 상삼좌(上三座) 중 일인이었다. 성검회 십대검객은 상삼 하칠로 구성되는데, 듣기로 반설우는 가장 젊은 나이에 상삼좌의 자리를 차지한 검객이라고 알려져 있었다. 그는 당시 어린 장건의 빼어난 가능성을 보고 그가 영호진의 유성도천하를 깨고 성검회의 염원을 이어주길 바란다는 기대를 은연중에 표출했던 것이다.

장건은 그가 당시 구사했던 검법이 유룡검법이었다는 것을 나중에 검진비결상의 유룡검을 어느 정도 터득한 후에야 깨닫게 되었다. 반설우와 싸울 당시 워낙 유룡검에 무기력하게 당했기 때문에 장건은 그 실체를 파악하고자 유룡검에 가열차게 매달렸다. 그리고 많은 시간이 흘러 비결상의 유룡검을 상당한 수준까지 터득한 상태였으나, 이상하게도 반설우의 유룡검과 그의 유룡검은 차이가 있었다.

반설우의 유룡검은 마치 고요한 호수를 유유히 헤엄치는 용의 모습과 같았다면 장건의 유룡검은 폭풍우를 뚫고 먹구름 속을 헤쳐 나가는 용의 형상과도 같은 형국이었다. 패도적인 위력에서는 반설우의 것보다 훨씬 앞섰지만 문제는 앞서 익힌 세 검법과 전혀 융화가 되지 않는다는 거였다.

'좀 더 유(柔)하고 정(靜)해져야 한다. 반설우의 검을 닮아야만 진정한 검법 간의 조화가 가능해지는 것이다. 나는 아직 유룡검이 나아가는 길을 모르고 있다.'

장건은 고요히 눈을 감고 옛적 반설우의 검을 떠올렸다. 공간을 쉼없이 파고들던 장건의 쾌속하고 다채로운 검격을 솜으로 만들어진 벽처럼 막막하게 무력화시키던 그 검세를.

'부드럽게 휘어지면서도 결코 꺾이지 않고, 한없는 유함으로 강함을 제압할 수 있는[柔能制剛], 그런 검법이 되어야 한다. 때로는 폭풍우에 맞서 헤쳐 나가는 강인한 폭룡이어야 하나, 때로는 호수를 소리없이 유영하는 잔잔한 잠룡이 되어야 한다. 반설우가 펼쳤던 그 잠잠함과 막막함, 과연 그것을 어떻게 구현할 수 있을까?'

생각이 막힌 장건은 눈을 떴다.

눈앞이 뿌옇게 변해 있었다. 동이 서서히 트면서 환한 빛이 들어오고 있었지만 자욱하게 깔린 새벽 안개가 온 사물을 뒤덮은 채 빛을 차단하고 있었다.

장건의 두 눈이 번득였다.

'모든 사물을 뒤덮고, 하늘에서 내리쬐는 양광조차 포용할 수 있는 새벽 안개, 만일 저 안개를 검으로 표현할 수 있다면……'

생각 이전에 몸이 이미 움직이고 있었다. 온 천지에 깔린 자욱한 안개를 향해 그의 검이 움직였다.

그의 머리 속에서는 유룡검의 심결이 흐르고, 그의 단전에서는 웅혼한 내력이 이때껏 거쳐 갔던 경로를 따라 검의 흐름에 따라 움직였다.

그러나 그 흐르는 형태는 이제까지처럼 거세지 않았다. 마치 흐르는 물처럼, 유영하는 잠룡처럼 자유로웠고, 그 기운과 함께 움직이는 그의 검세도 그와 같아졌다.

그렇게 서서히 장건의 검은 안개와 하나가 되었다. 유룡검은 어떠한 소리도 내지 않았다. 단지 안개와 같이 온 천지와 같이 흘러갈 뿐이었다.

그렇게 얼마가 지났을까, 안개가 서서히 걷힐 즈음 장건은 마침내 검무를 멈추었다.

"후우우우우우……."

장건은 긴 호흡을 토해내고 맑은 공기를 가득 마셨다. 단전의 기운은 더할 나위 없이 충만했고, 그의 눈에서는 정기가 뿜어져 나왔다.

'한 고비를 넘었구나.'

장건의 눈에 희열의 빛이 번졌다. 서문강조와의 비무로부터 이어진 일련의 과정이 뜻밖의 심득을 얻는 계기가 된 것이다. 게다가 심득과 함께 공력이 증진되었다. 이것은 그가 복용한 오행신단의 효능이었다.

반설우가 넘겨준 오행신단을 복용했을 때가 떠올랐다. 기대에 가득 차서 복용을 했지만 목신단은 그와 상성이 맞지 않는 듯 처음에는 별다른 효험이 없었다. 복용을 잘못한 것인가 싶어 고민하기도 했지만 다행히도 혼돈지서에는 오행신단에 관한 자세한 설명이 기재되어 있었다. 그 설명은 강호에 알려진 오행신단에 대한 소문, 체질과 상성이 맞아야만 그 효능이 극대화될 수 있다는 설을 뒤집는 이야기였다.

그 내용대로라면 오행신단을 복용한 자는 무학의 깨달음을 얻는 순간 오행신단의 효능이 극대화된다. 다만 그전에 신단의 내력을 무리하게 사용한다면 깨달음을 얻었을 때의 효능이 미미해진다. 그렇기 때문에 일단 오행신단을 복용하고 나면 내력 쓰는 것을 최대한 아껴야 한다는 말이었다.

그래서 장건은 오행신단을 복용했음에도 지닌 바 내력을 과시하는 것을 가급적 금해왔다. 물론 조비연과의 대결 때처럼 피치 못할 상황에서는 내공을 어느 정도 발휘했으나 여타의 경우에는 혼돈지서에서 익힌 기술들 위주로 대처해 왔다. 그러면서 충분한 깨달음을 얻어 오행신단의 내력이 충만하기를 기다려 온 것이다.

'이쯤이면 된 걸까?'

오늘 유룡검법에 대한 한 가지 이치를 깨닫고 공력이 가일층 상승했다는 것을 느낀 장건은 잠시 고민했다. 과연 깨달음은 어디까지를 말하는 것이고, 오행신단의 내력을 쓰기 충분한 때는 언제일까. 분명 깨달음을 얻고 공력이 증가했지만 고민되는 부분이 아닐 수 없었다.

이전에도 이런 체험을 한 적이 있다. 검진비결상의 세 가지 검법을 완전히 터득했을 때, 그 순간 공력이 갑자기 증가하는 느낌을 받았다. 그러나 그 당시는 아직 때가 아니라고 생각했고, 그것은 오늘도 마찬가지였다.

'아직 멀었다. 반설우를 꺾고, 그 다음에 기다리고 있을 그자를 넘어설 자신이 있을 때까지는 나의 내공을 과시해서는 안 된다.'

장건은 좀 더 인내하기로 마음먹었다. 내공을 과시하지 않는다 해도 그에게는 혼돈지서상의 뛰어난 수법들이 남아 있었다. 이를 사용할 수 있는데 굳이 내공에 집착할 필요는 없는 것이다.

아침 해가 산봉우리 위로 제 모습을 드러내고 있었다. 장건은 검을 갈무리한 후 연무장을 벗어나 세가의 밖으로 나섰다.

길을 따라 이각쯤 걷자 강이 모습을 드러냈다. 강을 따라 조금 더 걷던 장건은 작은 나루터에서 걸음을 멈추었다.

그는 인적없는 나루터에 가만히 서 있었다. 얼마 지나지 않아 상선으로 보이는 배 한 척이 나타났다. 배가 나루터 가까이 오자, 장건은 가볍게 배 위로 몸을 날렸다.

배 위에는 낯익은 사람들이 그들을 기다리고 있었다. 석초진과 나할라리, 범생이었다. 그들 외에도 몇 사람의 인부가 더 타고 있었다.

전날 밤에 얼굴을 보았던 그들이지만 범생들은 배 위에 올라탄 장건을 이채 어린 눈으로 보았다.

석초진이 말했다.

"풍파투도로 돌아왔군. 이건 도둑의 일인가?"

장건의 얼굴은 이천휘가 아닌, 그들이 처음 보았던 풍파투도의 얼굴로 되돌아와 있었다.

장건은 고개를 끄덕였다.

"그렇소. 지금 해야 할 일은 대갓집 공자보다는 도둑이 해야 할 일이라서."

장건은 서문세가로 오기 전 세 사람에게 자신의 정체를 밝히면서 협조를 부탁했다. 이곳에 오게 되면 이천휘가 아니라 풍파투도로 움직여야 할 일이 있을 텐데 그때 자신을 거들어달라는 말이었다.

"출발합시다."

장건의 명에 따라 돛을 올린 배는 동북쪽으로 움직이기 시작했다.

*   *   *

혼돈지서 제오절

영약의 장

오행신단.

금각신붕의 오장을 재료로 해 만들어진 오행신단은 금, 목, 수, 화, 토의 다섯 종류로 나뉘어진다. 이 개개의 신단은 상성이 어울리는 복용자를 만나야 효력이 극대화된다고 알려져 있고, 또 신단의 제조자인 광신의나 심지어 영호진조차도 그렇게 생각하고 있다.

그러나 영호진의 호의로 인해 최근 한 개를 얻어 복용해 본 내가 직접 체험한 결과 영약과 사람과의 상성은 그다지 중요하지 않다는 판단이 든다. 물론 그간 여러 사람이 오행신단을 복용하면서 그 효능이 천차만별이었고, 그렇기에 상성의 중요함이 부각된 것일 게다. 그러나 내 생각으로는, 효능의 늦고 빠름이 차이가 있는 것일 뿐 복용자가 신단의 효력을 극대화할 계기를 얻을 수 있다면 결국 그는 신단의 힘을 완전히 얻게 될 것이다.

다만 그 계기를 얻기란 쉽지 않다.

무공이란 것은 처음 시작할 때는 노력과 실력이 비례한다. 노력한 만큼 실력도 점점 높아지기 마련이다. 그러나 어느 수준을 넘어서면 이전과 같은 노력을 반복한다 해도 결코 실력이 늘지 않을 때가 있다. 이 벽을 넘어서기 위해서는 깨달음을 얻어야 한다. 그러나 이 깨달음은 쉽게 찾아오지 않는다. 목숨을 걸고 분투하는 전장에서 불현듯 찾아올 수도 있고, 한낮에 평상에서 뒹굴며 낮잠을 자다가도 얻을 수 있다. 어떤 이는 평생 동안 찾으려 분투해도 찾지 못할 수 있고, 어떤 이는 기대도 하지 않고 있다가 길에 떨어진 돈을 줍듯이 쉬이 얻기도 한다.

오행신단을 복용한 사람에게 있어서 신단의 효능을 극대화시킬 수 있는 계기란 바로 이 깨달음이다. 불가의 돈오(頓悟)는 체험해 보지 않아서 어떤지 알 수 없지만 무학상의 깨달음이라면 몇 번 체험해 본 바가 있다. 수없이 고민하고 연구하던 난제가 해결되는 순간, 안개처럼 가려진 채 보이지 않던 투로(鬪路)가 번쩍 열리는 순간 마음은 정화되고 전신에는 전에 없이 정심해진 내공이 활개를 친다. 오행신단의 공능은 바로 이 순간 극대화된다.

나는 얼마 전 비천십삼도의 마지막 난제에 몰두하다가 불현듯 이러한 체험을 했고, 깨달음과 함께 몸속에 내재되어 있던 오행신단의 기운이 활황하게 움직여 전신으로 퍼지는 것을 체험했다. 덕분에 만년에 얻은 지병으로 크게 손상되었던 진원지기를 보충할 수 있었고, 병세도 완연히 좋아졌다. 만일 내가 얻은 정도의 체험을 젊은 기재가 얻을 수 있다면 그는 강호의 소문처럼 일주를 취할 수 있는 능력자가 될 것이다.

주의할 것은 깨달음을 얻기까지 함부로 내공을 운용하지 말라는 것이다. 과다하게 내공을 사용할 경우 자칫 오행신단의 기운이 잠재된 공능을 채 발휘하기도 전에 소진될 우려가 있다.

오행신단을 복용한 많은 무인들이 자신의 신체와 상성이 맞지 않는 신단을 먹고 내공 증진의 효력이 없다고 탓하는 것은 이러한 이유 때문인 듯싶다. 신단의 공능을 극대화시킬 수 있는 깨달음을 얻기도 전에 내공을 과시하다 보니 오행신단의 기운이 제기능을 발휘하기도 전에 소진되어 버리는 경우가 발생하는 것이다.

오행신단은 분명 상성이 맞는 무인과 만났을 때 많은 혜택이 있는 영약이다. 상성이 맞는 무인은 깨달음을 얻지 못한다 하더라도 미리부터 신단의 효능을 충분히 맛볼 수 있기 때문에 출발 선상부터 이점을 안게 되는 것이다. 하나 상성이 맞든 맞지 않든 간에 신단의 효능에 연연하지 않고 본연의 자세로 무학의 깨달음을 얻기 위해 분투하는 자라면 언제고 일주를 취할 수 있는 놀라운 무공을 얻게 될 것이다.

제8장
한숨, 꿈이 깨어지다

한숭, 꿈이 깨어지다

가을의 양광이 따스하게 내리쬐는 오후, 평상에 누워 오수를 즐기던 한숭은 귀로 들려오는 왁자지껄한 소리에 눈을 감은 채로 인상을 썼다.

'이것들이 또 시비가 붙었나 보군. 점심 먹고 나서 주사위 하지 말라고 그렇게 말했건만… 오냐, 깨고 나서 보자.'

지금 일어나도 누가 뭐라 할 사람 없었지만 한숭은 귀찮았다. 명색이 파양호를 주름잡는 대경방의 방주가 도박 시비 붙은 부하들을 정리하겠답시고 설치는 것은 체통에 어울리는 행동이 아니라는 생각도 들었다.

그러나 비명 소리까지 들리기 시작하자 그의 생각도 바뀌었다.

'이것들이 적당히 하다 관두랬더니 이제 칼부림까지! 안 되겠군. 오늘 단단히 본때를 보여주어야겠어.'

그가 눈을 뜨고 허리를 일으킴과 동시에, 누군가가 평상 앞으로 헐레벌떡 달려왔다. 그의 참모인 팔안호(八眼狐) 모적이었다.

"방주, 큰일입니다!"

"알고 있어. 어떤 놈이 어떤 놈 팔을 부러뜨린 게야, 대체? 왕호 자식이 또 사고쳤냐?"

"그게 아닙니다! 지금……."

"그럼 황뚱보냐? 이 자식, 전번에 등치 값 좀 하라고 그토록 타일렀건만… 이놈들은 가축도 아닌데 꼭 매를 들어야 말을 든나?"

"그게 아닙니다! 지금 방 내에 적이 쳐들어왔습니다!"

"뭐야?"

한숭은 몸을 벌떡 일으켰다.

"어떤 놈들이냐? 장강수로연맹에서 밀약을 깬 게냐? 수왕채냐, 아니면 백룡채냐?"

"그게 아니옵고… 통행세를 내지 않겠다는 상인 몇 놈이……."

"뭣이라?"

한숭은 모적과 함께 싸움이 벌어지고 있는 앞마당으로 달려가면서 자초지종을 들었다.

반 시진 전쯤 대경방 전용 수로로 상선 한 척이 다가왔다. 그런데 거기에 타고 있던 놈들이 간이 부었는지 방의 졸자들이 통행세를 내라 해도 콧방귀를 뀌었다고 한다. 졸자들은 성질이 났지만 막무가내식의 수적질을 삼가야 한다는 한숭의 지시를 떠올리고 그저 상선을 포위하기만 했다고 한다. 그러자 상선의 상인들은 태도를 바꾸어 이곳에 처음 드나드는 것이니 앞으로 돈독한 거래를 위해서 방주를 찾아뵙고 직접 성의 표시를 하겠다는 뜻을 피력했다. 그러면서 황금까지 내보이는 그들이었기에 졸자들은 별 의심 없이 방의 본타까지 끌고 왔다는 것이었다.

"그런데 여기 오자마자 갑자기 발광을 시작했단 말이냐?"

"그렇습니다."

"멍청한 놈들, 상대의 꾀에 제대로 놀아났구먼."

혀를 차는 사이 한숭과 모적은 앞마당에 도달했다. 과연 못 보던 낮의 몇 놈이 수하들과 대치하고 있었다.

그런데 문제는 상당수의 수하들이 이미 제압되었다는 데 있었다. 태반의 수하들이 다리에 밧줄이 얼기설기 엉킨 채로 바닥에 나뒹굴고 있었다. 몇 명 되지도 않는 상인 중에는 단 한 놈이 단연 돋보였는데, 놈이 팔을 한 번 휘두를 때마다 소매 속에서 밧줄이 뱀처럼 튀어나와 수하들을 굴비처럼 엮어냈다.

"아니, 저놈은……!"

한숭은 대번에 상대를 알아보았다. 그리고는 다급히 달려가며 외쳤다.

"모두 멈춰라! 더 이상 놈에게 다가가지 마라! 놈은 독을 쓴다!"

독이란 말에 수하들은 화들짝 놀라 상인에게서 떨어졌다.

상인은 다가오는 한숭을 보며 입가에 차가운 웃음기를 머금었다.

한숭은 그 서늘한 미소를 보며 가슴이 서늘해짐을 느꼈다. 그러나 그는 독하게 마음을 먹었다.

'예전에는 항상 당해왔다만 이제는 아니다! 나에게는 검진비결이 있기 때문이다!'

한숭은 웃고 있는 놈을 향해 무거운 발걸음을 떼었다.

"방주! 저희는 방주를 믿습니다! 처음 오셨을 때와 같은 신위를 보여주십시오!"

뒤에서 모적이 알랑방귀를 뀌었다.

한숭은 어깨가 무거워짐을 느꼈다. 목숨을 걸고 취한 비급을 바탕으로 근 일 년간 지옥 같은 수련 과정을 거친 후, 마침내 득도를 하고 하산하여 처음 도달한 곳이 바로 이 파양호였다. 그가 도착했을 때 때마침 파양호를 주름잡던 수적들의 연합인 이곳 대경방은 내분에 휩싸여 있었다. 전임 방주가 애첩의 배 위에서 복상사를 당한 뒤 후임을 미처 정하지 못하는 바람에 각 세력끼리의 권력 다툼이 극에 달해 있었던 것이다. 이런 상황에서 때마침 나타난 한숭은 신기에 다다른 검술로 각 세력의 방주 후보를 제압하고 당당히 대경방주의 자리에 오르게 되었다.

그것이 두 달 전의 일이었다. 오늘의 소동은 신임 방주로 부임하고 그가 처음으로 겪는 사건다운 사건이었다. 여기서 제대로 된 위엄을 보여야만 앞으로 수하들의 존경을 받는 대(大)대경방의 방주로 군림할 수 있게 되는 것이다.

그러자면 눈앞의 저 밉살 맞은 녀석을 쓰러뜨려야 한다.

'하필 저 자식이라니……'

각오를 다지면서도 한숭은 내심 한숨을 내쉬었다. 가장 상대하고 싶지 않은 녀석을 가장 중요한 순간에 마주치게 된 것이다.

장건은 차가운 미소를 유지한 채로 다가오는 한숭을 맞았다.

"오랜만이군, 흑면대족도."

흑면대족이란 말에 가뜩이나 까만 한숭의 얼굴이 더욱 시커메졌다.

"이 자식, 흑면대족도라니! 이 몸은 흑수랑 한숭님이시다! 같잖은 별호를 어디서 나불대는 게냐!"

장건은 풋 소리를 내며 웃었다.

"그나마 머리를 짜낸 별호가 흑수랑이냐? 무슨 별호를 갖다 붙이든 네 얼굴이 까맣고 발이 크다는 거야 변함없는 사실이다, 흑면대족도."

"또, 또!"

한숭은 이를 갈았다. 흑면대족도는 도둑으로 활동하던 전직 시절 그에게 꼬리처럼 붙어 달리던 별호였다. 얼굴이 시커멓고 발이 크니 태생적으로 도둑의 상이라고 할 수 있는 한숭이었다. 이런 그의 특징을 정확히 집어낸 별호가 흑면대족도인 셈인데, 한숭은 그 별명을 극도로 싫어했다.

그래서 별호를 바꾸어보고자 도적에서 수적으로 이직까지 한 셈인데, 하필 밉살스러운 풍파투도가 나타나 옛 이름을 들먹이고 있으니 화가 나지 않을 수 없었다.

한숭은 흑면대족도란 별명도 장건이 붙인 거라고 확신하고 있었다. 장건과 그는 한때 짝패로 같이 일을 했었다. 그러다가 한 번은 장건이 그를 잠입지에 놔둔 채 홀로 내뺀 적이 있었다. 물론 이것은 한숭의 주관적인 생각이었고, 엄밀히 말하자면 장건 몰래 과하게 욕심을 부리다가 접촉하기로 한 시한을 넘긴 그의 잘못이 더 컸다. 아무튼 혼자 남아 된통 당한 한숭은 그때부터 장건과 앙숙이 되었다.

그 이후 장건에게 복수의 칼을 갈게 된 그는 장건이 노리고 있는 대상지의 정보를 입수하여 먼저 보물을 터는 대담한 짓을 감행했다. 그러나 그러한 일이 몇 번 있은 후 그의 장물 보관소를 장건이 터는 바람에 말짱 헛수고가 되고 말았고, 열받은 그는 장건에게 일 대 일 대결을 신청했다. 그러나 장건의 무공을 당하지 못한 그는 결국 무지막지하게 두들겨 맞은 후 훗날을 기약하며 장건의 눈앞에서 사라졌다.

"마지막으로 본 게 아마 이 년 전이었나? 나한테 개 맞듯 두들겨 맞았을 때가……."

장건의 중얼거림에 수하들이 웅성거리기 시작했다.

"방주도 저 사람한테 두들겨 맞았데."

"천하제일의 무공을 익히고 있다더니 어떻게 된 거야?"

한숭은 더욱 시꺼메진 얼굴로 소릴 빽 질렀다.

"누가 누구에게 두들겨 맞았다는 거냐? 네놈이 비겁하게 독을 썼기에 내가 패한 것이 아니냐?"

"허허, 그럴 리가. 난 일 대 일 비무할 때는 결코 독을 쓰지 않는걸?"

장건의 말에 한숭은 강하게 고개를 저었다.

"거짓말 마라! 네가 독을 쓰지 않았고서야 내가 그렇게 쉽게 당했을 리가 없다! 내가 모르는 새에 무기에 독을 발랐음이 분명해!"

장건은 고개를 갸웃거리며 말했다.

"독에 중독된 증상이 있었느냐? 나중에라도 말이다."

한숭은 흠칫했다. 그런 증상은 전혀 없었기 때문이다.

"이, 있었다! 밤에 잘 때 호흡이 가빠지고 머리가 어지럽고……."

"그건 네 지병 아닌가? 술 처먹고 길바닥에서 퍼 자는 바람에 기관지가 안 좋아졌다고 했잖아."

"그, 그러나 그날 이후로 더욱 심해졌었다! 네놈이 독을 쓰지 않고서야 그렇게 심해질 수가 없을 정도로!"

한숭이 계속 억지를 부리자 장건은 어깨를 으쓱였다.

"어쨌거나 진 건 진 것이다, 한숭. 그런데 너는 승패가 갈리자마자 번개같이 도망을 치지 않았느냐? 이제라도 만났으니 약조한 것을 지켜야겠지?"

그 말에 한숭은 흠칫한 얼굴이 되었다.

"야, 약조라니, 무슨 소리를 하는 게냐?"

"잊은 거냐, 아니면 잊은 척하는 거냐? 당시 비무에서 진 사람이 이긴 사람의 종이 되기로 하지 않았나. 네가 제시했던 조건인데 모르는 척해선 곤란하지."

"그, 그건⋯⋯!"

한숭은 땀을 삐질삐질 흘리기 시작했다. 까맣게 잊고 있었는데 놈은 또렷이 기억하고 있었다. 그 약조 때문에 도둑 일도 때려치우고 도망친 것인데, 지독한 자식이 결국 그것 때문에 예까지 쫓아온 모양이다.

"이, 잊은 것도 아니고 도망친 것도 아니다! 그저 당시 비겁하게 독을 썼던 네놈을 승자로 인정할 수 없었기 때문에 물러난 것이다! 여러 소리 할 것 없이 오늘 이 자리에서 진정한 승자를 가리자!"

한숭은 차고 있던 검을 빼 들었다. 더 이상 수하들 앞에서 망신당하기 전에 어떻게든 놈의 입을 막아야 했다.

"검이라?"

장건의 눈에 이채가 서렸다.

"쓰던 거치도는 어디다 버렸느냐? 검과 흑면대족도는 그다지 어울리지 않는 궁합인걸."

"닥치지 못하겠느냐! 네 오늘 너에게 천하제일 검법의 위용을 보여주마! 자, 덤벼라!"

한숭은 이를 갈며 검을 기쾌하게 휘돌렸다. 천랑검법의 기수식이었다.

"호오, 어디서 제법 괜찮은 검법을 주워왔구나."

장건은 신기하다는 듯 말했다.

한숭은 득의양양한 웃음을 흘렸다.

"흐흐흐, 괜찮은 정도가 아니란 것을 몸으로 뼈저리게 느끼게 될 것이다, 풍파투도. 오늘부터 여기서 종살이할 각오나 해두거라."

장건은 대꾸없이 피식거리며 두 손을 쳐들었다.

순간 한숭이 벼락같이 그에게로 달려들었다. 장건이 독과 암기의 달인이라는 것을 간파하고 있는 한숭이기에 장건에게 암기를 쓸 거리를 주지 않기 위해서였다.

장건은 마치 그의 무력을 시험하기라도 하려는 듯 승표 하나를 날렸다. 단 한 개의 승표였지만 장건의 능숙한 조종에 힘입어 기이막측한 곡선을 그리며 날아왔다.

"흥!"

한숭은 코웃음을 쳤다. 승표라면 예전의 비무에서 실컷 쓴맛을 본 터였다. 지금의 그는 똑같은 수법에 다시 당할 정도의 실력이 아니었다. 그의 청강검이 쾌속하게 회전했다.

스팟!

한숭의 검은 승표의 궤도를 정확히 꿰뚫고 들어가 보기 좋게 끊어버렸다. 주변에 둘러선 대경방 졸개들의 환호성이 울렸다.

"아직 멀었어!"

자신감을 얻은 한숭은 달리던 발에 가속도를 붙여 장건에게로 몸을 날렸다. 장건은 제법이라는 듯한 표정으로 차고 있던 검을 뽑았다.

'멍청한 자식! 감히 천하제일검을 얻은 나에게 검을? 넌 이제 끝이다!'

한숭의 눈에 득의 어린 빛이 감돌았다. 그가 두려워하는 것은 장건의 독과 암기술이지 검술 실력이 아니었다. 설사 장건이 그가 모르는 검법을 갖추고 있다고 하더라도 자신이 익히고 있는 것은 천하제일의 검진비결이 아니던가!

"죽어라!"

한숭은 대갈일성을 날리며 청강검을 사선으로 그어내렸다. 장건의 검이 맞받아쳐 왔다. 그 순간 한숭의 검이 허초에서 실초로 변환하며 궤도를 바꾸어 장건의 목을 노렸다. 늑대의 이빨처럼 날카로운 천랑검법의 절초였다.

챙!

그러나 장건의 목젖까지 치달았던 청강검은 어느새 따라 올라온 장건의 검에 허무하게 튕겨 나왔다. 한숭은 예상 밖의 결과에 당황하면서도 튕겨 나오는 검을 비틀어 내리꽂으며 장건의 명치를 노렸다. 그러나 이번에도 역시 홀연히 나타난 장건의 검이 그 공세를 차단했다.

'이, 이럴 리가 없는데!'

천하제일검의 공세가 검도고수도 아닌 암기 나부랭이나 깔짝거리는 도둑놈한테 막히다니! 한숭은 지금의 결과를 믿을 수 없었다.

"익! 익! 익!"

한숭은 연달아 천랑검법의 살초를 전개했다. 혼신의 힘을 담은 일격 일격이 장건에게로 꽂혀들었지만 장건은 손목만 가볍게 돌려서 너무나도 손쉽게 그의 연격을 막아냈다.

'뭐, 뭔가 잘못됐어! 이렇게 되면 안 되는 거야!'

다른 사람도 아닌 풍파투도에게 이렇게 무기력하게 자신의 검법이 봉쇄될 줄은 몰랐기에 한숭은 너무나도 큰 충격을 받았다. 산에서 내려올 때만 해도 천하가 발밑에 있게 될 거라 생각했는데 고작 풍파투도에게 발목이 잡히다니…….

"이노옴!"

현실을 인정할 수 없는 한숭은 혼신의 기운을 끌어 모아 천랑검법 최강의 초식인 광랑이십일격을 시전했다. 폭풍 같은 검세가 장건의 사지로 파고들었다.

차차차차차창!

눈 깜빡할 새에 한숭의 스무 번의 공격이 장건에게 가해졌지만 장건은 모두 막아냈다. 한숭의 머리 속에는 절망감이 감돌기 시작했지만 그는 포기하지 않고 끊어질 듯한 호흡을 감내하며 마지막 한 번의 검격을 밀어 넣었다. 그 투지에 하늘이 감동한 듯 최후의 일격은 장건의 물샐틈없는 방어를 비집고 들어가 그의 가슴에 꽂히는 듯했다.

'해냈다!'

한숭의 눈에 희열의 빛이 감도는 순간, 검에 꿰뚫리는 듯하던 장건의 신형이 꺼지듯 사라졌다. 그리고는 한숭의 코앞에 다시 나타났다.

"헉!"

헛바람을 토하는 한숭의 가슴을 향해 장건의 일권이 날아들었다. 강철 같은 주먹이 명치에 틀어박히자 한숭은 숨이 턱 막히고 앞이 깜깜해졌다. 그리고 그의 정신은 아득해졌다.

한숭은 눈을 번쩍 떴다. 낯익은 천장이 눈에 들어왔다. 자신의 방임이 분명했다.

'이상한데? 내가 왜 여기 와 있지? 난 분명히 풍파투도란 놈과 싸우다 맞고서……'

생각이 여기까지 미치자 맞은 자리가 마구 아파오기 시작했다. 그런 걸 보면 꿈을 꾼 것은 아님이 분명했다.

"깼냐? 일어나지?"

들려오는 목소리에 놀란 한숭은 몸을 벌떡 일으켰다. 장건이 한쪽 벽에 기댄 채 책을 보고 있는 것이 눈에 들어왔다.

"네, 네놈이 여긴 어떻게……! 네가 여기까지 들어오도록 부하들이 가만 놔뒀단 말이냐?"

장건은 책에서 눈을 떼지 않으며 대꾸했다.

"걔들이 여기로 모시던데? 두목을 이기셨으니 다음 두목을 맡아달 라고 하면서."

"뭐, 뭐라? 이런 괘씸한 놈들, 충성을 맹세한 지 며칠이나 지났다 고……."

치를 떨던 한숭은 문득 떠오른 생각에 장건의 눈치를 슬슬 보며 머 리맡에 있는 베개 밑으로 슬그머니 손을 넣었다. 딱딱한 감촉이 느껴 졌다.

'휴우, 저놈이 여긴 손을 대지 않았군!'

한숭은 속으로 안도의 한숨을 내쉬었다. 베개 밑의 철궤 속에는 검 진비결이 감추어져 있었다. 장건이 여기까지 손을 대지는 않은 듯했 다.

그때 장건의 목소리가 다시 들려왔다.

"근데 너, 천랑검법은 대체 어디서 배운 게냐?"

한숭은 베개에서 후닥닥 손을 빼며 말했다.

"으응? 천랑검법? 오다가다 배웠지 뭐."

한숭은 말을 얼버무리며 다시 손을 슬그머니 침상 아래쪽으로 내밀 었다. 침상 밑에는 비상시에 대비하여 감추어놓은 쇠몽둥이가 숨겨져 있었다. 풍파투도란 놈이 무슨 책을 보고 있는지는 몰라도 책에 시선을 빼앗기고 있는 이 상황을 어떻게든 이용해서 놈을 물리쳐야 한다. 보아하니 대경방 방주 자리는 벌써 물 건너간 듯하니 검진비결이라도 목숨을 걸고 지켜야 할 상황이었다.

침상 밑으로 내려간 손이 드디어 몽둥이를 움켜잡았다. 이제 이걸로 놈의 골통을 후려칠 기회만 잡으면 되는 것이다.

한숭은 책에 심취한 장건과의 거리를 가늠하고는 심호흡을 하며 숫자를 세었다.

'하나…… 두울…… 셋!'

셋을 셈과 동시에 용수철처럼 그의 몸이 튀어나가려는 순간, 장건이 입을 열었다.

"근데 검진비결은 어디서 주워온 거냐?"

움찔!

검진비결이란 말에 돌연 정신이 혼미해지며 힘이 들어갔던 다리가 스르륵 풀려 버렸다. 한숭은 다급히 정신을 추스르며 입을 열었다.

"거, 검진비결이라니? 무슨 소릴 하는 게냐?"

"이 책 말이다. 네가 베개 밑에 품고 있던 거."

장건은 보고 있던 책을 들고 흔들었다. 한숭은 입을 딱 벌렸다. 그가 보고 있던 책이 다름 아닌 검진비결이었던 것이다! 그러고 보니 자신의 방에 있는 책이라곤 그거 하나뿐인데 어찌 지금껏 눈치를 못 챘는지 이해를 할 수 없었다.

"중요한 물건 베개 밑에 숨겨놓는 버릇은 여전하구나. 그런데 어째 종이 닳은 것을 보아하니 넌 쓸데없는 부분만 익힌 모양인걸?"

장건의 말이 끝나기가 무섭게 한숭이 버럭 고함을 지르며 그에게로 달려들었다.

"책을 내놓아라, 이 도둑놈 새끼!"

그의 손에 들린 쇠몽둥이가 필살의 기세로 장건의 머리를 향해 날아들었다. 장건은 피식 웃으며 들고 있던 검진비결을 말아 쥐고는 닥쳐드는 쇠몽둥이를 맞받아 쳤다.

퍽!

책 뭉치에 부딪친 쇠몽둥이는 반으로 구부러졌다. 필살의 일격이 종이 뭉치에 가로막히자 한숭은 입을 딱 벌린 채 구부러진 쇠몽둥이를 바라보고 있었다. 그사이 장건의 책 뭉치가 그의 명치로 날아왔다.

푹!

"윽!"

명치를 찔린 한숭은 비명을 지르며 비틀거렸다. 그러나 책 뭉치의 공격은 끝나지 않았다. 턱과 볼따구니에 연이어 강타가 작렬했고, 한숭은 대낮에 별을 보며 무너져 내렸다.

'과연 검진비결! 비급 자체로 얻어맞아도 이렇게 강하구나…….'

한숭은 검진비결의 위력(?)을 실감하며 큰 대자로 뻗었다.

"엄살 그만 떨고 일어나시지. 상전 앞에서 함부로 드러눕는 종이 세상천지에 어디 있나?"

한숭의 몸이 움찔거렸다. 장건의 말을 듣자 마당에서 싸우기 전에 다짐했던 약속이 떠올랐다. 이번 싸움에서 진 자는 군말없이 이긴 자의 종이 되기로 하지 않았던가!

'이런 빌어먹을! 어쩌다 그런 약속을 섣불리…….'

한숭은 이를 갈았다. 장건에게 패한 것은 아직 수련이 부족하기 때문임이 분명했다. 한 이 년만 더 수련하고 하산할 걸 그랬다는 후회감이 물밀듯이 밀려왔다.

한숭은 벌떡 몸을 일으켜서는 양반다리로 앉았다. 그리고 장건에게 말했다.

"좋다! 약속은 약속이니까 네놈의 종이 되어주지! 대신! 그 책은 내 것이니까 내놓아라!"

종치고는 너무도 당당한 태도였지만 장건은 개의치 않고 씩 웃으며 책을 던졌다.

"자, 받아라."

책을 받아 든 한숭은 얼떨떨한 표정을 지었다. 설마 장건이 이렇게 쉽사리 책을 건네줄 줄은 몰랐기 때문이다. 놀란 눈으로 장건과 검진 비결을 번갈아 보던 한숭은 뭔가 이상하다는 느낌이 들었다.

'저놈은 예전에 같이 일할 때도 진검성의 보물이라면 환장을 하던 놈이 아닌가? 한데 어째서 검진비결 같은 희대의 기서를 이렇게 헌신 짝처럼 던져 주는 것이지?'

한숭은 돌연 불안감이 엄습했다. 풍파투도는 보물의 진품 여부를 가려내는 데에는 귀신같은 재주를 가지고 있었다. 혹시 지금 들고 있는 이 검진비결이 가짜가 아닐까? 그렇지 않고서야 결코 손안에 들어온 기보를 순순히 넘겨줄 풍파투도가 아니었다.

한숭은 설마설마 하며 입을 열었다.

"이봐, 혹시… 이 비결이 가짜인 거냐?"

장건은 피식 웃으며 대꾸했다.

"왜, 그런 것 같냐?"

"이건 내가 직접 영호세가에서 가져온 물건이다! 가짜일 리가 없지 않느냐! 다만… 진짜 비결이라면 네놈이 절대 호락호락하게 되돌려 줄 놈이 아닌데……."

높아졌던 한숭의 목소리가 자신이 없는 듯 점차 낮아졌다.

"영호세가에서 가져온 거라고? 역시 불타 없어졌다는 말은 거짓말이었군."

혼잣말로 중얼거린 장건은 한숭을 보며 말했다.

"비결은 진짜다. 다만 뒷부분의 두 검법이 잘려 있고, 그 부분에 천랑검법의 책자가 덧붙여져 있었다. 한데 너는 엉뚱하게 덧붙여진 천랑검법만 열심히 익힌 것 같군."

"뭐, 뭐라고?"

"멍청하긴. 도둑질 하루 이틀 했느냐. 앞부분하고 덧대어진 부분하고 종이의 질부터 다르지 않느냐. 게다가 비결의 서문에 분명히 책에 기록된 다섯 검법의 종류가 쓰여져 있는데 그걸 여태 못 알아본 게냐."

"마, 말도 안 되는!"

한숭은 믿을 수 없는 듯 목소리를 높였다.

"그럼 천랑검법은 대체 뭐란 말이냐? 난 앞의 세 검법은 익히 알고 있었기에 그 검법만 죽어라 수련한 건데!"

장건이 대답했다.

"천랑검법은 영호세가의 검법인데, 괜찮은 검법이긴 하나 현음검법이나 유룡검법에 비하면 손색이 있는 무공이지. 영호세가의 하위 무사들이 주로 익히는 검법이라고 들었다."

한숭은 망연한 표정으로 중얼거렸다.

"그럴 리가…… 그럴 리가 없는데……. 그런데 대체 왜 비결에 그따위 짓을 해놓은 거지? 왜 멀쩡한 비급을 찢고 엉뚱한 검법을 붙여놓는단 말이냐?"

"그걸 나한테 물어봐야 알 리 없지. 일단 네가 비급을 구한 과정을 설명해 보아라."

한숭은 넋 나간 얼굴로 장건에게 비급을 입수한 경위를 설명했다.

그의 말을 듣던 장건은 사건의 추이를 짐작할 수 있었다.

한숭이 들어갔던 건물은 도둑계에 유명한 영호세가의 가짜 본관임이 분명했다. 한숭은 그 본관에 들어갔다가 우연히 누군가의 짐을 뒤져 검진비결을 얻게 된 듯했다.

장건은 검진비결이 찢어지고 덧붙여진 것에 대해서도 짐작할 수 있었다.

'영호세가에서 검진비결을 하찮게 여기고 있다는 얘기가 사실이었군!'

강호의 호사가들이 항상 궁금해하고 있는 것은 천하제일의 비급이라는 검진비결을 가지고 있는 영호세가에서 어째서 최고의 고수가 나오지 않느냐는 것이었다.

영호세가는 아직도 강호에서 유력한 명문대가로 인정받고 있었고 가주인 영호관웅은 천하십대고수의 일인으로 꼽히고 있었으나 이런 것들은 모두 진검성의 잔영이 아직 남아 있기 때문에 얻고 있는 명성이지, 영호세가가 직접적인 실력 행사로 강호에 무위를 떨친 적은 거의 없었다.

영호관웅 역시 영호진의 후예란 이유 때문에 십대고수의 한자리를 차지하고 있을 뿐, 여타 십대고수에 비하면 무공에 손색이 있다는 중평이었다. 게다가 그의 자식들이나 영호씨 성을 쓰는 일가친척 중에서도 특출난 무인이 배출되지 않고 있어 과연 그들이 검진비결을 익히고 있는 것인지 의구심마저 자아내게 하고 있었다. 그래서 검진비결이 불타버렸다는 영호세가의 발표가 진짜일 수도 있다는 추측이 나돌기도 했고, 혹자는 검진비결이 지극히 어려워 자질이 못 미치는 자가 익힐 수 없는 비급이 아니냐는 추측을 하기도 했다.

그러나 장건은 현실은 그와는 정반대라는 것을 알고 있었다. 서달룡이 넓은 인맥을 이용하여 몇 다리 건너 어렵사리 물어온 정보에 의하면, 영호세가의 사람들은 검진비결을 가지고 있긴 하되 그다지 중히 여기지 않고 있다는 것이었다.

장건은 그 말을 듣고 그럴 만도 하겠다는 생각이 들었다.

영호진이 검진비결을 만든 목적은 처음 무도에 입문하는 사람이 다섯 가지의 검법을 차례로 익히면서 종국에는 검도의 오의를 깨달을 수 있게 하기 위함이었다.

다섯 가지 검법은 그 목적에 부합되게 가장 쉬운 육합검법부터 시작하여 최고 수준의 검법으로 꼽히는 현음검법까지로 구성되어 있는데, 실상 영호세가의 사람들은 이러한 단계를 일일이 거칠 필요가 없다. 그들은 영호진이 책을 읽을 대상으로 지목한 검법의 입문자도 아니고, 이미 충분히 기본기를 연성하고 가문의 최고 검법인 현음검법을 완성하기 위해 일로매진하고 있는 사람들이다. 그렇기 때문에 그들에게 있어서 기본 검로를 연성하는 데 필요한 앞의 범용한 세 검법은 쳐다볼 가치가 없는 무공들이고, 진짜로 필요한 것은 현음검법의 주해 정도인 것이다. 오히려 검진비결이 유출될 경우 비전의 현음검법까지 유출될 우려가 있으므로 가지고 있어봐야 골치만 아픈 비급이 될 수 있다.

'그렇기 때문에 뒷부분, 현음검법 부분과 빼어난 무공인 유룡검법의 주해 부분을 떼어버리고 앞부분의 비결을 허투루 취급한 듯하다. 천랑검법이 끼어 있는 것으로 보아 아마도 호위 무사 정도 되는 자가 앞부분의 비결과 천랑검법을 한데 묶어서 보관하고 있었던 모양이고, 한숭

은 그것을 훔친 거겠지.'

장건은 자신이 파악한 정황을 한숭에게 설명해 주었고, 한숭은 통곡이라도 할 듯한 얼굴로 고래고래 고함을 질렀다. 언제나 이런 식이라고, 자신은 복도 지지리도 없는 놈이라고 하면서.

"잡히지 않은 것만 해도 다행이지. 네놈이 정말 영호세가 심처까지 들어갔으면 살아 나오지도 못했을걸?"

장건의 위로(?)에도 불구하고 한숭의 한탄성은 한동안 지속되었다.

"에잇, 이까짓 것!"

한참 목 놓아 신세 타령을 하던 한숭은 가지고 있던 검진비결을 찢어발기려는 듯 양손으로 움켜쥐었다. 그 순간 장건이 손가락을 튕겼다. 그의 손에서 튀어나간 우모침이 한숭의 한쪽 손목의 혈도를 정확히 찔렀다.

"악!"

한숭은 손목을 움켜쥐고 비명을 지르며 책을 놓쳤다. 그는 손목에 박힌 우모침을 빼며 고함을 질렀다.

"너… 너 이게 무슨 짓이냐!"

"독은 안 발랐으니 걱정하지 마라. 바보 짓을 하려고 그러니 말린 거다."

"뭐가 바보 짓이라는 거냐! 이까짓 쓸모도 없는 책! 천랑검법은 하류 무사들이 익히는 검법이라며! 나머지는 기초 중의 상기초 검법이고. 다 찢어발기고 다시 거치도나 들고 살련다!"

한숭의 악다구니에 장건은 고개를 절레절레 저으며 말했다.

"그러니까 네가 바보란 소리를 듣는 거야. 영호세가의 멍청이들이 간과한 것을 너도 똑같이 간과하고 있구나. 네 손에 들린 책을 대체 누가 썼다고 생각하는 거냐?"

"…영호진이 썼지."

"그래, 그가 어떤 사람이었느냐?"

"천하제일의 고수."

"그럼 그런 사람이 하릴없어 육합검법과 태령검법, 삼재검법에 주해를 달았을 것 같으냐? 그 검법들이 진정 하찮은 무공이라면 과연 천하제일인이 그렇게 꼼꼼히 주해를 달고 초식을 설명하는 수고를 끼칠 필요가 있었을까?"

장건의 말에 한숭은 잠시 생각에 잠겼다. 그러다가 말했다.

"네 말뜻은, 널리 알려진 이 검법들에서 배울 건덕지가 있다는 말이냐?"

"그래, 영호진은 네가 말하는 바로 그 건덕지를 그 책에 수록했다. 네가 만일 영호진이 가르쳐 주고자 한 바를 깨달을 수 있다면, 왜 강호의 노래에서 검진비결이 천하를 흔들 수 있다고 표현하는 것인지 알게 될 것이다."

"뒤의 두 검법이 없는데도?"

"부탁인데 책을 얻으면 서문부터 꼼꼼히 읽는 습관을 기르도록 해라. 영호진이 서문에서 분명 말하지 않았느냐. 앞의 세 가지 검법만 제대로 익혀도 검이 나아갈 길을 터득할 수 있을 거라고. 검이 나아감이 바로 검진(劍進)이 아니더냐. 그것만 터득하면 이미 비결의 핵심을 얻었다고 할 수 있는 것이지."

장건의 말을 듣던 한숭의 얼굴에 점차 희망의 빛이 차 올랐다. 그는 손에 들린 검진비결을 내려다보며 말했다.

"그래, 이 앞부분만 열심히 수련해도 강해질 수 있다, 이건가? 아직 기회는 남아 있다 이 말이지?"

감복한 표정을 짓고 있던 그는 갑자기 표정을 바꾸어 장건을 수상쩍게 바라보며 말했다.

"그런데 넌 어떻게 그런 것을 그렇게 자세히 알고 있느냐? 게다가 지나치게 친절한걸? 이게 진정 그토록 값진 비결이라면 어째서 네가 갖지 않고 나에게 떠넘기는 것이냐?"

한숭은 말하다 말고 설마 하는 표정을 짓더니 목소리를 높였다.

"너, 너도 검진비결을 갖고 있는 것이냐?"

장건은 아무 말 없이 엷은 미소만 짓고 있었다.

"정말 그런 거냐? 진검성의 물건만 죽어라 노리더니만 대어를 낚은 게냐?"

장건은 한숭의 거듭된 질문을 딱 잘라 끊었다.

"잔말 말고 비결의 앞부분이나 이제부터 열심히 수련해 둬. 종놈이 비실거리는 것은 못 봐주니까. 주인을 제대로 보필하려면 지금보다 훨씬 강해져야 하지 않겠어?"

그 말에 한숭의 얼굴이 일그러졌다. 그러나 그 다음 나온 말로 인해 일그러진 얼굴이 활짝 펴졌다.

"네가 진정 그 세 가지 검법을 완벽히 터득하고 조화를 이룰 수 있다면 그 다음 검법을 가르쳐 줄 수 있다. 그때가 되면 종노릇도 면하게 해주지."

장건과 한숭은 이래저래 악연이 겹친 사이였으나 나름대로 믿고도 고운 정이 쌓인 친구 관계라고 할 수 있었다. 장건은 어리숙하긴 하나 강단이 있는 한숭을 종처럼 부릴 생각은 없었기에 기회를 주겠다고 하는 것이다.

"지, 진짜지? 남아일언중천금! 나중에 딴 말 하기 없는 거다?"

희희낙락하는 한승을 보며 장건은 입가에 엷은 웃음기를 머금었다.

세차게 부는 바람이 배의 돛을 주름 한 점 없이 팽팽하게 만들며 힘차게 배를 끌었다.

장건 일행은 상선을 타고 돌아오고 있었다. 장건은 선미에 기댄 채 배의 가장자리로 하얗게 일어나는 물보라를 물끄러미 바라보고 있었다.

그는 생각에 잠겨 있었다. 영호진과 공공자, 그리고 자신과의 인연에 관해서.

소문을 들어 익히 알고 있었지만 한승의 찢어진 검진비결을 보고서야 비로소 확인할 수 있었다. 영호세가가 영호진의 검진비결을 진짜로 무시하고 있다는 것을.

장건의 입가에는 씁쓸한 미소가 감돌았다.

영호세가의 사람들은 큰 착각을 하고 있었다. 검진비결을 수련하면서 깨달은 것이지만 비결에서 진짜 중요한 것은 앞의 세 검법이다. 이 범용한 검법들을 무시하고 뒤로 넘어간다면 영호진이 비결에서 진짜 가르쳐 주고자 하는 참뜻을 깨닫지 못하게 된다.

생각해 보면 참 어처구니가 없는 일이었다. 공공자의 출신 가문인 당가도, 영호진의 본가인 영호세가도, 당대 최고의 고수인 두 사람의 비전을 모두 외면해 버렸다. 당가는 공공자의 절학인 비천십삼도를 망설임없이 불태워 버렸고, 영호세가는 검진비결을 무시하고 있었다.

두 가문이 외면한 두 고수의 절학들을 그들과 생면부지인 장건이 이어받고 있으니 인연이란 참으로 알 수 없는 것이었다.

장건은 문득 이런 생각이 들었다. 죽은 두 고수가 후손들이 외면한 자신들의 죽음에 얽힌 음모와 궤계를 세상에 밝혀내 달라고 그를 택한 것이 아닌가 하는.

막상 그리 생각하고 보니 허튼 생각만은 아닌 것 같았다.

모든 무림인들이 그토록 갈구하는 두 개의 비급, 그 두 비급이 한날 한시에 한꺼번에 자신에게 떨어졌다는 것, 하늘의 장난이라고 볼 수밖에 없는 일이었다. 인연이 이렇게 되었으니 두 고수의 죽음의 인과를 속 시원히 밝혀야 할 의무가 그에게 부여된 것일까?

장건은 고개를 가로저었다. 사부는 죽으면서 자신에게 그저 성공하라고만 말했다. 공공자도 자신을 죽인 자에게 반드시 복수하라는 의무를 강요하지 않았다. 그저 그자가 세상을 혼란스럽게 하면 응징해 줄 것을 '부탁'하기만 했다.

'설사 강요했다고 해도 내가 그것을 들어줄 의무는 없다.'

영호진은 힘을 얻는 자는 그에 걸맞는 의무 또한 얻게 되는 거라 말했지만 그 말은 헛소리였다.

장건이 아주 어릴 적부터 세상의 모진 면을 겪어오면서 체험한 바로는, 힘을 얻은 자는 그 힘을 과시하고 힘에 의한 권리만을 주장하지 결코 의무에 구애받지 않는다. 아니, 의무에 구애받지 않기 위해 힘을 얻으려 하고, 그 힘을 얻어 자신이 쟁취하지 못했던 권리를 얻으려 한다.

영호진이 천하제일고수로 수십 년을 살다가 만년에 무슨 득도를 했기에 그런 소릴 한 것인지는 알 수 없지만, 장건이 단지 그가 남긴 유산을 하나 물려받았다고 해서 받아들이기 어려운 그의 사상을 이어갈 이유는 없는 것이다.

그렇다면 자신은 대체 왜 두 사람의 죽음에 얽힌 비밀을 풀고자 이렇게 애를 쓰고 있는가. 성공하고자 하면 얼마든지 다른 길로 갈 수 있는 부와 힘을 이미 쌓아둔 상태가 아닌가.

그냥 그러고 싶기 때문이다. 하고 싶어서 하는 일이다. 공공자와 영호진, 둘 다 얼굴 한 번 본 적 없는 사람들이지만 장건은 두 사람의 정화가 깃든 비급을 수련하면서, 공공자의 절학이 당가의 마당에서 잿더미가 되어가는 것을 보면서, 영호진의 원인도 알 수 없는 죽음이 후인들에 의해 이용되고 휘둘려지는 것을 보면서 두 사람에게 연민을 느끼고 있었다.

거기에 두 사람이 말년에 남긴 심득을 물려받은 유일한 후인이란 인연 때문에라도 최소한 누구에게 죽었는지, 그 범인이 그들을 넘어설 자격이 있는 자였는지 정도는 알고 싶었다.

알고 나면 어떻게 해야 할까? 얼굴도 본 적 없는 사람들을 위해 복수를 한다는 것은 말이 안 되는 일이고, 설사 범인이 공공자가 우려했듯이 부도덕한 인물이라 해도 도둑질해 먹고살고 있는 자신이 정의니 응징이니 뭐니 하는 것도 더욱 우스웠다.

장건은 멀리 보이는 수평선을 응시하며 중얼거렸다.

"그건 그때 가서 생각해 볼 일이지."

닥치고 나면 어떤 선택을 할 것인지 알 수 있게 될 것이다. 미리부터 앞일에 대해 머리 싸매고 고민할 필요는 없는 것이다.

배는 동쪽에서 불어오는 바람을 타고 그가 보고 있는 수평선을 향해 힘차게 나아갔다.

제9장
장건, 신위를 펼치다

장건, 신위를 펼치다

　　　　　장건은 서문세가로 복귀할 즈음 범생 일행에게 대경방을 함락시킨 것을 함구하라는 지시를 했다. 원체 일행이 세가를 나설 때 간장강과 파양호를 탐색하고 돌아올 것이라 했으니 그렇게 둘러대면 될 일이었다.

　한데 돌아와 보니 뜻밖의 상황이 발생해 있었다. 서문세가에서는 금도회를 칠 준비를 하고 있었다.

　장건은 서문강조를 만나러 갔고, 남은 일행은 어찌 이렇게 상황이 급변한 것인지가 궁금했다. 조비연에게 물어보았지만 그녀는 내내 방 안에 틀어박혀 있었던지라 아는 것이 없었다. 그저 전날 밤부터 시끄럽더니 세가 사람들이 싸울 준비를 하더라는 말 외에는 더 얻을 게 없었다. 세가에서 찬밥 신세인 서문정도 역시 아는 게 없었고, 석초진이 바삐 움직이고 있는 서문척을 잡아끌고 와서야 겨우 정황을 들을 수 있었다.

"준비하는 저희도 얼떨떨한 상황입니다. 백모님 사형제들의 주도 하에 갑작스럽게 일어난 일이라서요. 가주께서도 고심하시는 눈치였지만 우리가 먼저 치지 않으면 놈들이 달려들 게 확실하다고 하니 도저히 나서지 않을 수 없는 상황입니다."

그의 설명에 의하면 그의 백모, 서문강조의 처인 왕선군이 데려온 강남오협이 중요한 정보를 얻어왔다고 한다.

앞으로 사흘 후 서문세가는 간장강에서 큰 규모의 거래가 있다. 세가 소속 상방이 대규모 선단을 꾸려 남경으로 목화를 싣고 가게 되어 있었는데, 지금이 아무리 어려운 상황이지만 워낙 중요한 거래인지라 서문세가는 상당수의 세가 무인들로 호위 선단을 꾸려 파양호까지 선단을 호위할 작정을 하고 있었다.

강남오협이 물어온 정보에 의하면 금도회가 이 선단을 칠 계획을 은밀히 세우고 있다는 것이었다.

"그럼 선단을 더 더욱 호위할 생각을 해야지 왜 금도회를 칠 준비를 하는 게지?"

석초진이 이해가 가지 않는 듯 묻자 서문척이 대답했다.

"강남오협은 모험적인 발상을 꺼내놓더군요. 선단을 출항시키는 척하면서 은밀한 장소에 숨겨놓고 가짜 정보를 흘려 놈들을 유인하자는 겁니다. 그래 놓고 놈들이 거기에 힘을 쏟는 새에 전력이 빠져나갔을 놈들의 본거지를 치자는 거지요."

"흐음, 모험적이긴 하지만 제법 그럴듯한 계획인걸?"

"그렇기에 본 가도 그 방법에 따르기로 한 겁니다. 사실 피치 못할 선택이기도 합니다. 우리로서는 선단과 세가 양쪽을 지탱할 전력이 없기 때문에, 만일 역으로 놈들이 선단을 치는 척하면서 본 가를 치는 상황이 발생하면 속절없이 무너질 수밖에 없으니까요. 결국 우리로서는 전력을 한군데로 모을 수밖에 없기 때문에 놈들은 아마도 중요한 거래인 선단 쪽에 우리가 힘을 쏟아 부을 거라고 예상하고 있을 겁니다. 그 의표를 찌르자는 것이지요.”

“공격이 최선의 방어라 이 말이군. 근데 지금의 전력 가지고 과연 금도회를 치는 게 가능할까?”

“최선을 다할 수밖에 없지.”

서문강조는 이길 수 있겠냐는 장건의 물음에 이렇게 대답했다.

“우리로서는 선택의 여지가 없네. 금도회 놈들은 간장강 상류에서 놀던 놈들인지라 파양호 쪽은 안심을 하고 있었는데 뒤통수를 얻어맞은 형국이야. 피할 수 없으니 맞부딪쳐야 하고, 맞부딪치기가 버거우니 의표를 찔러보는 수밖에. 관건은 역시 간장강의 수로에서 유인 작전을 얼마나 잘 쓰냐에 달렸네. 놈들도 아마 선단을 나포하는 데 최대한의 전력을 쏟아 부을 테니까 금도회의 본거지는 전력 누수가 클 걸세. 금도회의 본타만 함락할 수 있다면 전세는 단박에 역전이 가능하다고 보네.”

장건은 다시 물었다.

“현재 세가의 전력은 어느 정도입니까? 지원군까지 합쳐서 말입니다.”

“본 가의 전투 가능한 인원이 칠십 명, 강남오협이 데려온 지원군이 오십 명 정도일세. 삼백이 넘는 금도회와는 다소 차이가 있긴 하나 놈들이 간장강에 쏟아 부을 인원이 적어도 이백은 넘을 테니 그 잔여 인원 정도라면 자네들과 나까지 합세한다면 한번 해볼 만하다고 보고 있네."

"몸도 성치 않으신데 직접 나가시려고요?"

"어쩔 수 없지. 한 사람의 손이 아쉬운 판에 내 한 몸 건사하고 있을 때가 아니지 않은가."

서문강조의 말을 들은 장건은 잠시 생각에 잠긴 듯 아무 말이 없었다.

그런 그를 보고 있던 서문강조는 갑자기 생각난 듯 물었다.

"파양호 쪽을 살펴보고 왔다고 하던데, 대경방의 동태는 어떠한가? 난 그들이 걱정이네. 만일 파양호 일대를 완벽히 꿰고 있는 그들이 소문대로 금도회와 손을 잡게 된다면 유인 작전이 자칫 수포로 돌아갈 수 있기 때문일세."

장건은 대답 대신 품속에서 뭔가를 끄집어 내밀었다. 그가 내민 물건은 방의 창으로 들어오는 노을빛을 받아서 반짝반짝 빛나기 시작했다.

"이게 뭔지 아시겠습니까?"

장건에게서 물건은 받아 든 서문강조는 눈을 크게 떴다. 그는 그 물건이 무엇인지 잘 알고 있었다.

그의 손에 들린 것은 손바닥만한 크기의 정교하게 만들어진 순금 고래상이었다. 이 금경상(金鯨像)은 본래 한 부자 상단주가 파양호의 큰 거래가 성사된 것을 기념하여 만든 조각상인데, 상이 만들어지자마자 그 부자의 상단이 대경방에게 털리게 되면서 대경방의 신물이 된 물건이었다.

"자네 설마… 대경방을……?"

"그렇습니다. 그쪽 방주와 안면이 있어서… 이제 대경방이 서문세가를 귀찮게 하는 일은 없을 것입니다."

잠시 얼떨떨한 표정을 짓고 있던 서문강조는 장건을 경탄한 눈으로 바라보며 말했다.

"자네, 내가 생각했던 것보다 훨씬 큰 친구로군. 대경방과 금도회에 대한 걱정을 없애주겠다기에 본 가를 도와 그들과 열심히 싸우겠다는 다짐 정도로 알아들었는데, 설마 진짜로 대경방 문제를 처리할 줄이야……. 허헛 참!"

기가 막힌 듯 금경상을 보며 웃음을 터뜨리던 서문강조는 장건에게 다시 물었다.

"대경방은 그렇다 치고, 금도회는 어쩔 작정이었나? 설마 그쪽에도 안면있는 사람이 있을 리는 없을 테고."

"생각해 놓은 방법이 있긴 합니다만, 이번 전투로 인해 실행에 옮길 필요는 없을 듯하군요. 제가 생각하기에도 사흘 후에 결전을 치르기로 한 것은 좋은 선택 같습니다. 다만……."

"다만 뭔가?"

"다 좋은데 몇 가지 마음에 걸리는 것이 있군요. 우선 결전을 주도하는 강남오협이란 사람들 말인데요, 이들이 믿을 만하다고 생각하십니까?"

서문강조는 장건을 물끄러미 보더니 말했다.

"자네, 그들의 정체를 알고 있나 보군?"

"알고 있습니다, 중경에서는 강남오협이 아닌 다른 이름으로 불리는 것까지."

"나도 알고 있네. 그닥 행실이 좋지 않은 자들이란 것도."

"그런데 왜 대국을 주도하도록 맡기셨습니까?"

"위험한 감이 없지 않으나 그들이 다른 마음을 품을 가능성은 없다고 보네."

"어째서 그렇게 확신하시는지요?"

"우선 그들은 점창파의 부탁을 받고 이곳에 온 것일세. 아마도 돈이나 기타 다른 권세를 약속받고 온 거겠지. 점창파는 이제껏 그들의 든든한 배경이 되어준 곳인데, 만일 우리에게 딴맘을 먹고 엉뚱한 짓을 한다면 그 든든한 배경을 잃게 될 것이 자명하니 그런 바보 짓을 할 리 없다고 보네. 게다가 오협의 대형인 동관승은 내 내자의 사형이며, 둘은 의남매를 맺고 있는 사이지. 동관승은 잔혹무도하다고 알려져 있지만 자신의 의형제나 수하들을 극진히 챙기는 것으로 인정받고 있는 자이네. 내자와의 친밀한 관계를 생각해서라도 그가 엉뚱한 짓을 할 것 같진 않으이."

장건은 아무 말 없이 고개를 끄덕였다. 몇 가지 생각이 교차했으나 서문강조가 하는 말이 일리가 없지 않았기에 뭐라 토를 달지는 않았다.

"잘 알겠습니다. 다만 오늘부터 독상 치료를 시작해야 할 텐데, 가주의 중독 정도와 상태에 따라 몸 상태가 수시로 변할 수 있습니다. 간혹 드물게 치료 도중에 중독 증세가 일시적으로 심해지는 경우가 있는데, 이 경우에는 자칫 사흘 뒤의 전투에 참가하시지 못할 수도 있습니다."

서문강조는 난감한 표정을 지었다.

"그렇다면 곤란하군. 아예 치료를 전투 뒤로 미루는 것이 어떤가."

장건은 고개를 저었다.

"치료를 전혀 안 한다고 하면 가주의 상태가 지금보다 더욱 악화될 것입니다. 이런 상태에서 공력을 무리하게 운행하여 전투를 치르게 되면 자칫 치료가 불가능해질 수도 있습니다. 반드시 오늘부터 치료는 시작해야 합니다."

서문강조는 떨떠름한 표정을 지었다.

"알았네. 자네 말을 따르지."

장건은 서문강조의 치료를 시작했고, 사흘이란 시간은 금세 흘러갔다.

땅거미가 짙게 깔리고 노을이 어둠에 밀려 사라지는 늦은 저녁 시간, 커다란 상선 열두 척이 강의 지류를 따라 좁은 수로로 접어들었다.

수로의 폭이 워낙 좁아 상선 세 척이 나란히 서기도 어려운 공간이었지만 강의 양쪽 기슭에 비슷한 높이의 야산이 형성되어 있어 주변의 시야에서 숨기에는 알맞은 지형이었다.

중앙의 대장선에서 정박 명령이 내려졌고, 상선들은 육중한 몸체를 정지시키며 차례차례 기슭에 배를 정박시켰다.

대장선에 위치한 서문세가 소속 청명상방주 서문휴는 모든 배가 정박한 것을 확인하고 한숨을 돌렸다. 이곳까지 올 때까지 행여 금도회의 눈에 걸릴까 두려워 얼마나 조마조마했던가! 일단 여기까지 온 이상 그와 상방 식구들이 해야 할 일은 다 마친 것이다. 이제부터는 세가의 유인책이 얼마나 제대로 금도회의 추격자들에게 먹혔을지, 그리고 금도회 본타로 쳐들어가고 있을 세가의 전력이 과연 승리를 거둘 수 있을지가 관건이었고, 그것은 자신들의 손을 벗어난 일이었다.

"우리의 역할은 이곳에서 세가의 승리를 하늘에 기원하며 이틀 동안 대기하고 있다가 사흘 후 파양호를 향해, 그리고 본 목적지인 남경을 향해 전속력으로 항진하는 것뿐일세. 이틀간 운항이 지체되었으니 정확한 거래를 위해서 최대한 서둘러야겠지. 그때까지 모두 체력을 아껴 두도록."

서문휴의 말에 그의 수하들은 무거운 낯빛으로 고개를 끄덕였다. 은신처까지 무사히 도달하는 데 성공했지만 긴장감은 결코 사라지지 않았다. 오늘밤 안에 금도회와 서문세가의 전투가 벌어질 것이고, 그 승패에 따라 이 거래와 상방의 운명까지도 결정될 것이기 때문이었다.

같은 시각, 서문세가의 앞마당에서도 선단과 같은 긴장감이 흐르고 있었다.

앞마당에 모인 서문세가 무사들의 표정은 가히 좋지 않았다. 전투를 앞둔 긴장감 탓이라기보다는 사기가 떨어지는 일이 발생했기 때문이다.

오늘 아침까지만 해도 별문제가 없을 듯하던 가주 서문강조의 출전이 결국 불발로 그치고 말았다. 그를 치료하던 이천휘의 말에 의하면 갑자기 중독 증세가 심해져 도저히 전투에 나설 수 없는 지경이라고 했다. 문제는 서문강조가 빠지고 나면 전체 전투를 지휘할 만한 마땅한 인물이 없다는 데 있었다. 부가주인 서문영조는 지난번 군룡회와의 전투에서 크게 다쳐 일어나지도 못하는 상태였고, 그 둘 외에는 대국을 지휘할 만한 마땅한 인물이 없었다.

그래서 부랴부랴 지휘를 맡게 된 인물이 강남오협의 첫째이며 세가의 안주인 왕선군의 사형인 일수낙두(一手落頭) 동관승으로, 장건 일행이 처음 세가에 들어서서 왕선군과 마주쳤을 때 함께 있던 남자였다.

세가 주도의 전투에 지원군으로 온 자가 지휘를 맡는다는 것은 흔치 않은 경우였지만 상황이 상황이니만큼 어쩔 수 없었다.

동관승은 자신이 전체 인원을 통솔한다는 것이 기분이 좋은 듯 히죽히죽 웃음을 흘리며 단상 위에 섰다.

"오늘 전투는 이 가문의 명운이 달린 싸움이니만큼 알아서 목숨 바쳐 싸우리라 믿는다. 아끼는 사매의 가문이니만큼 우리도 최선을 다해 돕겠다. 여러분은 구파일방의 강자로 손꼽히는 점창의 위용이 얼마나 대단한 것인지를 오늘밤 충분히 느끼게 될 것이다."

당부인지 자파 자랑인지 모를 내용을 떠들어댄 동관승은 그의 의동생인 양두삼비(兩頭三臂) 신첨을 내세워 오늘밤의 작전을 설명시켰다.

신첨은 침을 튀겨가며 행동 지침을 이야기했다. 세가에서의 출발은 삼경 북이 울린 직후이다. 총 백이십 명의 무사는 두 패로 갈려 각각 다른 길로 금도회를 향해 간다. 두 패는 칠십 명의 서문세가 소속 무인과 오십 명의 강남오협 휘하 무인들로 구성된다. 숫자의 불균형에도 불구하고 두 무리를 섞지 않는 이유는 기습의 성패가 빠른 기동성에 달려 있으므로 평상시부터 손발을 맞춰온 동료들과 호흡을 맞추는 것이 나을 거란 판단이었다.

동관승과 신첨의 설명이 끝나고, 삼경 무렵까지 잠시 대기하는 중에 조비연이 장건에게로 다가왔다.

"나머지 사람들은 다 어디 갔어요? 범 선생하고 그 떼거지들."

장건은 그녀의 투박한 말투에 쓴웃음을 지으며 대꾸했다.

"따로 할 일이 좀 있어서 낮에 나갔어. 나중에 만나게 될 거야."

조비연은 고개를 갸웃거렸지만 더 캐묻지는 않았다. 그녀는 단상 쪽을 일별하며 말했다.

"난 저 사람들 마음에 안 들어요."

"강남오협을 말하는 건가?"

"맞아요."

"왜, 그들의 작전에 문제가 있는 것 같나?"

"아니요, 그런 건 잘 알지도 못하니까 신경도 안 써요. 다만 저치들이 말하는 게 좀 거칠고 경박스럽고, 인상도 마음에 안 들어요."

"무인들이란 게 다 그렇지 뭐. 거칠고, 말도 함부로 하고, 인상도 험악하고."

"그래도 명색이 명문 점창파의 무인 아닌가요? 우리 종남에는 저렇게 품격없는 행태를 보이는 사람은 없다구요."

'너 있잖니.'

목구멍까지 올라온 말을 장건은 집어삼켰다. 개전을 앞두고 있는 시기에 그녀를 폭발시켜서 이로울 일이 없다고 생각했기 때문이다.

"저자들 중에 점창파 출신은 몇 명 되지 않아. 우두머리인 동관승 정도가 정식 제자 출신이라 할 수 있고, 나머지는 다 그에게 몇 수 배운 정도이지. 그나마 동관승도 점창산에서 하산한 지 십 년이 훌쩍 넘었고 강호에서 거칠게 구른 세월이 본산에 있던 기간 못지않으니 사나워질 만도 하지."

조비연은 장건을 신기하게 바라보며 말했다.

"저들에 대해 꽤 소상히 아네요?"

장건은 고개를 끄덕였다.

"음, 저들의 소문을 예전에 들은 적이 있어. 자신들은 강남오협이라 칭하지만 중경 쪽 무림에서는 광오랑(狂五狼)이라고 부른다 하더군."

"광오랑? 다섯 마리의 미친 이리? 오협과 상당히 대비되는 별호네요. 별호만 들어서는 흑도 인물 같네."

"평판도 그다지 좋지는 않아. 협이라는 글자하고는 거리가 먼 행동을 하는 자들이라 들었어."

"그럼 좀 수상하네요. 여기 온 것도 다른 목적이 있어서 그런 것 아닐까요? 평판이 좋지 않은 자들이 그저 사매를 돕기 위한 호의로 어려움에 처한 세가를 지원한다는 게 이치에 안 맞는 것 같은데."

"설사 평판이 좋은 자들이라 해도 현 상황의 서문세가를 호의로 돕는다는 것은 어려운 얘기지. 안 그래도 서문가주에게 저들에 대한 질문을 했었지. 그런데 가주 말로는 저들은 점창파에 고용된 용병이라고 하더군."

"용병이요?"

"그래, 점창파와 서문세가는 이곳으로 시집온 왕선군의 예에서 볼 수 있듯이 옛적부터 돈독한 관계를 유지해 오고 있지. 그렇기 때문에 사면초가의 위기에 처한 서문세가의 지원 요청을 명분을 중요시 여기는 점창파에서는 외면하기가 어려웠을 거야. 그러나 무턱대고 돕자니 최근 욱일승천하고 있는 군룡회와 적대를 하게 되는지라 그것이 망설여졌겠지. 그래서 점창 출신인 저들을 고용한 거야. 저들을 이용하면 서문세가를 돕는다는 명분도 살리고 또 점창파가 직접 나선 것이 아니니 군룡회와의 불편한 관계를 최소화할 수 있단 생각이었겠지."

조비연은 혀를 찼다.

"점창파도 다 됐군요, 그런 간사한 처신을 하다니. 얘길 듣고 보니 저들이 더욱 마음에 안 드네요."

잠시 후 삼경을 울리는 북소리가 들렸다.

세가의 문이 조용히 열렸고, 백이십 명의 무인은 열 명씩 열두 개 조로 나뉘어 다섯 조와 일곱 조가 제각기 다른 길을 택해 남쪽의 금도회를 향해 치달려 갔다. 바야흐로 결전의 시각이 임박해 오고 있었다.

화악!

캄캄하기 그지없던 수상이 대낮같이 환해졌다. 강변에서, 강상에서 커다란 횃불들이 수없이 나타나자, 청명상방주 서문휴는 일이 단단히 틀어졌다는 것을 깨달았다.

"설마 은신처가 발각된 것인가?"

중얼거리는 그의 눈에 어느 결에 코앞까지 닥쳐온 날렵한 함선의 모습이 들어왔다.

서문휴는 다급히 정신을 추스르며 전투 태세를 갖출 것을 독려했다.

"전원 무기를 준비하라! 적선의 움직임을 보고하라!"

"후위에서 다섯 척의 쾌속선이 접근하고 있습니다. 금도회 놈들입니다!"

서문휴는 낮은 신음성을 흘렸다. 다섯 척 대 열두 척이면 이쪽이 유리할 듯했지만 이쪽의 전투 가능 인원은 얼마 되지 않았다. 오늘밤의 일전으로 인해 세가의 무사들은 모두 남창 쪽에 있는 상태였고, 각 상선마다 열 명 남짓한 보표가 있을 뿐이었다. 그나마 이 보표들은 세가에서 온 무인도 아니고 돈으로 고용된 자들인지라 무위를 크게 기대하기 어려웠다. 만일 저 다섯 척의 쾌속선에 금도회의 정예 무인들이 가득 채워져 있다면 이쪽에게 승산은 없었다.

"닻을 올리고 출항하라! 일단 이 장소를 빠져나가고 본다!"

정면충돌을 피하기 위한 결정이었다. 상시 경계 태세에 돌입해 있었기 때문에 모든 상선이 빠르게 돛을 올리고 출발했지만 적의 쾌속선은 빠르기 그지없어 어느덧 후미의 세 척이 그들에게 둘러싸였다.

"세 척이 붙잡힌 듯합니다! 도움을 요청하고 있습니다!"

서문휴는 입술을 깨물었다. 그러나 지금 배를 되돌린다고 해서 그들을 구할 수 있는 보장은 없었다.

'대를 위해 소를 희생할 수밖에 없다.'

붙잡힌 세 척에 타고 있는 상방 식구들을 생각하면 가슴이 찢어지는 일이었지만 어쩔 수 없었다. 그들이 시간을 버는 동안 나머지 아홉 척이라도 빠져나가는 수밖에.

"계속 직진하라! 최대한 빨리 이 수로를 빠져나간다!"

선원들은 침통한 표정을 지으면서도 그의 명에 따라 일사불란하게 움직였다. 피치 못할 선택이라는 것을 잘 알고 있었기 때문이다. 그러나 그들의 표정을 더욱 암울하게 만드는 사태가 발생했다. 선두 상선의 앞에 커다란 검은 그림자가 나타났기 때문이다.

좁은 수로의 길목을 완전히 차단하고 접근하는 것은 또 다른 적선이었다.

"대경방입니다! 완전히 포위됐습니다!"

척후병의 보고에 서문휴는 암담한 표정을 지었다. 최적의 은신처였던 좁은 수로가 적에게 둘러싸이기에 더할 나위 없이 적합한 장소로 변해 버린 것이다.

"어떻게 이런 일이… 은신에 대한 정보가 새어나가지 않고서야 이렇게 완벽히 발각될 리가……."

서문휴는 절망했다. 후미에서 접근하던 금도회의 쾌속선은 실랑이를 벌이던 세 척을 놔두고 중앙으로 접근하고 있었다. 대장선의 위치를 파악하고 먼저 치려는 의도인 듯했다. 대경방의 함선들도 그에 보조를 맞추듯 중앙 쪽으로 접근해 왔다.

"소문이 무성하더니 대경방이 결국 금도회에 붙었군! 파양호 일대를 제집 안방처럼 꿰고 있는 놈들이니 여기가 발각된 것도 이상한 일은 아니야……"

넋 나간 표정으로 중얼거리는 서문휴에게 세가에서 보낸 보표 중 한 명이 다가왔다.

"상방주, 아직은 포기할 때가 아닙니다."

"포기할 때가 아니라니, 지금의 형국을 보고도 그런 소릴 하는가? 금도회 하나만으로 벅찬데 대경방까지 들이닥쳤네. 앞에서 이리 떼가 덤비고, 뒤에서 호랑이가 입 벌리고 있는 형국이야."

"만일 이리 떼가 우리가 아닌 호랑이에게 덤벼든다면 어떨까요?"

뜻밖의 말에 서문휴는 눈에 이채를 띠고 보표를 바라보았다. 지금 말하고 있는 보표는 상방에서 고용된 보표가 아니라 세가에서 보내온 보표였다. 보표치고는 지나치게 나이가 많다 싶어 배에 오를 때 잠시 눈여겨보았던 자였다.

"무슨 뜻으로 하는 말인가?"

"말 그대로입니다. 대경방은 저희에게 포섭된 상태입니다."

"그, 그게 정말인가?"

"그렇습니다. 대경방의 배는 이쪽에서 신호를 보내면 우리가 아니라 금도회를 치겠다고 미리 약속이 되어 있는 상태입니다. 상방주께서는 신호를 함과 동시에 각 상선들로 하여금 쾌속선을 밀어붙이게 명해주십시오. 그렇게 하면 덩치가 작은 쾌속선들은 상선에 치어 중앙으로 밀집될 것이고, 대경방에서 그들을 치기 훨씬 수월해질 것입니다."

서문휴는 여전히 대경방이 포섭되었다는 말에 반신반의했지만 기호지세였다. 무조건 보표의 말을 듣는 수밖에 없었다.

"알겠네. 신호를 하면 각 상선에 명을 내리겠네."

고개를 끄덕인 보표는 품속에서 긴 대롱을 꺼내 들었다. 대경방과 금도회의 함선이 중앙으로 충분히 모여든 것을 확인한 그는 대롱과 연결된 끈을 힘차게 잡아당겼다. 그러자 대롱 끝에서 화약이 폭발하며 불꽃이 하늘로 솟구쳤다.

그와 동시에 대경방의 함선이 금도회의 쾌속선을 공격하기 시작했다. 장대 같은 작살들이 쾌속선으로 짓쳐 들어가 배에 구멍을 뚫었다.

상선단도 서문휴의 명에 따라 몸통으로 쾌속선들을 밀어붙였고, 금도회의 쾌속선은 양쪽의 압박을 받고 허둥대다가 침몰하기 시작했다.

"한 놈도 살려두지 마라!"

대경방의 대장선에 올라탄 한숭은 선두에 우뚝 서서 우렁찬 함성으로 부하들을 독려했다.

금도회의 쾌속선은 예상치 못한 그들의 공격에 벌써 세 척이 침몰한 상태였다. 나머지 한 척도 위태위태한 가운데 남은 한 척이 간신히 상선 하나에 밀착하여 금도회 무사들이 그 위로 올라타고 있었다.

"저쪽으로 배를 붙여라! 수상전에서 육박전이 빠지면 재미없지!"

그의 명을 받은 대장선이 빠르게 움직여 쾌속선과 붙은 상선을 향해 바싹 접근했다.

한숭은 부하들이 널빤지를 대고 있는 위로 몸을 날려 상선으로 진입했다. 상선 위에서는 금도회의 무사들이 선원들을 도륙하고 있었다.

"이놈들! 여기 흑수랑 한숭님이 오셨다! 목을 썩 내밀어라!"

한숭이란 말에 선원들을 치고 있던 금도회 무사들이 눈을 빛내며 몸을 돌렸다. 지금의 어려운 상황이 그와 대경방의 배신 때문이란 것을 잘 알고 있는 눈치였다.

"이놈, 한숭! 네놈의 뼈를 갈아 마시고 싶던 차에 마침 잘 걸렸구나!"

무사 한 명이 요란한 고함을 내지르며 달려들었다.

그가 휘두르는 쌍창을 본 한숭은 대번에 그가 누구인지를 알아보았
다.

"아니, 이게 누구신가. 금도회의 총사로 이름 높으신 쌍구아(雙狗牙)
구준 대협 아니시오?"

사람은 정확히 알아보았지만 구준의 별호는 쌍구아가 아니라 쌍룡
아였다. 졸지에 용의 이빨에서 개의 이빨로 격하된 구준은 이를 갈며
쌍창을 내뻗었다.

한숭은 천랑검법을 뽑내며 일검을 날렸고, 둘은 불꽃 튀는 접전을
벌이기 시작했다. 그들을 구심점으로 대경방과 금도회의 무인들이 상
선 갑판 위에서 치열하게 격돌했다.

처음 기세는 총사인 구준 휘하의 최정예로 구성된 금도회가 앞섰다.
그러나 다른 상선에서 건너온 서문세가의 보표들이 가세하면서 다시
전세가 반전되었다. 특히 낫을 쓰는 자와 창을 쓰는 자, 나이가 유독
많아 보이는 보표가 맹활약을 하면서 금도회는 일방적으로 몰렸다.

파직!

마침내 구준의 쌍창을 비집고 들어가 그의 목을 날려 버린 한숭은
등 뒤에서 사람의 머리가 으깨지는 소리가 들리고 뇌수가 등으로 튀는
것을 느꼈다. 돌아보니 머리가 반쯤 부서진 대감도의 사내가 쓰러지고
있는 것이 보였다.

"대력도 곽추!"

머리가 부서져 쓰러진 자는 금도회의 부회주인 대력도 곽추가 틀림

없었다. 곽추는 아마도 한숭을 뒤에서 노리다가 누군가에게 당한 듯 보였다.

쓰러진 곽추의 뒤에서 손을 털고 있는 늙수그레한 중년인이 보였다. 차림새를 보아하니 서문세가의 보표인 듯했다. 중년인은 한숭에게 물었다.

"아는 자인가?"

"금도회의 부회주요. 회주인 금표(金豹) 풍천수가 나선 게 아니라면 이자가 이번 전투의 지휘관일 거요."

한숭은 새삼스레 중년인을 보았다. 뒤에서 쳤다고 해도 곽추를 단 일수에 보냈다면 대단한 실력자였다.

"영감님은 뉘시오?"

"난 범생이라 하네. 자네가 한숭이지?"

한숭은 무심코 고개를 끄덕였다.

범생은 전장을 둘러보았다. 전투는 어느덧 일방적인 승리로 귀결되고 있었다. 금도회의 쾌속선은 모두 수장되었고, 물에 빠진 금도회 무사들은 허우적거리다가 대경방의 무리들에게 도살되고 있었다.

범생은 눈살을 찌푸리며 한숭에게 말했다.

"금도회의 수가 좀 적다는 생각 안 드나?"

그를 따라 시선을 옮기던 한숭은 고개를 끄덕였다.

"듣고 보니 그런 것 같기도 하구려. 죽은 놈들과 물에 빠진 놈들을 합쳐도 백오십이 채 안 되겠는걸. 이놈들이 본 방을 믿고 이렇게 적게 온 건가?"

"게다가 무공을 쓰는 것을 보아하니 실질적인 금도회 무사는 그중에 절반 정도밖에 안 되는 것 같군. 나머지는 고용된 낭인 같아. 그렇다면 나머지 금도회인들은 지금 다른 곳에 있다는 말인데……."

범생은 걱정스레 남창이 있는 남쪽을 바라보았다.

"함정이 있을 수 있다는 장 공자의 생각이 기우이길 바랐건만……."

달이 중천에 뜬 깊은 밤, 장건 일행을 포함한 서문세가의 칠십 무인은 금도회의 본타가 보이는 뒷골목에 몸을 은신하고 있었다. 작전대로라면 본타 뒷편에서 접근해 오고 있을 강남오협의 무리에서 신호가 왔어야 할 시각이었다.

신호와 함께 양쪽에서 동시에 본타로 진입한다는 작전이었는데, 약속 시간이 지났음에도 아무 신호가 없었다.

"무슨 일이 벌어진 건지… 설마 잡힌 것은 아니겠지요."

장건의 조에 속한 서문척이 걱정스레 말했다.

장건은 고개를 저었다.

"잡혔다면 우리가 알아챌 정도의 소음이 들렸을 거요. 조금만 더 기다려 봅시다."

조비연이 신경질적으로 말했다.

"설마 뒤통수 얻어맞는 일이 생기진 않겠죠?"

"그러지 않길 바라야지."

장건은 무거운 표정으로 대꾸했다.

그때였다. 본타 건물 뒷편에서 불꽃 하나가 소리없이 솟구치는 것이 보였다. 신호였다.

"돌격하라!"

세가 무인 칠십 명의 통솔을 맡고 있는 서문승조의 낮고 또렷한 외침과 함께 잠복해 있던 모든 무인들이 벽력같이 뛰쳐나왔다.

칠 개 조 중 경공이 뛰어난 무인들로 구성된 선두 조가 바람같이 몸을 날려 표홀한 신법으로 금도회 본타의 정문을 넘어섰다. 그들에 의해 정문이 활짝 열리도록 금도회에서는 눈치를 못 챈 듯 아무 반응이 없었다.

첫 번째 관문을 손쉽게 통과한 세가 무인들은 사기가 고양된 채로 본타 내부로 진입했다.

칠십 무인이 모두 커다란 앞마당까지 진입한 순간, 어둠 속에 잠겨 있던 본타 내부가 갑자기 대낮처럼 환해졌다. 건물마다 불이 환하게 켜지고 횃불들이 사방에서 밝혀졌다.

"어서들 오시오, 서문세가의 여러분. 금도회에 이렇게 오신 것을 환영하는 바이오."

서문승조를 비롯한 세가 무인들은 허탈한 표정을 지었다. 지금의 목소리는 금도회주 풍천수의 것이었다. 금도회는 서문세가의 야습을 완전히 간파하고 있었던 것이다.

불이 밝혀지자 기다렸다는 듯 본타의 요소요소에서 금도회 무사들이 튀어나왔다. 곧 앞마당의 칠십 무인은 그들에 의해 완전히 포위되었다.

"대체 어떻게 된 거예요? 강남오협 패거리는 어디로 가고 저들이 나타난 거죠?"

조비연이 옆에 있던 장건에게 신경질적으로 물었다.

"뻔하지 뭐. 안 나타나는 것을 보면 놈들이 우리를 밀고한 듯하군."

"아까 그러지 않았어요? 점창파에서 고용된 자들이니 절대 배신할 리 없다고."

"내가 언제 그랬어? 가주 말이 그렇단 얘기였지."

장건은 포위한 금도회의 인원을 헤아려 보고는 중얼거렸다.

"여기 다 몰려 있는 것을 보면 간장강 쪽은 최소 인원만이 갔겠군. 그럼 거긴 걱정할 것 없고, 문제는 사라진 강남오협 패거리가 어디로 갔느냐인데……."

장건은 강남오협이 점창파의 뜻을 거스르면서까지 서문세가를 곤궁에 처하게 만들 이유는 한 가지밖에 없다는 생각이 들었다.

세가에 보관돼 있는 천하제일검, 이검을 노리고 배반한 것이 분명했다. 만일 그들이 이검을 욕심 내어 이러한 상황을 연출한 거라면 지금 모습을 감춘 그들이 향하고 있을 곳은 서문세가일 것이다. 세가는 지금 모든 무인들이 빠져나가고 병자와 여인, 아이들밖에 남지 않았으니 이검을 탈취하기에는 더할 나위 없이 좋은 상황이 아닌가.

그의 중얼거림을 옆에서 듣던 조비연은 기가 막힌 듯 말했다.

"지금 다른 쪽 걱정이 돼요? 지금 우린 범의 아가리 안에 들어와 있다구요. 대체 어떻게 할 거예요? 신붓감이니 어쩌니 하며 기껏 데려온 데가 이런 사지예요?"

장건은 쓴웃음을 지으며 말했다.

"원래 부부란 기쁠 때나 슬플 때나 항상 함께하는 것 아닌가? 상황이 어렵다고 해서 불평해서는 안 되지. 언젠가 좋은 날도 다가올 테니 말이야."

"놀고 있네, 정말. 좋은 날 다가오기 전에 칼 맞아 뒤질 판인데."

조비연이 투덜거릴 찰나, 풍천수의 공격 명령이 떨어졌다. 암기가 우박처럼 쏟아지고 뒤이어 금도회의 무사들이 밀물처럼 몰려왔다.

"젠장!"

조비연이 신경질적으로 고함을 지르며 앞으로 튀어나갔다. 전세를 반전시키기 위해 모험을 해볼 작정이었다.

무리 앞으로 튀어나오는 그녀에게로 암기가 쏟아져 들었지만 조비연은 쾌속하게 검을 돌려 자신의 팔방을 방어하며 전진했다.

그녀가 목표로 하는 곳은 금도회주 풍천수가 있는 정면 건물 앞 단상 쪽이었다.

암기 세례가 그치자 금도회 무사들의 번득이는 칼날이 전면에서 우후죽순처럼 솟구쳤다.

"타앗!"

조비연은 경쾌한 기합과 함께 일검을 휘둘렀다. 그녀의 위맹한 내력이 실린 일격에 닥쳐들던 칼날들이 산산조각으로 부서져 나갔고, 그 조각에 맞은 금도회의 무사들이 피를 흩뿌리며 쓰러졌다.

사기가 바닥으로 떨어져 있던 세가 무인들은 조비연의 빼어난 활약에 고무되어 포위망을 좁혀오는 금도회에 대항하여 용맹하게 맞서기 시작했다. 그러나 중과부적, 일검으로 서너 개의 칼을 막아야 하는지라 전투는 곧 일방적으로 흐를 수밖에 없었다.

정면에서 고군분투하던 조비연에게도 위기가 찾아왔다. 그녀가 막강한 실력을 갖췄다는 것을 감지한 금도회의 고수들이 다른 곳에는 신경 쓰지 않고 그녀에게 집중적으로 덤벼들었다. 금도회의 고수들은 다섯 명씩 검진을 짜서 총 열다섯 명이 조비연을 둘러쌌다. 그런 후 각 진이 교대로 진퇴를 하며 차륜전으로 조비연을 몰아갔다.

조비연은 힘에서 밀리지는 않았지만 검진을 상대로 싸워본 경험이 없기 때문에 곧 손발이 어지러워졌다.

전위의 검진에 그녀의 검이 묶일 찰나 후위의 검진이 내뻗은 다섯 개의 칼날이 등 뒤로 닥쳐들었다. 조비연이 아차 하는 순간 검광이 번쩍이며 후위 검진을 형성하고 있던 다섯 고수가 무너져 내렸다.

"늦어서 미안하군."

말하며 진 안으로 들어와 그녀의 옆에 나란히 선 것은 장건이었다.

"빨리도 왔군요."

조비연은 쌀쌀맞게 응대했지만 그녀의 눈에는 안도한 빛이 스쳐 지나갔다.

장건이 무너뜨린 후위의 진은 곧 다른 고수들로 메워졌다. 게다가 또 한 진이 첨가되어 네 개 진의 스무 명이 둘을 둘러싸게 되었다.

조비연은 뒤쪽을 일별했다. 그녀가 앞에서 발이 묶인 사이 분투하던 세가 무인들이 힘에 붙인 듯 일방적으로 몰리고 있었다. 세가 무인들의 비명이 서서히 흘러나오고 있었다. 이대로 가다가는 일방적인 주살될 분위기였다.

'여기까지인가……'

조비연은 철통같이 자신을 둘러싸고 있는 검진을 노려보며 암담한 표정으로 입술을 깨물었다. 그때 옆에 있던 장건이 들고 있던 검을 허리에 꽂아 넣는 것이 눈에 띄었다.

"뭐예요, 벌써 포기예요?"

조비연은 크게 실망한 얼굴로 장건을 보며 말했다.

"그럴 리가 있나."

장건은 히죽 웃으며 대답했다.

"슬슬 본색을 보여야 할 때가 온 것 같아서 말이야. 너도 있고 다른 사람들 눈도 있고 해서 검만 써서 어떻게 해결을 보려고 했는데, 배신자들 때문에 간만에 실력 발휘를 해야겠군."

"그게 대체……!"

조비연은 캐물으려다가 장건의 표정을 보고 입을 다물었다. 언제나 밝던 그의 표정이 돌연 얼음장처럼 차가워졌고 눈에서는 칙칙한 냉기가 풍겨져 나오고 있었다. 그녀가 아는 고관대작의 자제 이천휘가 아닌 다른 사람 같았다.

그때 사방의 검진이 다시 짓쳐 들어왔다. 장건의 몸이 일순 흐릿해졌고, 그 흐릿해진 몸에서 섬광이 팔방으로 뻗어나갔다.

슈파파파팟!

"크허어억!"

검진을 이루고 있던 고수들이 동시에 비명을 지르며 무너져 내렸다. 그들의 가슴에는 표창 한 자루가 어김없이 틀어박혀 있었다. 단 일 수에 스무 명이 모두 주살된 것이다.

휘이이이익—!

장건은 긴 휘파람 소리를 내며 전광석화같이 전면을 향해 뛰어들었다. 허둥지둥하며 검을 빼는 몇몇 간부의 모습이 보였지만 풍천수의 모습은 보이지 않았다. 조비연이 검진과 실랑이를 벌이고 있을 때 이미 후위로 몸을 피한 것이다.

장건이 사라진 풍천수를 눈으로 찾는 사이 검을 뽑은 간부들이 달려들었다. 금도회의 간부진이니만큼 제법 날카로운 칼부림이었지만 장건의 은형검이 번득이자 얼마 버티지 못하고 피를 흩뿌리며 바닥으로 나뒹굴었다.

장건은 풍천수를 찾는 것을 포기하고 전장으로 뛰어들었다. 그의 손에서 표창이 번득였고, 한 번 섬광이 일 때마다 한 명씩 차디찬 바닥에 나뒹굴었다.

혼돈지서 제칠절

완성의 장

각 장에 실린 병기와 그에 맞는 무공을 일괄적으로 통합하여 분류하고 그 수준을 논하자면 연, 단, 혼, 돈의 네 단계로 나눌 수 있다.

연(鍊)은 십팔반 기본 병기와 본서에 나열된 표, 침, 승의 기본 암기를 완벽히 터득했을 때의 단계이다. 첫 단계이긴 하나 네 단계 중에서 가장 도달하기가 어렵다. 뒤의 세 단계는 무기나 무공의 효능에 크게 좌우되기 때문에 어찌 보면 매우 쉽게 들어설 수도 있는 단계이지만 이 연의 단계는 그야말로 끊임없는 노력과 반복된 훈련에 의해서만 도달할 수 있는 단계이기 때문이다.

순식간에 포위망의 일각을 무너뜨린 장건에게 적의 공격이 집중되기 시작했다. 암기가 비 오듯 쏟아지고 사방팔방에서 칼날이 솟구쳐 들어왔으나 장건은 마치 유령처럼 닥쳐드는 공세를 피해 지나갔다.

두 번째 단계는 단(鍛)이라고 명명한다.

강호는 일 대 일의 정정당당한 승부만이 이루어지는 세계가 아니다. 어떤 때는 혼자의 몸으로 수십, 수백, 수천의 대적과 싸워 나가야 한다. 상대는 검과 도, 창과 편, 암기와 강전, 용독술로 연자를 위협해 올 것이다. 가장 좋은 방법이야 무공을 극상으로 끌어올려 금강불괴의 호체신공을 발휘하는 것이지만, 이런 경지까지 다다를 수 있는 무인은 고금을 통틀어 몇 되지 않는다. 대신 본서에는 좋은 차선책이 마련되어 있다. 수록된 열두 가지 호신구와 그에 맞는 사용법과 응용법, 그리고 공세를 파할 수 있는 극상의 경신술인 승천탈영보를 터득할 수 있다면 능히 단의 단계에 다다를 수 있다.

공세를 피해 나온 장건은 접근한 수십 명의 금도회 도객들과 맞닥뜨렸다. 순간 그의 소매에서 승표가 난무하며 튀어나왔다. 거미줄처럼 뻗어 나온 승표는 도객들의 다리에 얽혔고, 무사들은 동료와 얽혀 비틀거렸고, 장건은 한데 뭉쳐진 그들을 향해 손을 뻗었다. 그러자 흑색 분말이 뻗어 나왔다. 분말을 바람을 타고 퍼지지 않고 뭉쳐진 도객들의 머리 위로 떨어져 내렸다. 도객들은 곧 눈을 까뒤집고 발광하기 시작했다.

세 번째 단계는 혼(混)으로 명명한다.
공격을 피했다면 이제 적을 쓰러뜨릴 차례이다. 적의 무공 고하를 막론하고 가장 손쉽게 살상할 수 있는 방법은 용독이다. 본서에는 총 열일곱 가지 용독술이 기재되어 있고, 서른여섯 가지 극독의 제조법과 해독법이 설명되어 있다.
또한 천하에 산재한 기병 중에서 살상력과 효용성에서 가장 뛰어나다고 평할 수 있는 스물다섯 개의 기병에 대한 설명과 사용법, 응용법이 기재되어 있다. 연자가 이 모든 것을 익힐 수 있다면 적과의 싸움에 있어서 최적의 승리 방식을 터득하게 될 것이다.

흑미분으로 순식간에 오십여 명을 전투 불능 상태로 만들어 버린 장건은 다시 같은 방식으로 한 떼를 쓰러뜨리고 흑미분을 살포했다.
금도회의 이백삼십여 무인 중 절반 가까이가 장건으로 인해 쓰러지자 전세의 흐름이 급격히 반전되었다.

살 수 있다는 희망이 생긴 세가의 무인들은 매섭게 저항하기 시작했고, 장건의 압도적인 실력에 완전히 질려 버린 금도회 무사들은 중구난방으로 흩어지며 뒷걸음을 치고 있었다.

"모두 정신 차려라! 놈을 처리해 줄 사람은 따로 있다!"

금도회 무사들을 정신 들게 만드는 풍천수의 고함이 장내에 울려 퍼졌다. 장건은 그가 외친 위치를 파악하고 그곳으로 몸을 날렸다.

위이이잉!

움직이는 그를 향해 거센 파공음과 함께 암기 수십여 개가 날아들었다.

장건의 눈이 순간적으로 번득였다. 지금의 암기 떼는 이전의 금도회 무사들이 구사하던 것들과는 그 기세가 천양지차였다.

장건은 공중에 뜬 신형을 급격히 추락시켜 암기 떼의 중심을 피했고, 파고드는 몇 개의 암기는 소매로 쳐서 떨어뜨렸다.

바닥에 착지한 장건은 떨어진 암기를 보고는 눈을 빛냈다. 암기의 형태가 눈에 익었기 때문이다.

"이건 군룡회의……!"

그의 전면으로 표홀한 신법을 구사하며 회색 인영들이 분분히 떨어져 내렸다. 회의 경장을 똑같이 차려입은 총 삼십 명의 인원. 장건이 전에 상대해 보았던 자들이었다.

"암영대로군."

풍천수의 말은 허언이 아니었다. 한 오(伍)만으로 중소문파를 무너뜨릴 수 있다는 군룡회의 비밀 병기 암영대가 무려 삼십 명이나 동원되어 있었다.

'결국 금도회의 이번 행보는 군룡회가 사주한 것이로군. 암영대는

풍천수의 용기를 북돋아주기 위해 예비용으로 대기시켜 놓은 걸 거고.'

암영대를 탐색하듯 살피던 장건은 이번에는 양양에서처럼 호락호락하게 상대하기 어려울 듯하다는 판단이 들었다.

우선 그때는 보이지 않았던 특별한 차림의 인물들이 눈에 띄었다. 이들은 검은색 허리띠를 하고 있었는데, 여섯 명인 것으로 보아 아마도 오장이나 향주쯤으로 보였다. 그리고 그들을 제외한 또 한 명, 무리의 맨 뒤에 있는 인물은 복장은 똑같았으나 옷 색깔이 회색이 아닌 검은색이었고, 무엇보다도 기도가 심상치 않았다. 형문산 입구에서 상대했던 군룡회 일사자인 삼두표 관회보다도 강한 듯했다.

'저놈이 암영대주인 모양이군.'

게다가 자신은 승표와 흑미분을 다 쓴 상태였다. 이렇게 적과 아군이 어우러진 장소에서는 퍼지지 않고 가라앉기만 하는 흑미분 외에 다른 독을 쓸 수 없다. 고로 다수를 상대로 가장 효과적으로 쓸 수 있는 두 개의 무기가 모두 소진된 상태였다.

"그렇다면 별수없지, 돈의 단계를 시험해 보는 수밖에."

장건은 차갑게 눈을 번득이며 암영대를 향해 움직였다. 암영대도 소리없이 좌우상하로 산개하며 그를 향해 덮쳐들었다.

．

마지막 단계는 돈(沌)이라고 명명된다.

돈은 단순히 돈의 상태로 끝나서는 안 된다. 돈(沌)은 돈(頓)이 되어야 한다. 혼란하게 뭉쳐져 있던 것은 명쾌하게 깨어져야만 진정한 완성에 이를 수 있다.

천하에 산재한 기병과 독술, 암기와 방어구, 영약과 독약을 집대성하여 최고의 무력을 끌어내고자 하는 것이 본서의 목적이었으나, 책의 마무리에 이르러서 이제껏 기술한 내용을 살펴보면 오직 혼란함의 나열만이 눈앞에 펼쳐지고 있다. 물론 개개의 특성을 최대한 살려 상황에 걸맞는 방법들을 나름대로 기술하였으나 이러한 방법들은 결국 일정 수준을 넘어가는 대적을 만나게 되면 한계에 부딪칠 수밖에 없다.

기병의 한계를 극복하고 진정한 강자가 되기 위해서는 깨달음이 필연이다. 그러나 무공의 심득을 인간의 언어로 표현하는 것에는 한계가 있다.

이러한 한계를 깨닫고 다른 방법을 모색하고자 집필하기 시작한 것이 본서인데, 본서의 말미에 심득없이는 최고가 되기 어렵다고 기술해야 한다는 것이 참으로 모순적인 일이다.

본 저자는 고민 끝에 나름의 타협점을 하나 찾았다. 그것은 천하에 산재한 기병 중 최고의 기병 다섯 가지를 친구 영호진의 도움으로 만져 보게 된 후에 찾아낸 것이다.

최고의 기병 다섯 가지는 강호에 널리 알려진 진검성의 오대기병이다. 이검, 만도, 연혼갑, 제석천, 번천제룡환은 병기 자체로도 대단한 위력과 효용성을 갖추고 있었지만 가장 큰 장점은 병기 소유자의 무공과 조화가 가능하다는 것이다. 다시 말해 소유자의 무공을 심득없이도 한 단계 끌어 올릴 수 있는 능력을 갖추고 있다. 물론 이 가정이 가능하려면 각 기병에 최적화된 무공이 뒷받침되어야 한다.

본 저자는 서열 삼, 사, 오위인 연혼갑과 제석천, 번천제룡환에 걸맞는 무공 세 가지를 최근의 심득을 적용하여 본서에 기재했다. 서열 일, 이위인 이검과 만도는 경지에 다다른 검객과 도객의 손에 들린다면 그 위력을 십분 발휘할 수 있어 굳이 그에 걸맞는 무공을 기재할 필요성을 느끼지 못했다.

만일 본서를 읽는 연자가 이 오대기병 중의 하나를 갖출 수 있다면, 특히 기재된 세 가지 무공과 융화할 수 있는 서열 삼, 사, 오위의 기병을 얻을 수 있다면 기병의 힘을 극대화할 수 있는 막강한 힘을 갖추게 될 것이다.

또한 기병과 기병 간의 조화가 가능한 경지에 이르게 되면, 그때는 저절로 돈(頓)의 단계를 보게 될 것이니, 보이는 그 경지에 다다르는 것은 순전히 연자의 노력에 달려 있다.

다가드는 암영대의 손이 일제히 움직였다. 유성추가 장건의 퇴로를 온통 봉쇄하며 짓쳐들었다.

그 순간, 장건의 우수가 꿈틀거렸다.

챙!

창룡음과 함께 손목에 걸려 있던 번천제룡환이 한 자루의 검으로 변모해 그의 손에 쥐어졌다.

슈슈슈슈슈슉!

제룡검이 기쾌하게 회전하며 장건의 전신을 감싸는 검막을 형성했다. 검막에 걸린 유성추는 모두 종잇장처럼 잘려 나갔다.

유성추가 모두 떨궈져 나가는 순간 장건의 신형이 전면을 향해 쏘아진 화살처럼 튀어나갔다. 전면에서 다가들던 암영대원들과의 거리가 순식간에 지척으로 좁혀졌다. 그들이 내지르는 칼날이 이리의 이빨처럼 날카롭게 파고들었다.

제룡검이 번득였다.

검에서 연검으로, 연검에서 편으로, 자유자재로 형과 태를 변환하며 번천제룡환은 살아 있는 생명체처럼 활갯짓을 하기 시작했다. 공공자

가 비천심삼도의 심득을 번천제룡환에 적용시켜 만든 혼천일기공(混天
一氣功)의 위력이 빛을 발하는 순간이었다.

전면의 암영대가 순식간에 무너져 내렸다. 장건의 손에 들린 제룡환
은 비상하는 용처럼 꿈틀대며 전후좌우로 뻗어나갔다. 뻗어나가는 제
룡환의 궤도에서는 검의 파편이 튀고, 억눌린 심음성이 터져 나오고,
피보라가 비산했다.

삽시간에 절반 가까운 암영대원이 차디찬 바닥에 몸을 뉘었다. 잔여
암영대는 호각 소리와 함께 일제히 후퇴했고, 그 자리를 여섯 명의 검
은 띠가 메웠다. 그들은 일반대원보다 훨씬 빠른 신법을 구사하며 장
건에게로 쏘아져 들어왔다. 유엽도를 쓰는 일반 대원에 대비되는 장검
을 병기로 쓰고 있는 그들은 견고해 보이는 검진을 형성하며 장건에게
로 전진해 왔다.

제룡편이 꿈틀거리며 검진을 휘감았으나 검진에서 솟아난 여섯 개
의 검날이 한데 뭉쳐져 제룡편을 튕겨냈다.

튕겨진 제룡편이 회수되는 순간, 검진으로 뭉쳐져 있던 여섯 명이
일제히 산개하며 장건에게로 파고들었다. 그들이 내미는 장검에는 검
기가 충천해 있었다. 암영대의 오장답게 모두가 검기를 발현할 수 있
는 고수들이었다.

그러나 그들보다는 장건이 더 빨랐다. 장건은 그들 이상의 속도로
후퇴하며 회수한 제룡환을 다시 뻗어냈다.

슈팟!

제룡환이 제룡섬의 형태로 쭉 늘어났다.

뛰어나간 검극이 오장 한 명의 머리를 꿰뚫고 지나갔다. 나머지 다
섯 명이 이를 악물고 쫓았으나 장건은 표홀한 신법으로 후퇴하면서 다

시 제룡섬을 날려 또 한 명을 죽였다. 강력한 상대들과 정면 승부를 피하면서도 쉽게 쉽게 손을 쓰는 것이었다.

이렇게 되자 남은 네 명은 더 이상 장건을 쫓지 못하고 주춤거렸다.

삐익—!

날카로운 호각 소리가 신경질적으로 울렸다. 뒤에서 팔짱을 낀 채 싸움을 지켜보던 검은 옷의 대주가 낸 소리였다.

호각 소리가 들리자 즉시 네 명은 후퇴했다. 그리고 그들 대신 대주가 장건 앞으로 다가왔다.

장건은 대주를 응시하면서도 다른 암영대원들의 행동을 놓치지 않았다. 나머지 대원들은 오장들의 지시를 받으며 빠르게 움직여 자신을 빙 둘러싸기 시작했다. 물론 그와의 거리를 충분히 두어 제룡환의 사정거리에서 떨어진 상태였다.

'포위되면 조금 성가시겠는걸.'

그들의 움직임이 끝나기 전에 상황을 뒤바꿔야겠다고 판단한 장건은 대주를 향해 움직였다.

순간 대주의 눈에서 신광이 폭사되었고, 그의 허리춤에서 뇌전과도 같은 섬광이 빠져나와 장건에게로 쏘아져 들어왔다.

워낙 벼락같은 쾌검인지라 장건도 경시하지 못하고 제룡검을 들어 막았다.

창! 차창! 차차차차창!

순식간에 십여 초를 교환한 장건은 눈을 번득이며 제룡검을 파괴적으로 휘둘렀다. 암영대주의 실력은 만만치 않았으나 속전속결로 끝내려고 몸에 잠재된 능력을 팔성 이상 끌어올리고 있는 장건에게 이내 속절없이 밀리기 시작했다.

삐익! 삑!

한발 후퇴한 암영대주의 입에서 호각 소리가 길게 한 번 짧게 한 번 울리자 후퇴했던 오장들이 그와 합류해서 다시 검진을 형성하기 시작했다.

검진을 본 장건은 그 검진이 진검성의 오성검진(五星劍陣)이라는 것을 알아차렸다. 오성검진은 수비가 견고하기로 소문이 난 검진이었다. 적은 공격을 포기하고 최대한 수비에 집중하려는 듯했다.

위이이잉!

때를 맞추어 장건의 후위에서 파공음이 날아들었다. 그를 포위한 암영대가 검진에 보조를 맞추어 일제히 유성추를 날린 것이었다.

닥쳐드는 유성추들을 맞받자니 정면에서 들어오고 있는 검진이 걸렸기에 장건은 공중으로 몸을 띄웠다.

유성추들이 발밑을 지나쳐 갔다. 그와 동시에 다섯 인영이 그를 따라 공중으로 쫓아 올라왔다. 검진을 짜고 있던 대주 이하 다섯 명이 그가 몸을 띄우는 즉시 기다렸다는 듯 진을 해체하고 그를 쫓아 뛰어오른 것이다.

일사불란한 동작으로 미루어볼 때 암영대의 미리 약속된 공격 방식임이 분명했다.

장건에게 파고드는 동작들도 다섯 명이 제각각이었다. 장건은 정면으로 뛰어오르며 그와 가장 가까운 직선거리로 쾌검을 날렸고, 한 명은 그의 후위로 파고들며 등 뒤에서 검을 찔러 넣었다. 둘은 좌우로 파고들며 그의 양팔을 노렸고, 마지막 한 명은 그의 밑에서 솟구쳐 올라오며 퇴로를 완벽히 봉쇄했다.

다섯 명의 검이 동시에 오방에서 파고들어 왔기 때문에 장건이 새처럼 위로 날아오르지 않고서야 도저히 막을 수가 없을 듯 보였다.

다섯 개의 검이 접근해 오자 장건은 우수를 기쾌하게 돌렸다. 그의 손에 들린 제룡검이 쭉 뻗어 나오며 우측으로 쏘아져 나갔다.

우측의 대원은 이를 악물고 닥쳐드는 제룡섬과 맞부딪쳤다.

퍽!

제룡섬은 방어를 뚫고 들어가 그의 명치를 꿰뚫었다. 그러나 대원은 허무하게 쓰러지지 않았다. 그는 가슴이 뚫린 상태에서도 몸을 회전시켜 빠져나가려는 제룡섬을 자신의 몸에 친친 감았다. 자기 몸을 희생하여 제룡섬을 장건이 회수되는 것을 막아내려는 의도였다.

제룡섬이 회수되지 않자 장건의 신형은 멈칫거렸고, 암영대주 등 네 명은 쾌재를 부르며 그를 향해 검을 일제히 뻗었다.

그 순간, 장건은 탈영보를 극성으로 시전하여 몸을 가볍게 하고는 제룡섬을 잡고 있는 우수를 확 잡아당겼다. 그러자 제룡섬이 그에게 딸려 들어오는 것이 아니라 그의 몸이 제룡섬과 얽힌 채 추락하고 있는 암영대원에게로 휙 딸려갔다.

장건의 신형이 빠져나간 공간에는 뒤따라온 네 명의 검이 일제히 스쳐 지나갔고, 헛손질한 네 명의 눈에는 당황한 기운이 스쳐 갔다. 헛손질과 함께 공중에서 교차한 네 명은 서로의 손을 잡고 그것을 지지대 삼아 공중에서 몸을 돌렸다. 방향 전환에 성공한 그들은 죽은 대원과 함께 추락하고 있는 장건을 향해 일제히 따라붙었다.

장건에게 바싹 따라붙은 암영대주가 먼저 그의 등을 향해 일검을 날렸다. 장건은 제룡섬에 아직도 엉겨 붙어 있는 대원의 시체를 잡아 자신의 몸 앞으로 이끌어 그의 검을 막아냈다.

검을 막아냄과 동시에 옆구리 쪽으로 날카로운 예기가 파고들어 왔다. 쫓아온 다른 대원이 내지른 일검이었다. 장건은 좌수의 용완구로 그 검을 튕겨낸 다음 좌측 팔을 쭉 펼쳤다. 그러자 팔 소매 속에서 대붕수가 튀어나와 대원의 머리를 꽉 붙들었다.

그때 또 다른 대원이 머리 위에서 떨어져 내리며 일검을 날렸고, 장건은 대붕수에 붙들린 대원을 몸 앞으로 끌어당겨 검의 진로를 막았다. 파고들던 대원의 검은 어이없게도 동료의 머리를 꿰뚫고야 말았다. 공중에서 다섯 명 중 두 명이 목숨을 잃은 가운데 장건과 대주 등 세 명은 한데 뭉쳐 바닥으로 떨어져 내렸다.

바닥으로 떨어짐과 동시에 장건은 우모침을 날려 한 명을 격살했다. 남은 한 명의 오장과 암영대주가 눈에서 불을 뿜으며 덤벼들었다. 검을 뽑아 막기에는 너무도 가까운 거리, 그러나 장건의 손에는 이미 길쭉한 검병이 들려 있었다. 그 안에서 튀어나온 매미처럼 얇은 은형검의 검날이 오장의 목을 날리고, 그 다음 대주의 심장에 틀어박혔다.

과정은 복잡했지만 공중에 떴다 떨어진 직후까지의 시간은 매우 짧았다. 그 짧은 시간 동안 암영대주를 비롯한 네 명의 오장이 모두 죽임을 당하고 만 것이다.

그 순간 주변을 포위하고 있던 잔여 암영대원 전원이 일제히 장건에게로 달려들었다. 그들은 동시에 몸을 날리며 들고 있던 유엽도를 던졌다. 암영대 비전의 합격비도술이었다. 대원들의 내기가 가득 실린 열여섯 개의 비도가 장건의 전 방위에서 꽂혀 들어왔다.

치명적인 위기였으나 장건은 당황하지 않았다. 그들이 비도술을 시전하는 찰나지간의 시간 동안 시체에 엮인 제룡환을 빼냈고, 빼냄과 동시에 제룡환을 쭉 펼쳤다. 환이 검이 되고, 검이 편이 되었다. 계속 늘어나던 제룡편이 삼 장의 길이에 도달한 순간, 장건이 뿜어낸 혼천일기공의 검기가 그 안에 충천했다. 가닥가닥 끊어지던 편의 마디마디는 검기로 일체화되었고, 흐느적거리던 제룡편은 충천하는 검기로 꼿꼿한 일직선이 되었다. 그러자 편은 장장 삼 장에 달하는 거대한 길이의 검으로 변해 버렸다.

검기가 제룡편의 끝까지 도달하는 순간, 장건은 제자리에서 팽이처럼 회전했다. 회전하는 그의 움직임에 따라 한없이 늘어난 제룡검도 함께 회전했다.

거대한 은빛의 원이 그려졌다. 삼 장에 달하는 원의 회전 반경에 걸린 모든 것이 파괴되었다. 날아오던 비도도, 몸을 날렸던 암영대도.

비도의 파편이 공중에 흩뿌려졌고, 피보라가 땅 위로 비산했다.

혼천일기공 최강의 초식, 혈월강림(血月降臨)의 결과였다.

"마, 말도 안 되는……!"

풍천수는 경악한 얼굴로 말을 잇지 못했다. 삼십 명의 암영대 정예가 단 한 명에게 남김없이 주살되는 광경이 눈앞에서 펼쳐지고 있었다. 그들의 막강한 실력을 익히 알고 있었기에 눈으로 보고도 도저히 믿지 못할 일이었다.

"말도 안 되는 일이지, 참? 나도 눈으로 보고도 믿질 못하겠어."

그에게 맞장구치는 목소리가 옆에서 들려왔다. 풍천수는 정신이 번쩍 들었다. 젊은 여인의 목소리였기 때문이다. 금도회의 무사 중에 젊은 여인은 없었다. 그렇다면……?

어느새 그의 곁에 와 있던 조비연이 황급히 돌아보는 그를 향해 일격을 날렸다. 넋이 나가 있던 풍천수는 변변한 반격조차 못해보고 땅바닥에 고꾸라졌다.

"풍천수가 사로잡혔다! 모두 항복하라!"

이미 장건의 믿어지지 않는 신위로 인해 사기가 바닥으로 떨어진 금도회였다. 회의무사들은 외침을 기다렸다는 듯 들고 있던 무기를 바닥에 집어 던졌다.

금도회 본타에서의 전투는 그렇게 서문세가의 대역전승으로 귀결되었다. 그러나 화근의 불씨가 모두 사라진 것이 아니었다.

제10장
장건, 이겁을 얻다

장건, 이검을 얻다

와장창창!

기물이 파손되고, 하인들이 쓰러졌다. 바로 오늘 저녁까지만 해도 귀한 손님으로 대우를 받던 자들이, 세가를 위해 싸우겠노라고 출진했던 자들이 다시 들이닥쳐서는 일대 행패를 부리고 있었다.

강남오협, 사실은 광오랑이 이끄는 무리들은 세가 무사들이 빠져나간 세가로 다시 돌아와 약탈과 방화를 서슴지 않았다.

본색을 드러낸 승냥이 떼는 건물로 들어가 값나가는 물건들을 끌어모았고, 저택의 시비들을 붙잡아 강간을 하는 등 온갖 패악을 저질렀으나, 그들을 막아낼 무사들은 모두 다른 곳에 있었다.

이 승냥이 떼를 저택으로 불렀던 왕선군 역시 호된 곤욕을 치르고 있었다.

소동이 이는 것을 보고 자신의 거처에서 뛰쳐나오던 왕선군은 마침 안으로 들어오고 있던 자신의 사형 동관승에게 붙들려 방 안으로 끌려 들어갔다.

"사, 사형! 대체 이게 무슨 짓이에요?"

자신의 침상 위에 팽개쳐진 왕선군은 공포심 어린 눈으로 동관승을 보며 외쳤다.

동관승은 짐짓 미안한 표정으로 대꾸했다.

"이거 미안하게 되었구나, 사매. 사실 여기 올 때까지만 해도 이럴 마음이 별로 없었는데, 막상 와서 이곳 세가의 처지를 알게 되니까 욕심이 일더구나. 이 정도면 충분히 기보를 빼앗아 갈 여지가 있겠구나, 하고 말이다."

"기, 기보라뇨, 설마……."

"그래, 여기서 가져갈 기보라는 게 뭐가 있겠느냐. 천하제일검 말고."

"사형, 정신이 나간 거예요? 본산에서 사형의 행태를 가만 두고 볼 것 같아요? 사형이 이런 패륜을 저지르고 이검을 빼앗아간다면 무림공적으로 몰려 강호에서 살아남지 못할 거예요!"

동관승은 코웃음을 치며 말했다.

"점창파로 겁을 주려고 해도 소용없다, 사매. 어차피 나야 본산에서 내놓은 자식 아니었느냐. 이제껏 찬밥 신세 받고 살았는데 조금 더 괘씸해진들 무슨 상관이 있으랴. 게다가 이검을 가져가기만 하면 점창파와는 비교도 할 수 없는 든든한 배경이 생기는데 내가 무얼 망설이겠느냐."

본산 얘기를 들먹여도 동관승이 꿈쩍도 하지 않자 왕선군은 바짝 얼어붙은 채 파르르 떨 뿐이었다.

그런 양선군의 반응을 지켜보던 동관승은 갑자기 군침을 꿀꺽 삼키며 한 발 앞으로 다가갔다.

왕선군은 그가 접근해 오자 덜덜 떨며 외쳤다.

"무, 무슨 짓을 하려는 거죠?"

동관승은 흉소를 흘렸다.

"흐흐. 사매, 내 이제껏 사매와 의남매를 맺고 돈독한 정을 쌓아왔으나, 사실 그 정은 연모에 가깝다고 봐도 무방할 것이다. 사매가 서문세가의 후처로 들어갔다는 말을 듣고 내가 얼마나 상심했는지 모를 게다. 그 한을 오늘에야 풀겠구나."

"이익!"

왕선군은 발악하듯 손을 휘둘렀다. 점창파의 금나수를 구사한 것이었지만 무공에서 손을 뗀 지 십여 년이 흐른 그녀가 내지르는 서투른 손짓에 당할 동관승이 아니었다. 동관승은 가볍게 그녀의 손목을 잡아 꺾고는 그 위로 덮쳤다.

"이거 놔!"

왕선군이 발버둥을 쳤지만 동관승은 그녀의 두 팔을 한 손으로 결박하고 다른 손으로는 옷을 벗겼다. 중년에 가까운 나이임에도 매끈하게 빠진 그녀의 나신이 드러나기 시작했다.

동관승은 왕선군의 상의 속으로 거칠게 손을 집어넣어 풍만한 가슴을 주무르며 음소를 흘렸다.

"흐흐. 사매, 이날을 내가 얼마나 오랫동안 기다렸는지 모를 게다. 이제 너와 나는 한 몸이 되는 거야!"

왕선군은 힘겹게 저항하며 외쳤다.

"닥쳐요! 난 남편이 있는 몸이에요!"

"그 남편은 지금쯤 내 동생들의 손에 토막난 상태일걸?"

그 말에 왕선군의 몸이 벼락을 맞은 듯 흔들렸다.

"무, 무슨 뜻이에요? 벌써 손을 썼다는 거예요?"

"아마도. 동생들한테 이검을 찾으라고 시켰거든. 근데 이검이 그의 방에 보관되어 있지 않나. 만일 그가 이검을 뺏기지 않으려고 저항했다면 성미 급한 동생 녀석들이 참지 않았을 거야. 하긴 저항하지 않았어도 참지 않았을지도 모르지. 하핫!"

잠시 멍하니 있던 왕선군은 올라탄 동관승을 잡아 죽일 듯이 덤벼들었다.

"이 나쁜 자식! 패륜아! 사문의 수치!"

동관승은 왕선군이 성가시게 덤벼들자 그녀의 뺨을 세게 올려붙였다.

왕선군은 힘없이 나가떨어졌고, 하의까지 벗어 제친 동관승이 널브러진 그녀의 위로 덮쳤다.

그 순간, 방문이 부서지며 날카로운 예기가 그의 뒤편에서 파고들었다.

"음?"

동관승은 촉망 중에도 재빨리 몸을 틀며 한 발을 휘돌려 닥쳐드는 검을 든 손목을 걷어찼다.

"큭!"

검의 임자는 짧은 신음성과 함께 동관승의 발에 강타당한 손목을 부여잡고 뒤로 물러섰다.

"애송이?"

하물을 덜렁거리며 침상에서 걸어 나와 검을 잡고 적과 대치한 동관승은 어이없는 듯 상대를 바라보았다. 습격자는 다름 아닌 서문정이었다.

"아정! 네가 어떻게 여길……!"

정신을 차린 왕선군이 신음성을 토해냈다.

"엄마!"

그때 부서진 방문을 넘어 어린 두 소녀가 뛰어들어 왔다. 소녀들은 왕선군에게 달려가 안겼다.

"소현아! 소미야!"

왕선군은 안긴 소녀들을 꼭 끌어안았다. 두 소녀는 그녀가 낳은 친자식인 서문소현과 서문소미였다. 아직 열세 살, 열한 살밖에 안 된 어린 소녀들이었다. 그런데 둘 다 신색이 좋지 않았다. 옷이 여기저기 찢겨져 있었고, 서문소현은 뺨을 얻어맞은 듯 볼이 부어 있었다.

"대체 어떻게 된 거니? 왜 이런 꼴로……."

서문소미가 울먹이며 말했다.

"동 백부가 데려온 아저씨가 언니와 날 막 때리고 옷을 벗겼어! 그런데 아정 오빠가 구해줬어!"

"아정이……?"

왕선군은 믿을 수 없는 듯 서문정을 바라보았다. 정황을 보아하니 겁간당하려는 두 딸을 그가 구해준 모양이었다. 그러고 나서 이 방까지 들어온 듯했다.

벗어 던졌던 하의를 추려 입으며 이 대화를 듣고 있던 동관승이 피식거렸다.

"이거 위기의 세가에 소년 영웅이 탄생하셨군. 구박하던 양어머니와 동생들을 구해내다니, 강호에 널리 칭송될 행동이다만 애석하게도 밖으로 알려지지는 않을 듯하군. 오늘 여기서 다 죽게 될 터이니 말이다."

그 순간 그에게서 눈을 떼지 않고 있던 서문정이 지체없이 달려들었다. 하의를 입는 중의 엉거주춤한 자세를 노려 공격을 강행한 것이다.

적절한 판단이었으나 애석하게도 그와 동관승은 무공의 격차가 너무 컸다.

동관승은 한 손으로는 하의를 추스르면서 다른 한 손에 들린 검으로 그의 검세를 여유있게 막아냈다. 서문정은 이를 악물고 검을 휘돌렸으나 동관승이 바지를 다 입을 때까지 장난스럽게 휘두르는 그의 검을 전혀 뚫고 들어가지 못했다.

"이거 어쩌나, 바지를 이제 다 입었으니."

동관승이 안타깝다는 듯 혀를 차는 순간 서문정의 검이 빠르게 그의 하복부를 향해 찔러갔다.

동관승은 검을 부러뜨릴 요량으로 자신의 검을 닥쳐드는 검날을 향해 휘돌렸다.

막 검과 검이 충돌하려는 순간, 서문정의 검의 궤도가 갑자기 비틀어졌다. 마치 살아 오르는 잉어처럼 튀어 올라 방심하고 있는 동관승의 목젖으로 찔러든 것이다. 장건에게 배웠던 태령검법상의 수법인 엽견추호였다.

"헛!"

동관승은 다급히 헛바람을 토하며 몸을 비틀었다. 그러나 목젖을 스치고 간 서문정의 검이 턱 아래에 작은 자상을 남기는 것을 피하지는 못했다.

턱을 만져 보고 피가 나는 것을 알아차린 동관승은 잠시 간담이 서늘해졌다. 만일 조금만 더 방심하여 넋을 놓고 있었다면 애송이한테 목이 꿰뚫렸을 수도 있었던 것이다.

"이 건방진 꼬마 놈… 오늘 살아서 이 방을 걸어나갈 생각은 포기하거라!"

동관승은 차디찬 살기를 눈에서 흩뿌리며 서문정에게로 다가갔다.

서문정이 다시 일검을 날렸으나 동관승은 그 검은 신경 쓰지도 않고 발을 차올렸다.

"컥!"

검을 뺄 새도 없이 배를 걷어차인 서문정은 붕 떠서 날아가 방 벽에 처박혔다. 서문소현과 소미가 비명을 질렀고, 왕선군은 두 소녀의 눈을 가렸다.

"이 망할 자식! 아비도 눈에 거슬리더니 자식새끼까지 내 성질을 건드리는구나. 너 오늘 죽어봐라!"

동관승은 쓰러진 서문정을 마구 밟아대기 시작했다. 배를 몇 번 걷어차인 서문정은 피를 토하기 시작했다.

"제발 그만둬요! 애가 죽겠어요!"

왕선군이 발작적으로 외쳤지만 동관승은 발길질을 멈추지 않았다.

"지금 죽으라고 이러고 있는 것을 몰라서 그러나? 이 자식! 이 자식!"

한참 밟아놓고도 분이 안 풀리는 듯 동관승은 널브러져 있는 서문정의 먹살을 잡고 끌어 올렸다. 그리고 실신한 서문정의 머리를 향해 주먹을 날렸다.

그 순간, 방 안으로 한 인영이 벼락같이 뛰어들어 왔다.

"놈! 애를 놔줘!"

동관승은 다급히 손을 멈추고는 몸을 돌리며 먹살을 잡고 있던 서문정을 닥쳐드는 그림자를 향해 집어 던졌다. 그의 예상대로 나타난 인영은 공격을 멈추고 서문정을 재빨리 받았다. 그때를 놓치지 않고 동관승의 검이 서문정의 등을 찔러갔다. 서문정과 인영을 한꺼번에 꿰뚫으려는 의도였다. 그 순간 인영이 쳐든 검이 서문정과 동관승의 검을 가로막았다.

콰앙!

폭죽 같은 음향이 일었고, 동관승은 충돌의 여파로 뒷걸음질쳐 벽까지 밀려났다.

동관승은 눈을 크게 떴다. 자신을 다섯 발짝이나 밀려나게 할 수 있는 고수가 이 텅 빈 세가에 도사리고 있었다니!

고수는 들고 있던 서문정을 왕선군의 침상에 천천히 내려놓았다. 바들바들 떨며 그를 보고 있던 왕선군의 눈이 커졌다.

"다, 당신……? 어, 어떻게……?"

서문강조는 편안한 웃음을 보이며 말했다.

"고생 많았소, 부인. 이제 걱정하지 마시오."

동관승은 그를 믿을 수 없다는 듯 바라보며 말했다.

"네, 네놈이 어떻게 여기에? 내 동생들이 가만 놔두지 않았을 텐데?"

서문강조는 이글거리는 눈으로 동관승을 응시하며 말했다.

"네놈의 동생들은 모두 절명했다, 동관승. 이제 네 차례다."

동관승은 한순간 부르르 떨더니 발작적으로 외쳤다.

"말도 안 되는 소리! 내상을 입고 독에 중독당한 네까짓 놈에게 우리 동생들이 다 죽었다고?"

"믿을 수 없다면 한번 덤벼보아라. 내 말이 사실인지 몸으로 확인해 보란 말이다."

서문강조의 말에 동관승은 검을 번쩍 쳐들었다.

일단 자세를 갖추자 잔뜩 달아올랐던 그의 두 눈은 조금씩 침착함을 되찾았다.

'놈이 저렇게 자신만만한 것으로 보아 동생들을 처리했다는 말이 아주 허언은 아닌 듯하군. 그러나 몸이 성치 않은 놈이니 내가 시간을 끌수록 점점 유리해지겠지. 게다가 밖에는 아직도 내 수하들이 잔뜩 몰려 있다. 그 녀석들을 끌어들인다면 승산은 내게 있다!'

마음을 굳힌 동관승은 밖을 향해 버럭 소리를 질렀다.

"모두 이곳으로 와라! 처단할 자가 여기 있다!"

"소용없는 일이다!"

서문강조가 외치며 달려들었다.

동관승의 눈에 득의의 빛이 비쳤다. 그는 서문강조가 먼저 달려들기를 기다리고 있었던 것이다.

닥쳐드는 상대를 역공으로 쓰러뜨리는 것, 그것은 점창파 사일검법의 가장 기본적이면서도 필살의 검초였다. 동관승의 검이 사일검의 절초를 구현하며 덤벼드는 서문강조를 향해 섬전같이 파고들었다.

일직선으로 파고들어 오는 동관승의 검과 맞닥뜨리는 순간, 서문강조의 검이 폭풍 같은 검기의 회오리를 뿜어냈다.

콰앙!

회오리에 휩쓸린 동관승의 검은 산산조각으로 부서졌고, 부서진 파편 조각이 뒤섞인 검기의 여파에 휩싸인 동관승은 비명을 지르며 나가떨어졌다. 그의 온몸에는 검의 파편이 박혔고, 입에서는 피가 꾸역꾸역 흘러나오고 있었다.

서문강조는 쓰러진 동관승에게로 다가갔다. 그는 이미 절명해 있었다. 욕심을 지나치게 부린 자의 비참한 최후였다.

착잡한 표정으로 그의 시체를 바라보던 서문강조는 몸을 돌렸다. 그러자 뜻밖의 광경이 눈에 들어왔다. 침상 위의 왕선군이 자신의 두 딸을 놔둔 채 서문정을 끌어안고 눈물을 흘리고 있었던 것이다.

서문강조의 입가에 잠시 흐뭇한 웃음기가 걸렸다. 사이가 극도로 좋지 않던 아내와 아들이 화해할 수 있는 계기가 마련된 것 같았다.

서문강조는 곧 표정을 바꾸고 서문정에게로 다가갔다. 지금은 그의 상세를 살피는 것이 우선이었다.

왕선군에게서 서문정을 넘겨받은 서문강조는 신중한 표정으로 그의 명치에 장심을 대고 진찰을 했다.

"어, 어때요?"

왕선군이 걱정 가득한 얼굴로 물었다.

서문강조는 천천히 몸에서 손을 떼고는 안도한 표정으로 말했다.

"다행히 생명에 지장은 없소. 내상이 깊긴 하지만 치료가 가능할 거요."

"다행이에요, 정말 다행이네요."

왕선군은 눈물 어린 얼굴을 한 채 기절한 서문정을 쓰다듬으며 말했다.

그 광경을 보며 흐뭇한 표정을 짓던 서문강조는 잔당을 처리하기 위해 방 밖으로 나섰다.

그가 밖으로 나가자 상황은 이미 반전되어 있었다. 세가에 갔던 사람들 중의 일부가 어느새 돌아와 광오랑의 잔당을 소탕하고 있었다.

돌아온 사람 중에는 장건이 끼어 있었다. 거기에 서문강조까지 가세

하자 곧 잔당들은 모두 항복하고 말았다.

승리의 함성이 울리는 가운데 서문강조는 장건에게 다가가 눈을 비비며 말했다.

"무사히 돌아온 것을 눈으로 보고도 믿을 수가 없군. 설마 그 인원으로 금도회를 이겨낸 것인가?"

장건은 엷은 미소를 띤 채 대꾸했다.

"말씀드렸지 않습니까, 대경방과 금도회는 제가 처리해 드리겠다고요. 전 허언을 하지 않습니다."

서문강조는 기가 찬 듯 헛웃음을 흘렸다.

긴긴밤이 지나고 서서히 아침 해가 어둠을 밝히고 있었다.

믿어지지 않는 큰 승리를 거두고 남창을 평정한 서문세가에서는 잔치가 이어지고 있었다.

잔치의 여흥이 깊어져 가는 한밤, 서문강조는 장건을 따로 불러 자신의 거처로 이끌었다.

"약속을 이행해야 할 것 같아서 말일세. 오늘 이검을 주도록 하지."

"아직 성검회 시험일까지는 시일이 많이 남았습니다만."

"아닐세. 검이란 것이 손에 익으려면 기간이 필요하지 않나. 가문을 살려준 은인에게 그 정도도 해주지 못한다면 내 얼굴을 들고 돌아다닐 수가 있겠나."

서문강조는 거처 지하에 있는 비밀 금고로 가서 그곳에 보관된 은으로 만들어진 검갑을 끄집어냈다.

은검갑이 열리자 그 안에서는 보석이 가득 박혀 있는 검집이 눈에 띄는 보검이 한 자루 나왔다.

"이거, 생각했던 것보다 상당히 요란하군요."

장건이 검을 들고 말하자, 서문강조는 웃으며 대꾸했다.

"검집만 요란하다네. 사실 그 검집은 검이 본 가에 들어온 다음 아버님께서 특별히 따로 제작한 것이지. 원래 검집은 검갑의 아래쪽에 들어 있네. 사실 검과 검집 모두 천하제일검에 어울리지 않게 전혀 장식이 없어서 매우 밋밋하게 보인다네."

과연 그의 설명대로 검갑의 아래쪽에는 평범한 가죽 검집이 들어 있었다.

장건은 검을 검집에서 빼 보았다.

스르릉!

듣기 좋은 검명(劍鳴)과 함께 광채를 발하며 검신이 뽑혀져 나왔다.

장건은 감탄한 눈빛으로 검을 이리저리 돌려 살펴보았다.

"이거… 정말 좋은 검이로군요!"

화려한 검집에서 빼낸 검은 서문강조의 말처럼 장식 하나 없이 밋밋하기 짝이 없는 모양이었지만, 손으로 잡아보는 순간 장인이 얼마나 신경 써서 만든 검인지를 느낄 수 있었다.

우선 손에 잡히는 검병이 전혀 거리낌없이 잘 잡혔고, 손이 아주 편했다. 그리고 무게도 무겁지도, 가볍지도 않은 정도로 편안한 느낌이었다. 처음 잡아본 검임에도 불구하고 항상 휴대하던 검처럼 느껴지는 물건이었다.

게다가 무엇보다도 검에 내재된 예기가 범상치 않았다. 검집에서 뽑혀지면 마치 혼을 꿰뚫을 듯한 날카로움을 발하는 명검을 장건은 여러 차례 보아왔다. 그러니 지금의 검처럼 그 날카로운 예기가 검신 내부에 잘 갈무리된 검은 본 적이 없었다. 마치 일정 경지를 넘어서서 반박

귀진(返璞歸眞)에 다다른 고수처럼, 이검은 자신의 예기를 뽐내지 않고 은은히 감추어놓고 있었다.

"감사합니다. 검의 이름에 더럽히지 않도록 잘 쓰겠습니다."

"감사는 무슨. 자네의 지략과 활약이 아니었다면 본 가는 지금쯤 폐가가 되어 있었을 텐데."

서문강조는 진심으로 장건에게 고마워하고 있었다.

"그런데 한 가지 궁금한 게 있네. 내 증상이 심해져서 출전이 불가하다고 한 말은 거짓이었나?"

장건은 가볍게 웃으며 대꾸했다.

"그렇습니다. 저도 강남오협의 배신을 확신할 수는 없었기에 가주에게 그에 대비하여 이곳에 남으시라는 말을 하기가 좀 그렇더군요. 게다가 남아달라고 요청해 봐야 그 말을 들을 가주도 아니셨고요. 그래서 약을 좀 강하게 써서 가주를 좀 나른하게 만들고 중독 증세가 심해져서 출전이 불가능하다고 했던 것이지요."

서문강조는 껄껄 웃으며 고개를 저었다.

"괘씸하기 짝이 없는 행동을 했군. 어쨌든 결과가 좋으니 다 용서해 주겠네. 한데 자네의 치료약은 정말 신묘하군. 약기운에 취해 자고 일어나 보니 심신이 그렇게 가뿐할 수가 없었네. 놈들과 싸우는 데 있어서 전혀 걸리는 것도 없었고. 이제 독은 다 완치된 것인가?"

"물론 다 완치되었습니다. 그런데 단순히 몸 상태가 좋아지기만 하셨습니까? 다른 느낌은 없으신지요."

장건의 질문에 서문강조의 눈이 번득였다. 그는 장건을 응시하며 말했다.

"아닌 게 아니라 확연히 달라진 것이 있었네. 어제 동관승 놈과 싸울 때 느낀 것이지만 내상이 치유된 것은 물론이고 이전보다도 공력이 증가했다는 느낌이 들었거든. 놈은 더러운 인간이긴 하나 검술 실력 하나만큼은 상당한 놈인데, 그런 놈을 일합에 쓰러뜨리고 보니 실력이 는 것인지 놈이 약해진 것인지 분간이 잘 가지 않았네."

"실력이 느신 겁니다. 제가 치료약에 가주의 공력을 키울 수 있는 성분을 포함시켰으니까요."

서문강조는 눈에 이채를 띠었다.

"공력을 키울 수 있는 성분이라니? 무슨 영약이라도 섞었단 말인가."

"엄밀히 말하자면 성분을 포함시켰다기보다는 치료약 자체에 그 성분이 이미 포함이 되어 있었다고 봐야지요. 가주의 내공과 조화하고 내공을 성장시킬 수 있는 성분이."

"무슨 말을 하는지 잘 못 알아듣겠군. 대체 무슨 약을 쓴 건가?"

"현명단을 썼습니다."

장건의 대답에 서문강조는 깜짝 놀랐다.

"현명단? 설마 사대신약 중의 현명단 말인가? 만독을 치료할 수 있다는? 그걸 자네가 가지고 있었다고?"

장건은 고개를 끄덕였다.

"그렇습니다. 현명단은 만독을 치료할 수 있는 영약이기에 가주의 중독 증세가 단박에 치유된 거였지요."

"한데 그 현명단에 내 내공을 증가시킬 수 있는 성분이 포함되어 있었단 말인가?"

"아무나 내공을 증가시킬 수 있는 것은 아닙니다."

"그럼?"

"사대신약, 그중에서도 오행신단을 복용한 자만이 내공 증진이 가능하지요. 이른바 '합환의 비술'을 가능케 하는 효능 중의 하나입니다."

"……!"

서문강조의 눈이 전에 없이 커졌다. 장건은 그런 그를 똑바로 바라보며 말했다.

"가주께서는 오행신단을 복용하신 적이 있습니다. 그렇죠?"

서문강조는 한참 동안 침음하다가 입을 열었다.

"그렇네. 오행신단을 복용했었네."

"한데 제가 며칠 전 물어봤을 때는 왜 부인하셨습니까?"

"…그럴 만한 사정이 있었네."

"제게 그 이유를 말씀해 주시지 않겠습니까?"

서문강조는 장건을 똑바로 바라보며 말했다.

"꼭 알아야겠나?"

"그렇습니다. 제겐 알아야 할 사정이 있습니다."

"어떤 사정인가?"

"사실 저는 오행신단을 복용한 자만을 노리는 살수를 추적하고 있습니다. 가주께서는 지금껏 오행신단을 복용한 사실을 숨기고 살아오셨는데, 혹시 그러한 행동을 하신 연유가 신변의 위험을 감지하고 그러신 것이 아닌가 싶어서 물었던 것입니다."

"으음… 자네가 그런 일을……."

서문강조는 침묵에 잠겼다. 한참을 고민하던 그는 결국 입을 열었다.

"십 년을 입을 닫고 살아왔네만 가문의 은인의 요청까지 거부하면서 지킬 비밀도 아닌 듯하군. 그래, 자네가 그 살수를 쫓고 있는 거라면 설명해 줘도 되겠지."

장건의 눈이 반짝였다. 역시 서문강조는 실수를 의식하여 오행신단의 복용 사실을 쉬쉬해 온 것이었다.

"참으로 부끄러운 얘기일세. 내 부친이 의문의 죽음을 당한 것을 알고 있을 걸세."

"알고 있습니다."

장건은 고개를 끄덕였다. 서문세가의 전임 가주 서문운은 십 년 전 정체를 알 수 없는 자객에게 살해를 당했다. 서문세가에서는 백방으로 자객의 정체를 수소문했으나 끝내 그가 누구인지를 알 수 없었다.

"당시 부친 말고는 누구도 그 자객을 보지 못한 것으로 알려져 있었네만, 실은 본 가에서 자객과 처음 맞닥뜨렸던 사람은 부친이 아니라 바로 나였네."

서문강조는 당시의 기억을 떠올리기 괴로운 듯 침통한 표정을 지었다.

"야심한 밤이었지. 밖에서 들리는 이상한 소리에 홀로 걸어 나왔더니 괴한 한 명이 나를 기다리고 있더군. 놈은 일부러 나를 끌어내려 소리를 낸 거였어. 놈은 검은색 일색의 차림에 복면까지 하고 있었기 때문에 나이나 성별을 도무지 짐작할 수 없었지. 놈은 나를 보더니 다짜고짜 묻더군. 네가 서문강조냐고. 난 그렇다고 했지. 당시만 해도 나는 내 무공에 강한 자신감을 가지고 있었기 때문에 굳이 소리를 지른다거나 하여 세가 식구들을 부를 필요성을 느끼지 못했네. 내 손으로 당해 내지 못할 상대는 없다고 생각했어. 그러나 그러한 자신감은 놈과 손을 섞은 지 불과 칠 초 만에 산산조각났네. 그 칠 초 중 육 초는 놈이 내 공격을 막기만 한 횟수였고 놈이 공격한 횟수는 단 일격이었네. 일격에 내가 쓰러져서 바닥을 뒹굴자 놈은 실망한 표정으로 중얼거리더군. 오행신단을 복용한 것치고는 너무 약하다고 말일세."

"자객이 가주의 오행신단 복용을 확인했단 말이군요."

"그렇네. 나는 너무도 참담한 패배의 충격에 사로잡혀 아무 소리도 못하고 쓰러져 있었지. 놈은 나를 처리하려는 듯 칼을 빼 들고 다가왔네. 그때 마침 선친께서 나타나셨네. 선친께서는 당장 그 손을 거두라고 하셨고, 놈은 내 목에 칼을 겨눈 채 선친에게 묻더군. '영감, 영감의 아들이 오행신단을 복용한 것이 맞나? 그런 것치고는 너무 약한데. 혹시 영감이 먹은 것 아닌가?' 그 질문을 받자 선친은 놈이 노리는 것이 무엇인지 낌새를 알아차리셨는지 대뜸 이렇게 대답하셨네. 오행신단은 당신께서 복용하셨다고. 그러니 나를 놔주고 당신에게 덤비라고 말일세."

서문강조는 참괴한 표정으로 말을 이었다.

"그러자 놈은 나를 놔두고 부친과 격돌했네. 전대의 천하십대고수였던 부친께서는 놈과 오십여 초 가까이를 겨루셨네. 그러나 워낙 고령이시고 젊을 적에 입은 상처가 도져 몸이 많이 약해지신 상태였기 때문에 놈의 공세에 끝까지 버티질 못하셨어. 결국 부친은 놈의 손에 쓰러지셨고, 그때서야 사단이 벌어진 것을 알아차린 세가 식구들이 우르르 몰려나왔지. 부친에 이어서 나에게 손을 대려던 놈은 황급히 사라졌고, 부친은 울부짖는 나에게 유언을 남기셨네. 당신의 복수를 하려거든 석년의 당신을 능가하는 무공을 갖추라고. 그전까지는 꿈도 꾸지 말라고 말일세."

서문강조는 한스러운 듯 긴 한숨을 내쉬었다.

"후우— 그 유언 때문에, 아니, 유언 때문이 아니라 놈의 막강한 무공이 두려웠기 때문에 이때껏 은둔하며 살아왔네. 겉으로는 부친의 원수를 능가하는 무공을 쌓기까지는 놈을 찾지 않겠다는 다짐을 매일같이 했네만, 결국 이제 생각해 보면 놈이 두려웠기 때문에 찾을 엄두도 못 냈고, 또 오행신단을 복용한 것도 쉬쉬해 온 걸세. 행여 내가 신단을 복용했다는 사실이 흘러나가면 놈이 다시 나를 죽이러 세가로 찾아올까 무서웠던 걸세."

모두 다 털어놓는 서문강조는 홀가분한 표정을 지었다.

"말하고 나니까 부끄럽기보다는 속이 다 시원하군. 그래, 자네에게 도움이 좀 되었나?"

장건은 고개를 끄덕였다.

"물론입니다. 한데 놈의 차림새에 특징 같은 것은 없습니까? 그리고 어떤 무공을 썼는지 기억이 나시는지요?"

서문강조는 잠시 생각하다 미안해하는 얼굴로 대답했다.

"차림새의 특징은 별다른 게 없었네. 어두운 밤에 검은 차림의 복면인인지라 더 이상 볼 것이 없었지. 무공에 대해서는… 미안하네만 그것도 딱히 할 말이 없네. 단 일격에 쓰러진 뒤 패배의 충격에 사로잡힌 나는 놈이 부친과 싸우는 것도 제대로 보지 못했었네."

말을 마친 서문강조는 갑자기 뭔가 떠오른 듯 다시 말했다.

"아! 그러고 보니 기이한 점이 한 가지 있긴 했네."

장건은 황급히 물었다.

"그게 뭡니까?"

"놈은 한 자루의 검을 썼네만, 특이하게도 등에 또 한 자루의 검을 메고 있었네. 나랑 싸울 때만 해도 등에 검을 메고 있는 줄도 몰랐는데, 부친이랑 싸우고 있는 것을 넘겨다봤을 때 어깨 위로 뭔가 삐죽 나와 있는 게 보이더군. 척 봐도 검병인 것을 알 수 있었네. 그걸 보고 있자니 패배의 충격에 사로잡혀 망연한 가운데에서도 좀 이상하다는 생각이 들었지. 쌍검을 쓰는 자라면 두 검을 모두 뽑아야 하는 게 정상인데, 그것도 아니고 단지 일검만을 쓰면서 등에 또 검을 차고 있었다니, 참으로 기이한 일이 아니겠나?"

"흐음, 그랬군요."

장건은 무심한 표정으로 고개를 끄덕였다.

장건은 들은 내용을 근거로 범인을 유추해 보았지만 해답을 내기에는 역부족이었다. 활이나 독이 아닌 검을 쓴 것으로 보아 암혼살객이 아닌가 의심되었지만 암혼살객은 그가 행한 일곱 번의 살인에서 언제나 또렷한 강기의 흔적을 남겼었다. 그러나 서문운은 강기에 당하지 않고 검에 당해 쓰러졌다고 하니 범인을 암혼살객이라 확신할 수는 없었다.

'강기를 쓰지 않았다고 해서 암혼살객이 아니란 보장은 없지.'

암혼살객이 범인이라고 알려진 범행은 모두 시체에 강기의 흔적이 있었다. 그러나 암혼살객이 자신의 정체를 알리지 않기 위해 강기를 쓰지 않고 사람을 죽였을 수도 있는 것이다.

활을 쓰지 못할 경우에나 비로소 검을 쓰는 마검혈궁이나 독을 주로 쓰는 혈부용은 분명히 아닌 듯하고, 심정적으로 암혼살객이 범인으로 의심되었으나 서문강조가 말한 얘기만으로 범인을 확신하기에는 근거가 부족했다. 만에 하나 그들 중 하나가 아닌 제사의 인물일 수도 있었기 때문이다.

장건은 서문강조에게 감사를 표했다.

"어려운 얘기를 말씀해 주셔서 감사합니다. 여전히 살수의 정체는 오리무중입니다만, 큰 도움이 되었습니다."

서문강조는 손을 내저으며 말했다.

"인사는 안 해도 되네. 도움이 되었다니 다행일세. 근데 나도 자네에게 좀 묻고 싶은 것이 있네만."

"물어보시지요."

서문강조는 눈을 반짝이며 말했다.

"자네의 진짜 정체가 대체 뭔가? 자네가 요청한 대로 세가 식구들에게 자네가 독을 쓰고 암기를 쓴 사실을 비밀로 하라고 함구시켰네만, 아무리 생각해 봐도 화산의 명문 무공을 익힌 고관대작의 자제가 독과 기병을 써서 수십 명을 몰살시키는 능력을 갖추고 있다는 것이 이해가 가지 않는군. 자네의 진실된 정체는 무엇이며, 어째서 그 살수를 추적하는 것인가?"

장건은 어떻게 대답해 주어야 할지 잠시 고민했으나 곧 결정을 내렸다. 자신의 정체가 불확실하다는 것을 알면서도 이검을 내어준 서문강조에게 사실을 말해 주는 것이 좋겠다는 판단이었다.

"저는 사실 지부대인의 자제가 아니고 도둑입니다."

"도둑이라고?"

"이름을 혹시 들어보셨을지 모르겠습니다, 풍파투도라고."

"으음, 들어보았네. 최근 갑자기 유명해졌더군. 강북제일의 도둑이라고 들었네만."

장건은 속으로 고소를 지었다. 얼마 전까지만 해도 산서제일도니, 하남제일도니 하는 소릴 들었는데 어느새 강북으로 지위가 격상된 모양이었다.

"자네가 도둑이라고? 도둑이면 도둑답게 이검이 필요하면 훔쳐 갈 일이지 어째서 이렇게 의협스러운 행동을 하는가?"

서문강조는 신기한 듯 물었다.

장건은 쓴웃음을 지으며 말했다.

"어쩌다 보니 그렇게 되었습니다. 성검회 초청장을 얻고자 귀공자 신분을 가장했던 것인데, 아정과 인연을 맺게 되어 여기까지 오게 되었군요."

"범상한 신분은 아닐 거라고 예상했건만 이제 보니 의적이었군. 아무튼 그건 그렇다 치고, 살수를 쫓는 이유는?"

"저와 연이 닿는 두 사람이 있는데, 그 살수가 그들의 죽음과 관련이 있을 듯해서요."

장건이 거기까지 말하고 설명을 그치자 서문강조는 더 이상 캐묻지 않았다.

"자네가 도둑이든 강도든 본 가를 구원해 준 것만은 변함없는 사실이네. 본 가는 은원을 결코 잊지 않네. 도움이 필요하거든 언제든 본 가에 연락을 주기 바라네. 본 가 전 무사의 목숨을 걸고라도 자네를 도와주겠네."

"별말씀을. 이검 하나만으로도 족합니다."

서문강조는 웃으며 장건의 어깨를 두드렸다.

"도둑답지 않게 예가 과하군. 아, 그리고 그 검은 돌려줄 시기를 신경 쓸 것 없네. 좋은 검을 구할 때까지 계속 쓰도록 하게."

장건은 거절하려 했으나 서문강조의 의지는 단호했다. 장건은 결국 그의 뜻에 따라 무기한으로 이검을 빌려 받게 되었다.

제11장
장건, 인연의 복잡함에 고심하다

장건, 인연의 복잡함에 고심하다

　　　　　　　　장건은 아직도 시끌벅적한 연회장을 피해 숙소로 돌아왔다. 이검을 한시라도 빨리 휘둘러 보고픈 마음에 빠른 걸음으로 걸어 숙소의 뒤뜰에 들어섰다.

　스르릉!

　검이 뽑히고 검명이 울렸다. 달빛을 머금은 검신이 은은한 광채를 발했다.

　장건은 검을 휘두르기 시작했다. 검신이 밤 공기를 가르며 육합검법과 태령검법과 삼재검법과 유룡검법의 움직임을 빠르게, 느리게, 유연하게, 강맹하게, 가볍게, 무겁게, 그리고 조화롭게 구현했다.

　"후우우우—"

　장건은 긴 호흡을 내쉬며 검무를 멈췄다. 그리 길지 않은 시간이었지만 그의 몸은 땀에 흠뻑 절어 있었다.

"정말 좋은 검이군! 그간 무수한 보검을 겪어보았지만 지금까지 잡아본 중 최고의 검이다. 하지만……."

장건은 잠시 갈등 어린 눈으로 이검을 내려다보았다. 그러다가 이내 고개를 흔들고는 검을 검집에 꽂아 넣었다. 그리고 숙소로 들어섰다.

그는 숙소 한 켠에 마련된 목욕실에 들어갔다. 그리고 하인이 미리 데워둔 욕조에 몸을 담갔다.

모처럼 편안한 마음으로 목욕을 마친 장건은 가벼운 옷차림으로 자신의 방으로 들어왔다.

방문을 열고 들어선 그의 눈이 이채를 띠었다.

그는 처음에 자신의 방이 아닌 줄 알았다. 다탁에는 은은한 향기를 내뿜는 향초가 두 개 켜져 있었고, 침상 위에는 화려한 빛깔의 비단 금침이 깔려 있었다. 그리고 그 위에는 한 사람이 앉아 있었다. 너무도 아름다운 여인이.

여인은 장건 못지않은 가벼운 차림새였다. 분홍빛 나삼 하나만을 걸치고 있었는데 창밖으로 들어오는 달빛에 속이 환하게 비치고 있었다. 여인의 아찔한 몸매가 장건의 눈을 자극했다.

"소저는 뉘시오?"

여인은 뇌쇄적인 미소를 머금은 채 말했다.

"아이, 너무 딱딱하세요, 공자. 무서워서 대꾸도 못하겠는걸요. 일단 여기 앉으세요."

여인은 침상의 옆 자리를 손으로 두들겼다.

물끄러미 여인을 바라보던 장건은 순순히 그녀의 옆으로 가 앉았다.

여인은 환한 미소를 머금은 채 옆에 앉은 장건의 손을 쓰다듬으며 말했다.

"저는 만향루에서 오늘 잔치를 축하하기 위해 불려온 설란이라 하옵니다. 가주께서 특별히 공자를 모시라 하셔서……."

무가의 승전을 축하하는 자리에 기녀가 빠진다면 그것이 오히려 어색한 일일 것이다. 서문세가는 잔치를 열면서 남창의 유명 기루에서 빼어난 미색의 기녀들을 다수 불렀고, 서문강조가 그중에 한 명을 택해 장건에게 보낸 모양이었다.

"가주께서 쓸데없는 일을 하셨군."

장건이 중얼거리자 설란이라 자신을 칭한 여인은 살짝 눈을 흘기며 그의 어깨에 자신의 턱을 걸쳤다. 그리고 그의 귀를 향해 속삭이듯 말했다.

"어머, 제가 쓸데없어 보이나요? 너무하세요, 공자. 이래 뵈도 남창 제일미로 꼽히는 저인걸요."

"호오, 그래?"

장건은 그제야 호기심이 이는 듯 고개를 돌렸다. 그러자 어깨에 턱을 걸치고 있는 설란과 그의 입이 거의 마주 닿을 듯 가까워졌고, 눈과 눈이 마주쳤다.

설란은 가쁜 숨을 토해내며 고개를 내밀어 입술을 장건에게로 가져갔고, 그녀의 나긋나긋한 손은 장건의 홑겹 옷을 가슴에서부터 벗겨냈다.

그때 방문이 벌컥 열렸다.

"야! 예비 신랑! 예비 신부가 궁상맞게 술을 자작해야겠어? 꺼억, 당장 기어 나오지 못해?"

방 안으로 들어선 것은 조비연이었다. 조비연의 얼굴은 불콰하게 달아올라 있었고, 손에는 술병이 들려 있었다. 보아하니 술자리에서 예까지 달려온 듯했다.

"어라? 손님이 와 있네?"

조비연은 비틀거리며 장건과 설란을 보고는 히죽거렸다. 혀도 꼬이고 고수답지 않게 몸을 가누지 못하는 것으로 보아 술을 너무 많이 마신 듯했다. 아마도 다른 사람들이 숙소에 가서 쉬라고 보낸 모양이었다.

"그런데 여자네? 가만, 예비 신랑이 여자를 데리고 있다? 그럼 바람 아냐?"

장건은 고개를 저으며 몸을 일으켜 조비연에게 다가갔다. 그리고는 팔을 붙잡고 방 밖으로 이끌었다.

"많이 취했군. 가자, 방까지 데려다 줄게."

조비연은 그가 이끄는 대로 끌려왔다. 장건은 안도의 한숨을 내쉬었다. 만일 그녀가 조금만 더 제정신이었다면 방금 전의 상황은 이렇게 간단히 끝나지가 않았을 것이다.

조비연의 방은 복도 끝이었다. 그런데 순순히 따라오던 조비연은 방 안으로 들어와 침상에 눕히려 하자 갑자기 거칠게 반항하기 시작했다.

"이거 놔! 예비 신랑이란 자식이 정혼녀를 놔두고 딴 년하고 붙어 있더니, 이제 나까지 덮치려고?"

조비연이 상황을 깨닫는 듯한 발언을 하자 장건은 당혹스러운 표정을 지었다. 워낙 고수인지라 취기가 금방 깨는 모양이었다. 이대로 가다가는 제정신이 들지도 모르는 일이었다.

"자자, 진정하라고. 난 그저 침상에 뉘어주려고 했을 뿐이야. 그게 싫으면 네가 직접 누우라고."

"뭐야, 난 여기 누워서 혼자 잠이나 처자고, 넌 아까 그년이랑 다시 붙어먹겠다는 거야?"

"오해하지 마, 걘 내 여동생이라고. 그러니 이상한 생각 하지 마라."

그러자 조비연의 표정이 갑자기 밝아졌다.

"아아, 그랬구나. 여동생이었구나. 그럼 같이 있어도 이상할 게 없지."

조비연은 안도한 표정으로 침상 위에 풀썩 몸을 내던졌다. 그리고 곧장 코를 골며 잠이 들었다.

장건은 안도의 한숨을 내쉬었다. 말도 되지 않는 변명이었지만 취중의 그녀에게 제대로 먹힌 듯했다. 그는 행여 조비연이 깰까 무서워 이불을 얼른 덮어주고는 재빨리 그녀의 방을 나섰다.

방으로 돌아오자 설란이 가지 않고 여전히 머물러 있었다. 그녀는 침상에 팔을 괴고 머리를 받친 채 길게 누워 있었다. 자세가 바뀌자 나삼이 몸에 착 달라붙게 되어 뇌쇄적인 몸매가 여실히 드러나고 있었다.

장건은 성큼성큼 침상으로 가 그녀의 앞에 걸터앉았다.

"아직 가지 않았군."

설란은 몸을 일으켜 장건의 어깨에 양팔을 둘렀다. 풍만한 가슴의 촉감이 장건의 등으로 전해졌다. 설란은 고개를 장건의 어깨에 괴고는 그의 귀에 대고 다시 속삭였다.

"공자가 그 아가씨를 보내고 다시 오실 줄 알았거든요."

"호오, 그래? 제법 자신이 있는 계집이로구나."

"물론이지요. 가주께서 왜 저를 지목하여 이 방으로 가라 하셨겠어요?"

장건은 몸을 돌려 설란의 가는 허리를 껴안았다. 그리고 그녀를 침상으로 눕히며 그 위로 몸을 올렸다. 설란은 가쁜 숨을 토해내며 그의 허리를 감싸 안았다.

설란의 얼굴 가까이 바싹 얼굴을 갖다 댄 장건은 벌써 달아오른 그녀의 얼굴을 한 손으로 쓰다듬으며 말했다.

"그런데 이상하군. 우리 전에 어디서 본 적 없나?"

설란은 장건의 탄탄한 가슴을 더듬으며 들뜬 목소리로 대꾸했다.

"전 공자님같이 잘생긴 분은 처음인걸요."

"아니야, 날 잘 보라고. 역용을 그렇게 많이 한 것도 아닌데, 정말 못 알아보겠나, 미미?"

장건의 입에서 '미미'란 단어가 나오자 황홀경에 빠져 있던 설란의 얼굴이 찬물을 뒤집어쓴 듯 굳어졌고, 그녀의 눈은 경악에 물들었다.

설란은 다급히 두 손의 손가락을 세워 장건의 요혈을 향해 찔러갔지만 장건의 손이 더 빨랐다. 그의 두 손이 먹이를 낚아채는 사마귀처럼 설란의 양 손목을 잡아챘다. 그의 급소를 향해 쳐 올라오던 설란의 무릎 역시 장건의 두 다리에 의해 저지되었다.

장건은 바동거리는 설란의 몇 군데 혈도를 점했다. 이번에는 전과 다르게 점혈이 되었고, 곧 설란의 움직임은 눈에 띄게 둔화되었다. 장건을 유혹하기 위해 나삼을 입느라 연혼갑을 벗어놓고 온 모양이었다.

설란의 상반신이 마비된 것을 확인한 장건은 천천히 몸을 일으키고는 원독에 찬 눈초리로 자신을 노려보는 설란의 얼굴을 몇 번 쓰다듬었다.

그의 손이 훑어감에 따라 설란의 얼굴에서 살가죽 같은 게 떨어져 나왔고, 곧 설란의 얼굴은 낯익은 증미미의 얼굴로 변모했다.

"오랜만이구나, 미미."

한동안 장건을 노려보던 중미미는 이내 기가 꺾인 눈빛으로 고개를 흔들며 말했다.

"정말 장 가가인가요? 화산파의 제자이며 개봉 지부대인의 둘째 공자 이천휘가?"

"그렇다. 이천휘가 장건이다. 너, 전혀 몰랐나 보구나?"

중미미는 고개를 끄덕였다. 장건이 이천휘란 사실이 정말 놀라운 듯한 표정이었다.

"묻고 싶은 말이 태산이다만, 우선 왜 이천휘를 노린 거지?"

중미미는 생긋 웃으며 대답했다.

"제가 설마 그걸 대답하리라고 기대하시는 거예요?"

"그렇다면 내가 맞춰보지. 이천휘가 오행신단을 복용했으리라 생각하여 죽이러 온 것 아니냐?"

중미미는 깜짝 놀란 표정을 지었다.

"어, 어떻게 그걸……."

"네가 생각하는 것보다는 많은 것을 알고 있다. 소청룡을 죽인 것도 너지?"

중미미는 순순히 고개를 끄덕였다.

"맞아요. 용봉지회에서 혈부용이 살인자가 아니냐는 말이 흘러나와 깜짝 놀랐는데, 그걸 장 가가가 밝혀낸 모양이군요?"

"그렇다. 대답해 줄지 모르겠지만 다시 하나 묻자. 어째서 혈부용 노릇을 하고 있는 게냐?"

중미미는 갑자기 까르르 웃음을 터뜨렸다.

"왜 혈부용 노릇을 하고 있냐고요? 그럼 장 가가는 왜 도둑질을 하고 있나요?"

장건은 잠시 멈칫하다가 대답했다.

"처음에는 먹고살기 위해서 시작했지. 그건 너도 잘 알 거고. 그 다음에는 필요한 것들을 얻느라고 하게 되었다."

"뭐가 그리 필요했나요?"

"강해지기 위한 도구들이 필요했지."

"왜 강해지려고 하죠?"

장건은 잠시 입을 다물었다.

왜 강해지려고 하는가.

진지하게 고민해 본 적은 없었다. 다만 사부가 유언으로 무인으로 성공하라고 했으니 무인의 성공이 곧 강함이라고 생각해 온 것 같다. 아니, 그보다도 혼돈지서를 익히면서, 검진비결을 익히면서 한 발 한 발 무공의 완성을 위해 나아가는 것 자체를 즐겨왔던 것 같다.

"왜 그러려고 하는지 마땅한 설명이 떠오르지는 않는구나. 산이 거기 있기 때문에 오르는 것처럼, 그저 내 앞에 놓인 강함이라는 목표를 향해 가고 있는 것뿐이다."

증미미는 피식거렸다.

"선문답 같네요. 팔자 좋군요, 거창한 인생의 목표도 다 있고."

장건은 증미미의 비아냥에 개의치 않는 표정으로 말했다.

"이제 네가 대답할 차례다. 왜 살수 짓 같은 험한 일을 하고 있는 게냐? 그리고 소진이는 어디 있지?"

"왜 하고 있냐고요?"

증미미의 눈에서 증오가 불타올랐다.

"그럴 수밖에 없기 때문이에요! 당신이 소개해 준 무사가 날 홍등가에 팔아넘겼기 때문에 창녀로 살아야 했고, 다 죽어가는 소진이를 살리기 위해 살수 노릇을 해야 했어! 당신이 하고 싶은 일 다해가며 활개치고 살아가는 동안 나와 소진이는 선택의 여지가 없이 생지옥 위를 걸어야 했어! 당신이 소개시켜 준 잘난 그놈 때문에!"

장건은 잠시 말이 없었다. 무표정을 가장하고 있었지만 그의 눈빛은 전에 없이 요동치고 있었다.

장건은 힘겹게 입을 열었다.

"내가 소개시켜 준 무사라면… 복웅태를 얘기하는 것이냐?"

예전에 장건은 원한을 진 흑묘방 패거리를 피하기 위해 증미미와 증소진을 자신의 암기 선생이었던 복웅태에게 맡기고 항주를 떴었다.

"그 사람이 너를 팔아넘겼다고? 그럴 자가 아닌데……."

"그래, 처음에는 그런 자가 아니었지. 한 일 년간은 우릴 잘 대해줬어. 그런데 노름에 한 번 빠지더니 걷잡을 수 없이 무너지더군. 당신에게 받았던 우리 돈까지 손을 대더니 나중에는 소진이를 노예 상인에게 팔고, 날 홍등가에 팔아넘겼어!"

증미미는 이글거리는 눈으로 장건을 응시하며 말을 이었다.

"난 사창가에서 수개월을 구르다 탈출했고, 수소문 끝에 소진이의 행방을 찾았어. 소진이는 근골이 좋다는 이유로 강호의 큰 방파에 팔려 갔더군. 나는 간신히 그 방파를 찾아갔고, 운 좋게 거기 사람들의 눈에 들어 소진이와 같이 있게 되었어. 그때는 그나마 행복했지만, 얼마 지나지 않아 지긋지긋한 불행이란 놈이 다시 닥치더군. 방파의 기재로 뽑혀 모처에서 무공 수련을 받고 있던 소진이가 사고를 당해 크게 다쳤고, 회복이 불가능하다는 판정을 받았어. 나는 그 아이를 살리기 위해 무슨 짓이든 하겠다고 통사정을 했고, 그때 나를 눈여겨봐 왔다던 일대 혈부용이 나타나 나를 살수로 훈련시켰지. 나는 사람을 죽이는 게 죽기보다 싫었지만 어쩔 수 없었어! 내가 죽이지 않으면 소진이가 그대로 죽도록 그들이 방치할 테니까.”

중미미는 갑자기 사정조로 말을 이었다.

“그러니 날 제발 놔주세요, 장 가가. 내가 여기서 정체가 발각되어 붙들리게 되면 나뿐 아니라 소진이도 끝이에요! 우리가 이런 꼴이 된 데에는 장 가가의 책임이 크잖아요! 제발 부탁이에요.”

장건은 잠시 아무 말 없이 그녀를 내려다보았다. 그의 눈에는 전에 없이 착잡한 빛이 어렸다. 중미미의 말이 사실이라면 자신이 베푼 호의가 그들에게 큰 불행을 안긴 거나 마찬가지 아닌가. 왜 중미미가 황산 대협의 죽음을 자신에게 뒤집어씌우려 했는지 일견 이해가 되기도 했다.

장건은 천천히 입을 열었다.

“네 말이 사실이라면 내가 뭐라 할 말이 없구나. 용서를 구한다고 해결될 일도 아니고…….”

“그러니까 날 풀어달란 말이에요!”

장건은 고개를 저었다.

“아니, 그렇게 할 수는 없다.”

“왜요, 내 말을 믿지 못하겠나요?”

장건은 번득이는 눈초리로 중미미를 응시했다.

“믿지 못하겠다고 한 적은 없다. 우선 네가 속해 있는 방파, 소진이가 속해 있는 방파를 말해라. 내가 거기 가서 소진이를 꺼내 오겠다. 그리고 그 아이의 병도 고쳐 주겠다.”

중미미는 분노한 기색으로 코웃음을 쳤다.

“어림도 없어요. 당신은 그곳이 얼마나 강력하고 위험한 곳인지 몰라요. 게다가 소진이는 천우신단 정도의 영약이 없이는 회복이 불가능해요. 그러니 쓸데없는 소리 말고 제발 날 풀어줘요!"

장건은 고개를 저었다.

"내 능력을 과소평가하지 마라. 소진이가 있는 곳이 황궁이라 해도 구해올 수 있다. 그리고 사대신약 중의 천우신단이라면 지금 당장은 없지만 있는 장소를 알고 있고, 그곳에 가서 구해올 수가 있다. 그러니 내게 네가 알고 있는 모든 것을 말해 다오. 속해 있는 방파와 왜 그들이 너에게 오행신단을 복용한 자를 죽이게 시켰는지를."

중미미는 잠시 아무런 말이 없었다. 장건은 그녀의 눈이 갈등의 빛을 담은 채 흔들리고 있음을 알 수 있었다.

"미미, 날 믿어다오. 너희가 이렇게 된 것에 대한 책임을 통감하고 있다. 어떻게든 너희를 돕고 싶어 이러는 것이다. 네가 속해 있는 곳을 말해 다오."

중미미의 눈동자가 불안정하게 흔들렸다. 그리고 그녀의 입이 머뭇거리며 열렸다.

"내, 내가 속한 곳은……."

그리고도 한참을 주저하던 그녀의 입이 다시 달싹이는 순간이었다.

와장창창!

"꺄악!"

장건은 벌떡 일어섰다. 소음과 비명이 들린 위치는 복도 끝이었다.

'조비연의 방이다!'

장건은 번개처럼 방 밖으로 뛰쳐나갔다. 한달음에 복도 끝까지 달려간 그는 조비연의 방문을 부서뜨리며 안으로 진입했다.

흑색 경장의 복면인이 쓰러져 있는 조비연을 향해 막 칼을 내리꽂고 있는 게 눈에 걸렸다.

"놈!"

장건은 부서진 문짝을 잡아 복면인에게로 던졌다. 목욕을 마친 후에 홑겹 옷만 걸친 터라 평상시 가지고 있던 무기를 모두 벗어놓은 상태였기에 그것 외에 달리 쓸 병기가 없었다.

부서진 문짝은 기쾌한 속도로 날아가 복면인의 내리꽂는 칼을 튕겨내고 복면인의 하체를 쓸어갔다.

복면인을 펄쩍 뛰며 장건에게 닥쳐 들어왔다. 그가 무기가 없음을 간파한 듯 복면인이 자신있게 내지르는 칼이 매섭게 장건에게로 파고들었다.

장건은 칼을 피해 측면으로 이동하며 의자를 들어 다리 두 개를 뽑았다. 급한 김에 의자 다리를 쌍곤(雙棍)으로 쓰려는 것이었다.

복면인의 칼이 다시 날카롭게 쳐들어왔지만 혼돈지서에 기록된 곤법, 지금은 멸문된 오십 년 전 하남의 패자 곤왕문(棍王門)의 파산곤(破山棍)이 장건의 두 손에 들린 의자 다리에서 구현되었고, 전세는 금세 반전되었다. 복면인의 무공도 만만치 않았으나 상황이 상황인지라 지닌 바 실력을 남김없이 발휘하는 장건을 당해낼 수는 없었다. 복면인의 손이 삽시간에 어지러워졌고, 장건의 쌍곤이 그의 방어를 비집고 들어가 요혈을 강타했다.

한데 기이한 일이 벌어졌다. 복면인은 분명 쌍곤에 요혈을 맞았음에도 불구하고 비틀거리기만 할 뿐, 금세 중심을 다잡고 장건을 반격하는 것이었다. 장건은 뜻밖의 반격에 하마터면 어깨를 꿰뚫릴 뻔했다.

장건이 움찔하는 사이 거리를 벌린 복면인이 갑자기 소매를 털었다.

화악!

온 방 안에 뿌옇게 독연이 살포되었다. 장건은 호흡을 정지한 채 몸을 날려 복면인을 쳐갔다. 독을 다루는 데 익숙한 그인지라 이 정도의 독은 끄떡도 없었다. 다만 쓰러져 있는 조비연이 중독될까 걱정될 뿐이었다.

쌍곤이 다시 휘두르는 칼을 비집고 들어갔다.

빡! 빠박!

장건은 이번에는 요혈을 노리지 않았다. 옷 밖으로 노출된 부분, 손목과 머리를 노렸다. 좌곤이 복면인의 팔목을 으스러뜨리며 검을 날려버렸고, 우곤이 비틀거리는 복면인의 정수리를 정통으로 내리찍었다.

"끄으으으……."

복면인은 신음성과 함께 풀썩 쓰러졌다.

장건은 급히 문을 열어 독연을 환기시키고는, 쓰러진 복면인의 품속을 뒤져 몇 가지 약병을 꺼냈다. 그리고는 그중에 몇 개를 골라 냄새를 맡아보고는 쓰러져 있는 조비연의 입속에 흘려 넣었다.

"으으음……."

중독으로 인해 새파랗게 변해 있던 조비연의 얼굴에 화색이 미약하게나마 돌기 시작했다. 조비연은 독연에 중독되기 이전에 이미 복면인의 다른 독에 당한 듯했다. 그 해독제까지 찾아 먹였으니 독에 대해서는 걱정하지 않아도 될 듯했다.

그러나 장건의 표정은 풀리지 않았다. 해독은 됐지만 조비연의 상세가 심상치 않았다. 복면인이 독을 써서 조비연을 쓰러뜨린 다음 암경으로 피해를 입힌 듯했다. 단전에 손을 대보니 내부 상태가 심상치 않았다.

'자칫 생명이 위험할 수 있다!'

장건은 조비연을 들어 침상에 눕혔다. 의원을 불러 상세를 정확히 파악해야 할 듯싶었다.

멀리서 사람들이 웅성이며 다가오는 소리가 들렸다. 아마 싸우는 소리를 이제야 들은 모양이었다.

장건은 쓰러져 있는 복면인에게로 다가갔다. 복면을 벗겨보니 중년 여인의 얼굴이 나왔다. 나이가 들었지만 미색이 상당했다. 정수리에 맞은 일격이 치명타였는 듯, 이미 절명해 있었다.

장건은 그녀의 흑의경장을 잡고 좌우로 쫙 찢어버렸다. 그러자 몸을 딱 붙게 감싸고 있는 내의가 드러났다. 내의는 목에서부터 양팔과 몸통, 발목까지 감싸고 있었고 광택이 나는 것이 가죽으로 만든 것 같기도 했다. 그러나 장건은 정체를 짐작하기 어려운 이 옷이 금각신붕의 속 거죽에 천잠사, 교룡삭을 덧대어 만든 천하제일의 호신구인 연혼갑이라는 것을 너무도 잘 알고 있었다.

'연혼갑을 입고 있으며 독을 능란하게 쓰는 여인, 이 여인이 바로 일대 혈부용이로구나! 그렇다면……!'

장건은 비로소 깨달았다. 증미미와 일대 혈부용이 함께 이곳으로 온 것은 자신보다도 오행신단을 복용한 것이 명확히 확인된 조비연을 일차적으로 노린 거란 것을.

'어쩌면 둘 다 한꺼번에 노린 것일 수도 있지.'

장건은 그제야 증미미에게 생각이 미쳤다. 그는 재빨리 자신의 방으로 달려갔다.

허탈하게도 증미미의 모습은 보이지 않았다. 상반신만 혈도를 점해놨기에 두 다리를 놀려 도망친 듯했다.

"미미, 끝내 나를 믿지 못한 것이냐……."

장건은 착잡한 표정으로 비어 있는 침상을 내려다보았다.

조비연의 상세는 생각보다 더욱 심각했다.

의원은 고개를 절레절레 저었다. 암경에 의해 내장이 크게 훼손되었고, 골수에까지 피해가 미쳤다고 했다. 그런 가운데 조비연이 눈을 떴다.

조비연은 침상 앞에 앉아 있던 장건을 힘없이 보고는 미소를 지었다.

"바람피우다 걸린 게 미안했나 보죠? 자리를 지키고 있는 것을 보니."

장건은 고소를 머금었다. 그녀는 다 기억하고 있는 모양이었다.

"사실 바람을 피운 건 아닌데…… 나중에 설명해 줄게, 몸 다 나으면."

"글쎄요, 과연 그 변명을 들을 때까지 살아 있을지 모르겠……!"

조비연은 갑자기 말을 멈추더니 피를 한 사발 토해냈다.

장건은 안타까운 표정으로 장심을 그녀의 등에 대고 기를 불어넣었다.

"이거 정말 장난이 아니네. 난 죽는 건가요?"

조비연이 투덜거리며 물었다. 장건은 안쓰러운 표정으로 대꾸했다.

"예비 신부를 벌써 죽게 할 수야 있나. 내가 여기까지 끌고 와서 다치게 만들었으니 반드시 낫게 해줄게."

"무슨 수가 있어요? 내 몸 상태 정도는 훤히 알 정도의 경지에 다다른 나예요. 보아하니 내장이 다 뭉개진 것 같은데."

"딱 한 달만 살아 있어줘, 기사회생의 영약을 구해올 테니."

"기사회생의 영약? 설마 진검성의 천우신단이라도 구해올 건가요?"

장건은 말없이 미소 지었다. 정말 그럴 작정이기 때문이었다.

"의원 얘기로는 침술을 쓰고 내가 고수들이 기력을 불어넣어 주면 한 달 반까지는 생명 연장이 가능하다더군. 기력을 불어넣는 것은 나를 비롯한 본 가의 고수들이 담당하면 되니 걱정하지 말게. 다만 기한 내로 반드시 약을 구해와야 하네."

서문강조의 말에 장건은 고개를 끄덕였다.

"알겠습니다."

그의 옆에 있던 범생이 물었다.

"한데 대체 무슨 약을 구해오려고 하는 겐가?"

"천우신단을 구해오려고 합니다."

그 말에 범생의 눈에 미묘한 빛이 서렸다.

"어디 있는지 알고 있나? 천우신단은 사대신약 중 가장 행방이 묘연한 것인데."

"알고 있습니다."

장건은 엷은 웃음기를 입가에 걸며 말했다.

"저로서도 좀 위험한 장소여서 천천히 가보려고 한 곳입니다만, 지금은 선택의 여지가 없군요. 정혼녀가 죽도록 내버려 둘 수야 없으니까요."

『창천일성』 4권으로 계속…